Alkoholabhängigkeit

Entstehung, Behandlung und Vorbeugung unter didaktischer Perspektive

von

Michael Schwarzkopf

Verlag für Angewandte Psychologie
Stuttgart

Gesamtherstellung: Dieterichsche Universitätsbuchdruckerei
W. Fr. Kaestner GmbH & Co. KG, D-3400 Göttingen-Rosdorf

Printed in Germany

Auf säurefreiem Papier gedruckt

ISBN 3-87844-036-7

Vorwort zum Buch von Michael Schwarzkopf

Michael Schwarzkopf legt hier eine theoretisch und empirisch gut abgesicherte Arbeit vor, die ein wichtiges Gebiet der aktuellen Gesundheitsforschung behandelt. Er hat die Arbeit als Praktiker geschrieben, der über jahrelange Erfahrungen in schulischen Arbeitsfeldern und zuletzt im Bereich der Rehabilitation und Gesundheitserziehung verfügt. Der Schwerpunkt der Arbeit liegt deswegen auch auf der praktischen Umsetzung von wissenschaftlichen Konzepten und deren sorgfältiger Bewertung. Die vorliegende Arbeit besticht dadurch, daß sie zugleich auch die theoretische Durchdringung der Materie auf einem sehr hohen Niveau leistet. Es ist eine intensive Verbindung von theoriebezogenen und praxisrelevanten Elementen erreicht worden.

Die theoretische Grundlegung der Arbeit wird im ersten Kapitel vorgenommen. Hier finden wir zum ersten Mal in der deutschen Fachliteratur eine systematische didaktische Betrachtungsweise, die für ein Feld der Gesundheitserziehung herangezogen wird. Michael Schwarzkopf entscheidet sich für das lerntheoretisch-didaktische Modell als theoretischem Ausgangskonzept für seine Analyse. Diese Entscheidung ist gut begründet und – wie das weitere Vorgehen zeigt – voll tragfähig. Seine Vorgehensweise ist neuartig; denn das ursprünglich alleine für den schulisch-unterrichtlichen Bereich entwickelte lerntheoretisch-didaktische Modell wird hier auf außerschulische Felder übertragen. Dabei gelingt es Schwarzkopf, die verschiedenen Elemente und Dimensionen, die dem lerntheoretisch-didaktischen Modell zugrunde liegen, konsequent in einzelnen Schritten auszuarbeiten und jeweils zu einem Schwerpunkt für die nachfolgenden Abhandlungen werden zu lassen.

Das zweite Kapitel liefert eine systematische theoriegeleitete Auseinandersetzung mit der Genese des Alkoholismus. In knapper Form werden hier unterschiedliche theoretische Betrachtungsweisen vorgestellt und in ihrer Leistungsfähigkeit bewertet. Es entsteht ein Überblick über Theorien und Erklärungen der Entstehung von Alkoholkrankheiten in Industriegesellschaften. Den Abschluß bildet ein bemerkenswertes Modell zur Interdependenz der Bedingungsfelder der Alkoholabhängigkeit, das vom Autor eigenständig entwickelt wird.

Im dritten Kapitel werden die theoretischen Vorgaben aufgenommen und in ein eigenes Konzept für die Behandlung der Alkoholabhängigkeit übernommen. Bemerkenswert ist, daß dieses Konzept eng mit der Theorie des Selbstkonzeptes verbunden wird und damit eine persönlichkeitstheoretische Komponente erhält. Die konzeptionellen Überlegungen werden am Beispiel eines Therapiezentrums illustriert, in dem Schwarzkopf selbst seit mehreren Jahren berufliche Erfahrungen als Gruppenleiter in sozialpädagogischer Funktion hatte. Schwarzkopf zeigt in mehreren aufeinander aufbauenden Schritten, wie ein diagnostisches Modell für die Arbeit im Therapiezentrum entsteht. Bemerkenswert hieran ist die theoretische Ableitung und konzeptionelle Rückintegration der praktischen Arbeit, die ich als vorbildlich für Theorie und Praxis empfinde.

Diese Umsetzung der Konzeptionen wird im vierten Kapitel fortgesetzt. Hier stellt Michael Schwarzkopf am Beispiel eines Ablehnungstrainings bezüglich Alkohol ein didaktisches Rastervor, das als Hilfe zur Planung, Durchführung und Nachbereitung von lernzielorientierten Gruppen- und Unterrichtsstunden geeignet ist. Es gibt im deutschen Sprachraum meines Wissens keine Vorbilder für eine derartige Arbeitsweise in Fachliteratur oder Praxis, die auch nur annähernd so abgesichert und theoretisch fundiert wäre wie das hiervorgestellte Modell. Bemerkenswert ist weiterhin die Klarheit und Strukturiertheit, mit der dieses Modell dem Leser dargestellt wird.

Im abschließenden fünften Kapitel wird eine systematische Standortbestimmung der Sucht- und Drogenprävention vorgenommen. Die Überlegungen münden in einem Unterrichtsmodell, das für die praktische Arbeit eingesetzt werden kann. Es lehnt sich wieder an das lerntheoretisch-didaktische Konzept an, das eingangs entwickelt wurde. Schwarzkopf stellt eine komplett ausgearbeitete Unterrichtseinheit vor, die er selbst an verschiedenen Schulen mehrfach erprobt hat. Damit liefert er einen konkreten Baustein für die gesundheitserzieherischen Aspekte der Drogenprävention.

Mit ungewöhnlicher Stringenz werden also in dieser Arbeit theoretische Konzepte entwickelt und anschließend in systematisch aufeinander aufbauenden Schritten in Behandlungs- und Therapiemodelle umgesetzt. Dieses geschieht zum ersten Mal im Rückgriff auf ein erziehungswissenschaftlich-didaktisches Konzept, das sorgfältig erörtert und angewandt wird. In Ergänzung zur psychologisch-therapeutischen Arbeitsweise leistet damit diese Arbeit einen wichtigen Beitrag zur Stärkung pädagogischer Aspekte im Bereich der Gesundheitsförderung. Die Umsetzung wird dadurch so überzeugend, daß der Verfasser selbst über jahrelange Praxis in der Abhängigenarbeit verfügt und auch persönlich als Alkoholabhängiger mit der Problematik vertraut ist. Das vorliegende Buch ist deswegen auch nicht nur für Wissenschaftlerinnen und Wissenschaftler interessant, sondern zugleich auch für alle in der Praxis tätigen Therapeuten, für die in der Prophylaxe arbeitenden Lehrerinnen und Lehrer, für Pädagogen in außerschulischen Arbeitsfeldern und natürlich auch für interessierte Laien und die Angehörigen von Abhängigen sowie die Abhängigen selbst. Es handelt sich um eine selten gelungene Mischung von wissenschaftlicher Analyse und praxisrelevanter, allgemeinverständlicher Darstellung.

Bielefeld, im August 1990 Professor Dr. Klaus Hurrelmann

Sprecher des Sonderforschungsbereiches „Prävention und Intervention im Kindes- und Jugendalter“ an der Universität Bielefeld

Vorwort des Autors

Vorliegendes Buch entspricht dem Originalmanuskript meiner Doktorarbeit, in der ich versucht habe wissenschaftliche Erkenntnisse mit persönlichen Erfahrungen bezüglich Alkoholabhängigkeit zu verknüpfen.

Im Verlaufe der achtjährigen Entwicklungsgeschichte meiner Arbeit bin ich zu besonderem Dank verpflichtet

– Herrn Prof. Dr. KARL ROSSRUCKER von der Fachhochschule für Sozialarbeit der Stiftung Rehabilitation Heidelberg für seinen Vorschlag im Rahmen eines Psychologie-Seminars ein Referat bezüglich "des Übergangs von Einstellungen ins Selbstkonzept" zu halten, aus dem ich das diagnostische Ausgangsmodell meines Behandlungskonzepts entwickelte;

– Herrn Dr. JÜRGEN SCHWARZ, leitender Arzt des Therapiezentrums Münzesheim, für seinen Auftrag eine klinikinterne Weiterbildung zum Thema "Didaktik" durchzuführen, aus der ich den didaktischen Rahmen für meine Arbeit ableitete;

– Herrn Pfarrer RAOUL JASSOY, Geschäftsführer der Ev. Stadtmission Heidelberg, der mir die Möglichkeit bot im Rahmen seiner Psychosozialen Beratungsstelle prophylaktisch tätig zu sein;

– Herrn Dr. MARTIN KLETT vom Staatl. Gesundheitsamt Heidelberg, der an mich mit der Idee einer meine Prophylaxetätigkeit begleitenden empirischen Untersuchung herantrat und bei der Landesarbeitsgemeinschaft für Gesundheitserziehung Baden Württemberg hierfür finanzielle Unterstützung erwirkte;

– Frau GABRIELE HAUSEN, M.A. der Erziehungswissenschaft, von der Universität Heidelberg für die Unterstützung bei der Auswertung der empirischen Untersuchung;

– Herrn Prof. Dr. BERND LÖWE von der Päd. Hochschule Heidelberg für seine Anregungen bezüglich meines Fragebogens;

– Herrn Dr. ULRICH BAUMANN von der Universität Heidelberg, der mich zur Fertigung meiner Dissertation ermutigte;

– Herrn Prof. Dr. KLAUS HURRELMANN von der Universität Bielefeld, der mein Promotionsverfahren hilfreich begleitete;

– last not least meiner Frau MONIKA, die in mühevoller Arbeit das handgeschriebene Originalmanuskript tippte und meine oft schwierigen Modelle zeichnete.

Gewidmet ist dieses Buch meinen Eltern.

Großerlach, im August 1990 Dr. Michael Schwarzkopf

Inhaltsverzeichnis

Einleitung

1. Gesellschaftliche Relevanz der Alkoholproblematik

Die gesellschaftliche Bedeutung der Alkoholproblematik soll durch einige Zahlen verdeutlicht werden.

Nach den neuesten Erhebungen von UNDEUTSCH (1982) sind ca. 2,2 Millionen Bundesbürger – davon 730 000 Frauen – alkoholkrank. Nimmt man die mitbetroffenen Familienangehörigen dazu, dann sind gegenwärtig rund acht bis zehn Millionen Menschen direkt oder indirekt mit dem Problem Alkoholismus konfrontiert. Jährlich sterben mindestens 17 000 Bundesbürger an alkoholbedingter Leberzirrhose, allein bei den 25– bis 30jährigen Männern sind das heute zwölfmal mehr als noch 1961. Schwere Erkrankungen der Bauchspeicheldrüse sind bei Alkoholikern zwanzigmal häufiger als bei Nichtalkoholikern. Mancher Herzinfarkt ist die Endstation einer Alkoholschädigung des Herzens. Hinzu kommen die tödlichen Verkehrsunfälle, bei denen Alkohol im Spiel ist. Außerdem wird jeder zehnte Betriebsunfall unter Alkohol verursacht. Bis zu 3 000 mißgebildete Kinder werden jährlich geboren, als Folge übermäßigen Alkoholkonsums während der Schwangerschaft. Rund 42 Milliarden Mark – das entspricht dem Verteidigungsetat 1981 der Bundesrepublik – gaben die Bundesbürger in dem entsprechenden Jahr für Alkohol aus, rund 700 DM pro Kopf. Anders ausgedrückt: Alle vier Minuten wird in Deutschland ein Einfamilienhaus im Wert von 320 000 DM vertrunken. Hinzu kommen noch die riesigen Behandlungskosten der Alkoholkranken. Wer im Alter von 40 Jahren Alkoholinvalide wird, kostet die Allgemeinheit – Krankenkosten, Rente bzw. Sozialhilfe und Verdienstausfall – rund 350 000 bis 450 000 DM, rechnete das Ärzteblatt 'Praxis Kurier' vor.

Ergänzend zu den Erhebungen von UNDEUTSCH soll GEISLER (1981 S. 25) zitiert werden, der konstatiert, daß "bei der Hälfte aller Selbstmorde Alkohol im Spiel ist, und 75 Prozent aller Häftlinge, die in den bundesdeutschen Gefängnissen sitzen, zur Tatzeit unter Alkohol standen."

Alkoholalarm schlägt die UNTERSUCHUNGSSTELLE FÜR VERKEHRSTAUGLICHKEIT (1987) in Homburg/Saar, die signalisiert, daß etwa eine Million Alkoholiker auf unseren Straßen fahren und jeder zweite Autofahrer schon einmal betrunken hinter dem Steuer gesessen hat. Laut Polizeibericht spielte bei jedem vierten Verkehrsunfall, der sich in Baden-Württemberg 1987 ereignete, Alkohol eine Rolle (LANDESSCHAU vom 5.1.1988 im Regionalprogramm Südwest der ARD). Was die Anzahl der jugendlichen Alkoholiker betrifft, so beläuft sich ihre offizielle Schätzung laut ARD-Bericht 'Jugendalkoholismus in der Bundesrepublik' vom 4. April 1982 auf 150 000, wobei die 'Deutsche Hauptstelle gegen die Suchtgefahren' vom Doppelten bis Dreifachen ausgeht.

Obwohl die oben angeführten Zahlen keinen Anspruch auf empirisch ermittelte Objektivität erheben können, so veranschaulichen sie dennoch die enorme gesellschaftliche Relevanz der Alkoholproblematik.

2. Motivation für die Wahl der Thematik

Neben dem soeben dargestellten objektiven Tatbestand gesellschaftlicher Brisanz ist meine subjektive Motivation für die Bearbeitung der Thematik meiner Dissertation in folgenden Komponenten begründet.

Zum einen bin ich selbst Betroffener der Krankheit Alkoholabhängigkeit, habe ihren Verlauf mit Kontrollverlust, kurzer Trockenheit nach der ersten Langzeittherapie und unzähligen Rückfällen – verbunden mit dem Verlust meines erlernten Berufes als Lehrer – im wahrsten Sinne des Wortes 'erlebt'. Nach der zweiten Langzeittherapie gelingt es mir nun seit 9 Jahren trocken zu leben.

Zum anderen wurde mir die Möglichkeit eröffnet, diese persönlichen Erfahrungen der Alkoholabhängigkeit in meinen beruflichen Werdegang zu integrieren. Zunächst einmal während meines Studiums zum Diplom-Sozialarbeiter (FH) mit Schwerpunkt Rehabilitation, wobei ich das Berufsfeldpraktikum in einer Fachklinik für alkoholkranke Männer absolvierte. Dann danach bei meiner Arbeit in der Suchtprophylaxe in Schulen, Jugendgruppen und Erwachsenenbildung. Schon bei der Vorbereitung für die von mir während des Berufsfeldpraktikums zu leitenden Gruppenstunden und bei deren Durchführung wurde mir die Bedeutung meiner didaktischen Vorerfahrungen, die ich während meiner mehrjährigen Tätigkeit als Lehrer in Grund- und Hauptschulen gesammelt hatte, bewußt. Verstärkt durch die positiven Rückmeldungen, die ich nach einer von mir durchgeführten, klinikinternen Weiterbildung zum Thema 'Didaktik – theoretische Grundlegung und praktische Anwendung' vom therapeutischen Team erhielt und durch die erfolgreiche Anwendung der theoretischen Erkenntnisse in der Praxis von Behandlung und Prophylaxe von Alkoholabhängigkeit kristallisierte sich folgendes Thema meiner Dissertation heraus: Entstehung, Behandlung und Vorbeugung von Alkoholabhängigkeit unter didaktischer Perspektive.

3. Analyse der Thematik

Die Analyse meiner Thematik ergibt eine Aufgliederung in zwei umfassende Begriffskomponenten: Auf der einen Seite eine 'didaktische Perspektive', die auf der anderen in Relation gesetzt wird zur 'Entstehung, Behandlung und Vorbeugung von Alkoholabhängigkeit'.

Ausgangspunkt bei der Erarbeitung wird im ersten Kapitel die theoretische Grundlegung einer didaktischen Betrachtungsweise sein, an deren Ende das lerntheoretisch-didaktische Modell nach HEIMANN/SCHULZ steht.

Ausgehend von diesem Modell wird im zweiten Kapitel eine makrodidaktische Analyse der Bedingungsfelder von Alkoholabhängigkeit versucht, um anschließend im dritten Kapitel eine – ebenfalls makrodidaktische – Erarbeitung der Entscheidungsfelder einer integrativen Behandlung von Alkoholabhängigkeit durchzuführen. Damit diese didaktische Konzeption nicht im luftleeren Raum stehen bleibt, werde ich das Vakuum mit dem Programm des Therapiezentrums Münzesheim erfüllen, in dem ich mein Berufsfeldpraktikum absolvierte.

Im vierten Kapitel erfolgt eine mikrodidaktische Umsetzung am Beispiel der Gruppentherapie, in der didaktisch erarbeitete und in der Praxis durchgeführte Gruppenstunden dargestellt werden, ferner werde ich über die Möglichkeiten und Grenzen didaktischer Planung in der Behandlung von Alkoholabhängigkeit reflektieren.

Im fünften und letzten Kapitel wird zunächst eine makrodidaktische Konzeption einer allgemeinen Drogenprävention aufgezeigt, dann ein mikrodidaktisch erarbeitetes und vielfach erprobtes Unterrichtsmodell zur Vorbeugung von Alkoholabhängigkeit und schließlich die Auswertung einer das Unterrichtsmodell begleitenden empirischen Untersuchung.

I. Theoretische Grundlegung einer didaktischen Betrachtungsweise

1. Begriff Didaktik

1.1. Historisch

Als pädagogischer Fachbegriff erscheint 'Didaktik' erstmals im 17. Jahrhundert. In seinem Hauptwerk 'Didactica magna' erkundete JOHANNES COMENIUS 1657 die Unterrichtsweisen, durch welche "die Lehrer weniger zu lehren brauchen, die Schüler dennoch mehr lernen; in den Schulen weniger Lärm, Überdruß und unnötige Mühe herrsche, dafür mehr Freiheit, Vergnügen und wahrhafter Fortschritt." (COMENIUS in: WEINSCHENK 1976, S. 14)

Im Verlaufe der Geschichte hat der Begriff Didaktik die verschiedensten Bestimmungen erhalten, auf die ich hier nicht eingehen möchte. Da es auch heute in der Literatur sehr differierende Auffassungen gibt – der Terminus Didaktik also "im wissenschaftlichen Sprachgebrauch nicht eindeutig bestimmbar ist" (XOCHELLES 1973, S. 90) – soll die Ableitung vom Wort her erfolgen.

1.2. Etymologisch

Das Wort Didaktik wird aus dem griechischen Wort 'didaskein' abgeleitet. Dies bedeutet:
"aktiv: lehren,
passiv: lernen,
medial: jemanden etwas lernen lassen,
adjektivisch: lehrbar,
substantivisch: Lehre, Lehrtätigkeit."
(WEINSCHENK 1976, S. 14)

1.3. Definition

Umfassend läßt sich Didaktik also definieren als die Wissenschaft und "Lehre vom Lehren und Lernen" (DOLCH in: XOCHELLES 1973, S. 90). Speziell als "Wissenschaft vom Unterricht" hat sie nach WEGENER-SPÖHRING (in: FICHTNER 1980, S. 194) folgende drei Funktionen.

1.4. Funktionen

- Reflexiv: Die Bedingungen der Unterrichtspraxis durchschaubar zu machen und zu hinterfragen.
- Analytisch: Die Wirkung der am Unterricht beteiligten Faktoren sichtbar zu machen.
- Instrumentell: Modelle für den Unterricht zu entwerfen, die der Lehrer anwenden kann.

2. Das didaktische Grundmodell

Als Grundform des didaktischen Aktes gilt das "didaktische Dreieck" (WEINSCHENK 1976, S. 15) mit dem Lehrenden, dem Lernenden und dem Inhalt als konstituierenden Faktoren.

2.1. Das didaktische Dreieck

Abbildung 1: Das didaktische Dreieck

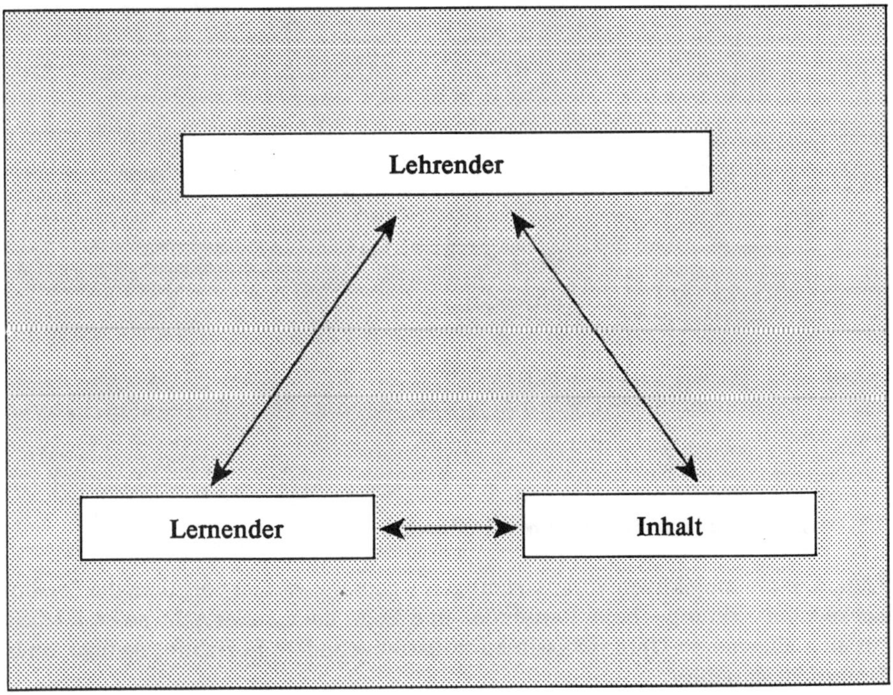

Als didaktisches Grundgerüst besagt es, daß der Lehrende den Inhalt vorbereitet und lehrt, indem er den Lernenden stimuliert, ihm einen Anreiz gibt. Der Lernende hat die Möglichkeit zu reagieren, indem er in eine aktuelle Situation gestellt ist, die an einen Inhalt gebunden ist.

Es wäre nun falsch, wenn wegen des Dreiecks der Lernvorgang so verstanden würde, daß der an die Spitze gestellte Faktor der wichtigste sei. Deshalb wurde das Dreieck – in Analogie zu WATZLAWICKs "Kreisförmigkeit der Kommunikationsabläufe" (WATZLAWICK u.a. 1969, S. 47) – zum didaktischen Kreis modifiziert.

2.2. Der didaktische Kreis

Abbildung 2: Der didaktische Kreis

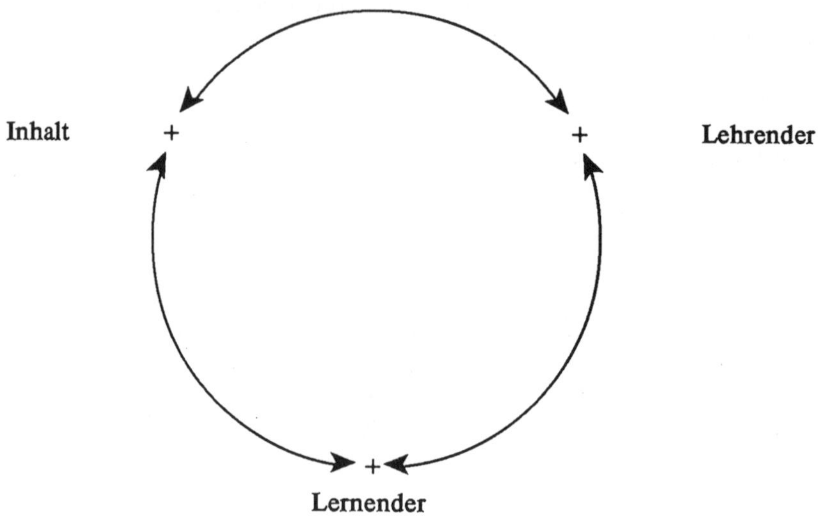

In ihm sind in einer Ebene gleichzeitige, wechselseitige Beziehungen aller Faktoren möglich.

2.3. Beziehungsgefüge einer Unterrichtssituation

Läßt man die subjektiven Voraussetzungen – gemeint ist hier vor allem die Persönlichkeitsentwicklung – beim Lernenden und Lehrenden außer Acht, so ergibt sich für eine allgemeine Unterrichtssituation das abgebildete Beziehungsgefüge einer Unterrichtssituation.

Abbildung 3: Beziehungsgefüge einer Unterrichtssituation
(Modifikation nach FEIFEL in: WEINSCHENK 1976, S. 18)

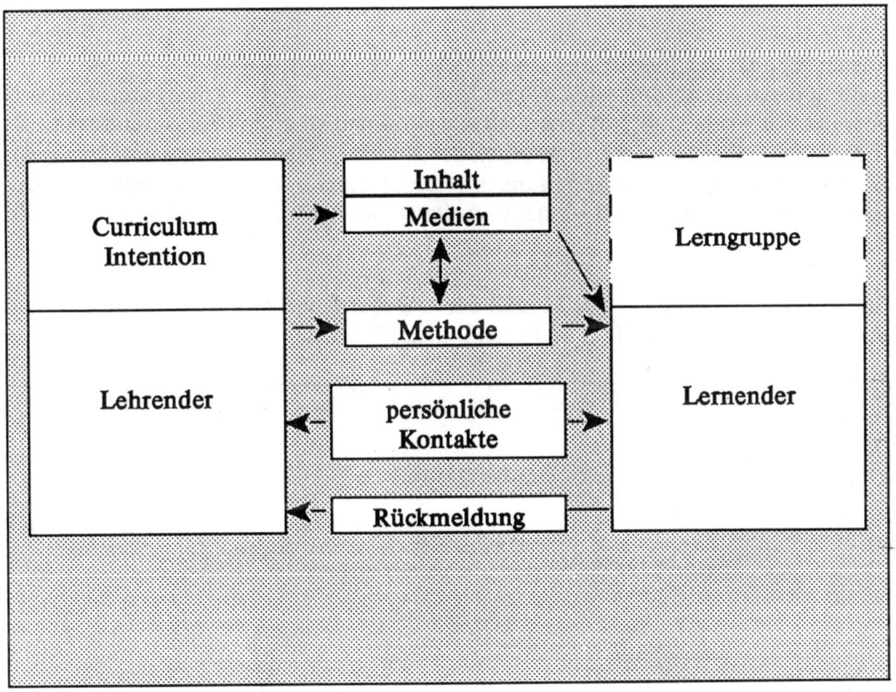

Der Lehrende hat eine Intention, ein Lernziel, das er einem Curriculum entnimmt. Unter Curriculum verstehe ich hier – in einer Arbeitsdefinition – 'lernzielorientierter Lehrplan', wobei eine nähere Begriffserfassung im IV. Kapitel erfolgt. Der Inhalt wird – evtl. mit Hilfe von Medien – durch die persönlichen Kontakte (inklusive Rückmeldung) mittels einer Methode an den Lernenden vermittelt.

Je nach dem Schwerpunkt auf einen dieser die Unterrichtssituation bestimmenden Faktoren haben sich in der Didaktik verschiedene Ansätze mit ihren entsprechenden Modellen entwickelt, von denen die drei wichtigsten Gruppen später kurz dargestellt werden.

Zuvor möchte ich jedoch einige kommunikationspsychologische Aspekte anreißen, die mir in bezug zur Didaktik – in Relation zur Behandlung und Vorbeugung von Alkoholabhängigkeit – grundsätzlich bedeutsam erscheinen. Sie beziehen sich auf die persönlichen Kontakte im Verhältnis zur Inhaltsvermittlung.

3. Kommunikationspsychologische Aspekte

3.1. Psychologisches Modell der zwischenmenschlichen Kommunikation

Ausgangspunkt sei hierfür das abgebildete psychologische Modell der zwischenmenschlichen Kommunikation, wobei "das 'Material' jeglicher Kommunikation keineswegs nur Worte sind, sondern auch alle paralinguistischen Phänomene (wie z.B. Tonfall, Schnelligkeit oder Langsamkeit der Sprache, Pausen, Lachen und Seufzen), Körperhaltung, Ausdrucksbewegungen (Körpersprache) u.s.w. innerhalb eines bestimmten Kontextes umfaßt – kurz, Verhalten jeder Art." (WATZLAWICK u.a. 1969, S. 51)

Abbildung 4: Psychologisches Modell der zwischenmenschlichen Kommunikation (nach SCHULZ v. THUN in: FITTKAU u. a. 1977, S. 27)

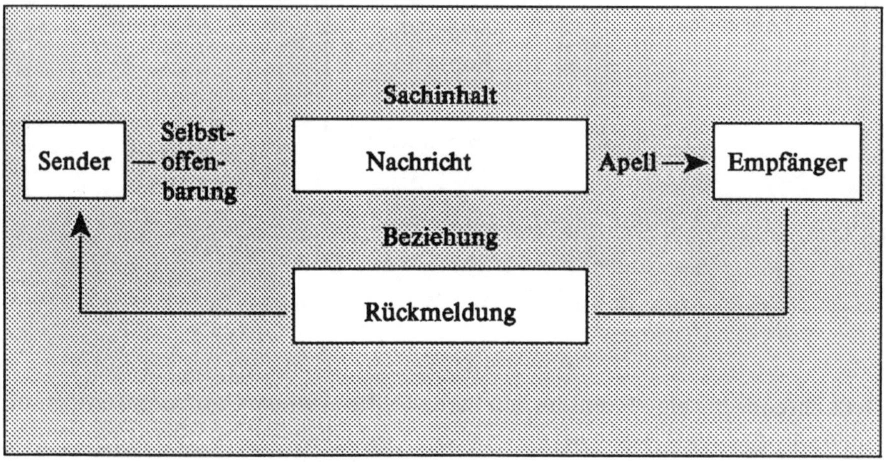

Jede vom Sender an den Empfänger übermittelte Nachricht kann unter vier Aspekten betrachtet werden. SCHULZ v. THUN (in: FITTKAU u.a. 1977, S. 27) bezeichnet sie als die vier Seiten der Nachricht, deren Bedeutung im folgenden aufgezeigt werden soll.

3.2. Selbstoffenbarung

Die Selbstoffenbarungsseite enthält Informationen über den Sender. Gemeint ist damit sowohl die gewollte Selbstdarstellung als auch die unfreiwillige Selbstenthüllung.

3.3. Appell

Die Appellseite drückt die Tatsache aus, daß fast alle Nachrichten den Zweck oder die tatsächliche Wirkung haben, auf den anderen Einfluß zu nehmen, was aus didaktischer Perspektive für den unterrichtlichen bzw. 'therapeutischen' – eine intensive Auseinandersetzung mit dem Begriff 'Therapie' erfolgt im III. Kapitel – Erfolg von höchster Bedeutung ist.

3.4. Beziehung

Eine Akzeptierung des pädagogischen bzw. therapeutischen Appells ist abhängig von der Beziehungsseite der Nachricht, die von fundamentaler Relevanz ist: Ist die Beziehung zwischen Sender und Empfänger gestört, so ist jeder didaktische Akt zum Scheitern verurteilt. WATZLAWICK (u.a. 1969, S. 84 ff.) unterscheidet prinzipiell drei Möglichkeiten der Beziehung zwischen Sender und Empfänger.

3.4.1. Bestätigung

WATZLAWICK versteht darunter das Akzeptieren der Selbstdefinition des Empfängers als Person. Diese Ratifizierung stellt die wichtigste Voraussetzung für geistige Stabilität und Entwicklung dar.

3.4.2. Verwerfung

Sie setzt die begrenzte Anerkennung der Person voraus, negiert wird ein Teil des Verhaltens des Empfängers, nicht die Gesamtpersönlichkeit. Auf die Behandlung von Alkoholabhängigkeit bezogen, würde hier die Selbstdefinition des Patienten – z.B. weiterhin kontrolliert trinken zu können – verworfen, also nur ein Teilaspekt seines Verhaltens.

3.4.3. Entwertung

Bei der Entwertung erfolgt die Negation der Gesamtpersönlichkeit des Empfängers. Während Verwerfung bedeutet 'du hast in deiner Ansicht über dich in einem Teilaspekt unrecht', sagt Entwertung de facto 'du existierst nicht', was zum Selbstwertverlust führt. Während bei der Beziehungsdefinition der Bestätigung und Verwerfung pädagogisch-therapeutische Kommunikation möglich ist – folglich die vierte Seite der Nachricht, der Sachinhalt, beim Empfänger aufgenommen werden kann –, liegt bei der Entwertung eine Beziehungsstörung vor, die gestörte Kommunikation zur Folge hat und dadurch die Aufnahme des Sachinhalts verhindert. Zum Beispiel wäre dies der Fall, wenn ein Therapeut mit dem Vorurteil 'Alkoholiker lügen immer' den Patienten begegnet. Auf dem Fundament dieser Einstellung würde er jede Äußerung der Patienten anzweifeln, was eine auf wechselseitigem Vertrauen basierende Beziehungsaufnahme als Voraussetzung für die Übermittlung der therapeutischen Sachinhalte a priori zum Scheitern verurteilt.

3.5. Sachinhalt

Nehmen wir an, daß von der Beziehungsseite der Nachricht keine Störung ausgeht und betrachten wir uns die Seite des Sachinhalts. Umfangreiche Forschungen (LANGER, SCHULZ v. THUN und TAUSCH in: FITTKAU u.a. 1977, S. 31 ff.) haben ergeben, daß es nur 10% von Lehrern und Lehrerstudenten gelang, Informationen hochverständlich abzufassen. 90% waren also trainingsbedürftig hinsichtlich des Lernziels 'Verständlichkeit'. Nach den oben angeführten Forschungen sind es insbesondere folgende vier Verständlichmacher, die darüber entscheiden, ob ein Vortrag oder ein Text vom Empfänger gut verstanden und behalten wird.

3.5.1. Einfachheit

Damit ist gemeint: Kurze Sätze, bekannte Wörter, anschauliche und verständliche Formulierungen.
Das Gegenteil wäre: Kompliziertheit, lange Schachtelsätze, viele unbekannte Wörter und Fremdwörter, insgesamt abstrakt und unanschaulich.
Ergänzend hierzu möchte ich durch das abgebildete Modell veranschaulichen, daß – was die Wortwahl betrifft – Kommunikation nur im Übereinstimmungsbereich des Codes von Sender und Empfänger möglich ist. Als didaktisches Lernziel für den Lehrer bzw. Therapeuten läßt sich daraus die zielpersonadäquate Anpassung seines Wortschatzes in der entsprechenden Kommunikationssituation ableiten.

Abbildung 5: Modell zum Übereinstimmungsbereich zwischen Code Sender und Code Empfänger

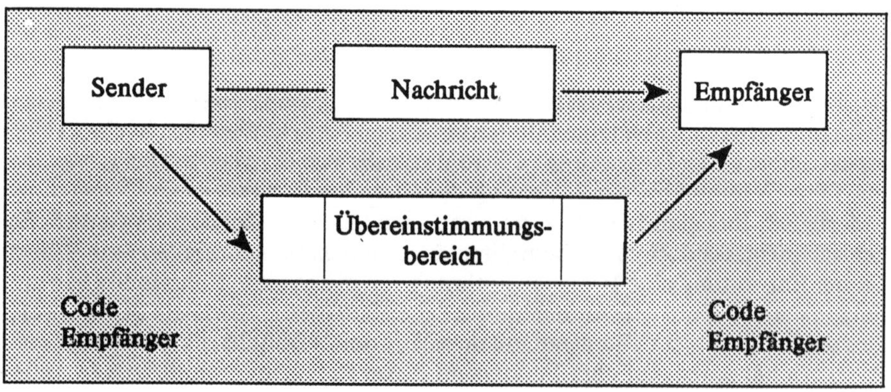

3.5.2. Gliederung

Damit ist Ordnung gemeint: Die Sache ist übersichtlich, man weiß immer, wohin die Reise geht. Längere Ausführungen sind in Unterabschnitte gegliedert, die Form der Gliederung wird am Anfang bekannt und im Text bzw. während des Vortrags, des Unterrichts oder der Gruppenstunde sichtbar gemacht. Man findet sich als Empfänger gut zurecht.
Das Gegenteil davon: Zusammenhanglosigkeit, Unübersichtlichkeit, keine Gliederung.

3.5.3. Kürze

Damit ist Prägnanz gemeint: Beschränkung auf das Wesentliche. Nur das Wichtige wird in kurzen, knappen Worten gesagt.
Das Gegenteil: Weitschweifigkeit.

3.5.4. Zusätzliche Stimulanz

Hierunter sind anregende Stilmittel zusammengefaßt, die der Sender benutzen kann, um den Empfänger zu motivieren und ihn zum Nachdenken zu stimulieren. Gemeint sind damit z.B. Fragesätze, häufiges Benutzen von direkter Rede, Auftreten von Menschen, lebensnahe Beispiele, bildhafte Sprache, witzige Vergleiche, saloppe Formulierungen, kurzum alles, was die Aufmerksamkeit des Empfängers fesselt.
Das Gegenteil besteht im Verzicht auf zusätzliche Stimulanz: Nüchterne, neutrale, unpersönliche Darstellungsweise.

4. Gruppen didaktischer Ansätze

Hierzu vergegenwärtigen wir uns die 'Abbildung 3: Beziehungsgefüge einer Unterrichtssituation' auf Seite 7 mit den die Unterrichtssituation bestimmenden Faktoren. Im vorhergehenden Abschnitt habe ich versucht, die mir bedeutsam erscheinenden kommunikationspsychologischen Aspekte aufzuzeigen, die sich auf die 'persönlichen Kontakte' (inklusive Rückmeldung) in Relation zur Vermittlung des 'Inhalts' bezogen. Im folgenden sollen nun die drei wichtigsten Gruppen didaktischer Ansätze – differenziert nach dem Schwerpunkt der Betrachtungsweise – vergleichend aufgezeigt, ferner drei aktuelle Trends angerissen werden, zusammengefaßt nach den Ausführungen von WEINSCHENK (1976, S. 21 ff.), WEGENER-SPÖHRING (in: FICHTNER 1980, S. 194 f.) und KICHERER (1980, S. 48 ff.).

4.1. Bildungstheoretische Ansätze

Die bildungstheoretischen Modelle entstanden innerhalb der geisteswissenschaftlichen Pädagogik. Sie setzt sich hauptsächlich mit den Inhalten von Unterricht und Lehrplan auseinander, die sich im Rückgriff auf ihre Bildungstheorie als 'Bildungsinhalte' bestimmen lassen sollten. Für den Lehrer in der Praxis entwickelte KLAFKI zu diesem Zweck die 'Didaktische Analyse', auf die ich in Abschnitt 5.2.2. näher eingehen werde.

4.2. Lerntheoretische Ansätze

Die lerntheoretischen Modelle stellen statt des Inhalts den Lernbegriff ins Zentrum ihrer Theorie. Ihr Anliegen ist die Aufklärung über alle den Unterricht beeinflussenden Faktoren in wertfreier Beschreibung mit Hilfe der Strukturanalyse (HEIMANN/SCHULZ). Damit wird versucht, über die Lerntheorien eine empirische Begründung zur Verbesserung der unterrichtlichen Tätigkeit zu erreichen. Indem das Lernen in den Mittelpunkt gestellt wird, richtet sich automatisch das Hauptaugenmerk auf das Subjekt, also den Lernenden.

4.3. Informationstheoretische Ansätze

Zentraler Begriff der informationstheoretischen Modelle ist die Information. Im Mittelpunkt steht die Konstruktion von Steuerungsprozessen für das Lernverhalten bei der Informationsübertragung, wobei es ausschließlich um eine Steigerung der Ökonomie und Effizienz des Lernprozesses geht. Letzterer wird mit Hilfe des Regelkreis-Modells der Kybernetik (v. CUBE; FRANK) bzw. eines System-Modells des Unterrichts (KÖNIG/RIEDEL) durch die Systemanalyse theoretisch zu erfassen versucht.

Der wesentliche Unterschied zu den bildungstheoretischen und lerntheoretischen Modellen besteht darin, daß die Funktion des Lehrers, der die Ziele bzw. den Inhalt angibt, außerhalb des Konzepts liegt. Man beschränkt sich darauf, für alle denkbaren Lernziele optimale Handlungsanweisungen zu erarbeiten. Praktisch aktualisieren sich diese Ansätze in den Problemen der Lehrmaschinen und ihrer Programmierung.

4.4. Tabellarische Zusammenfassung

In der Tabelle auf der nächsten Seite versuche ich, die drei aufgezeigten Ansätze im Überblick nach Schwerpunkt, Methode und Vertretern vergleichend zusammenzufassen. Auf den bei KICHERER (1980, S. 48) proklamierten vierten Aspekt einer curricularen Sichtweise werde ich im IV. Kapitel zurückkommen.

Abbildung 6: Tabellarische Zusammenfassung der wichtigsten Gruppen didaktischer Ansätze

Ansatz	Schwerpunkt	Methode	Vertreter
bildungs-theoretisch	Inhalt	Didaktische Analyse	KLAFKI, FLITNER
lern-theoretisch	Lernen	Struktur-analyse	HEIMANN, SCHULZ
informations-theoretisch	Information	Systemanalyse	v. CUBE, FRANK

4.5. Aktuelle Trends

–'Kritische Didaktik' (SCHULZ; MOSER) mit dem übergeordneten Ziel der Emanzipation.
–'Kommunikative Didaktik' (SCHÄFER/SCHALLER; POPP), die den Unterricht als 'kommunikatives Handlungsfeld' von prinzipiell Gleichberechtigten bestimmt.
–In jüngster Zeit wendet sich die Didaktik wissenschaftlichem Neuland zu, den 'Grauzonen der Didaktik' (AMINI). Gemeint sind die in der Praxis wirksamen 'Unterrichtsrezepte' und 'Alltagstheorien' über Lehren und Lernen.

5. Das lerntheoretisch-didaktische Modell nach HEIMANN/SCHULZ

Abbildung 7: Das lerntheoretisch-didaktische Modell nach HEIMANN/SCHULZ (in: WEINSCHENK 1976, S. 35)

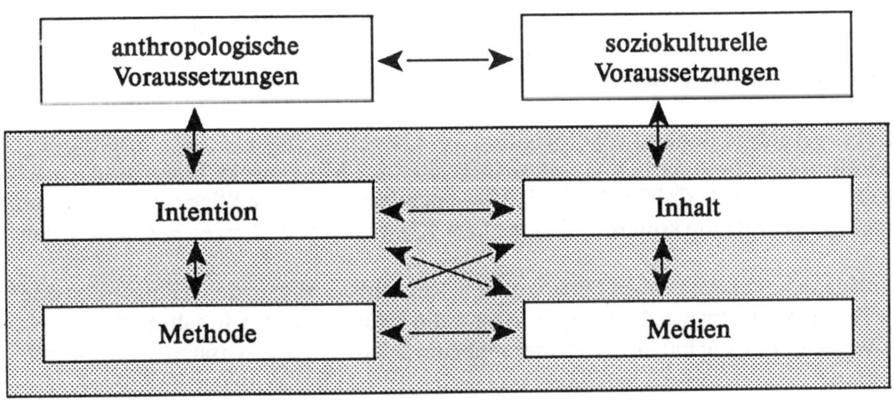

Im folgenden soll das abgebildete lerntheoretisch-didaktische Modell nach HEIMANN/SCHULZ aus zwei Gründen näher ausgeführt werden. Zum einen ist in diesem Konzept ein didaktisches Modell geschaffen worden, "das von der praktischen Arbeit her alle Elemente des Bildungsvorgangs in ihrem Funktionszusammenhang vorstellt. Im Gegensatz zu den übrigen Modellen sind bei ihm sowohl die Voraussetzungen als auch die inhaltlichen wie methodischen Fragen gleichgewichtig berücksichtigt." (WEINSCHENK 1976, S. 34)
Zum anderen wird der Verfasser in den folgenden Kapiteln das ursprünglich für den Schulunterricht konzipierte Modell – und dies ist ein Novum – makrodidaktisch und mikrodidaktisch auf die Entstehung, Behandlung und Vorbeugung von Alkoholabhängigkeit übertragen.
Nach HEIMANN (in: WEINSCHENK 1976, S. 35 ff.) wird bei der Strukturanalyse des Unterrichts die Didaktik durch die sechs – im Modell ersichtlichen – konstitutiven Elemente bestimmt. Dabei sind die pädagogischen Intentionen, die inhaltlichen Themen, die Methoden und die Medien interdependente Strukturmomente, über deren Wahl der Lehrende entscheidet. Es sind dies die Entscheidungsfelder. Diese Entscheidungen werden durch die anthropologischen und soziokulturellen Voraussetzungen bestimmt, weil sie als Bedingungen der Beteiligten vorgegeben sind. Es sind dies die Bedingungsfelder. Das gesamte Strukturgefüge des Unterrichtsverlaufs wird als ein Ganzes angesehen. Theoretisch werden in der Vorbereitung die einzelnen Ebenen unterschieden, praktisch sind sie jedoch vielfach ineinander verschränkt, so daß sowohl innerhalb der Entscheidungs- und Bedingungsfelder, als auch zwischen beiden das Prinzip der Interdependenz – also der in Wechselwirkung stehenden Abhängigkeit – wirksam ist. Im folgenden werde ich nun auf jedes der sechs Strukturmomente eingehen und mit den Bedingungsfeldern beginnen.

5.1. Die Bedingungsfelder

5.1.1. Die anthropologischen Voraussetzungen

Unter anthropologischen Voraussetzungen werden die subjektiven Vorerfahrungen von Lernenden und Lehrenden in ihrer jeweiligen Menschheitsgeschichte verstanden. "Faktisch ist damit alles Menschliche gemeint, das das Lernen beeinflußt." (WEINSCHENK 1976, S. 42)

Bei der Analyse der anthropologischen Voraussetzungen stehen die lern- und entwicklungspsychologischen Gesetzmäßigkeiten im Mittelpunkt. Diese sind – nach KOPP (in: WEINSCHENK 1976, S. 39) – abgedeckt, wenn im Blick auf ein bestimmtes Thema und eine konkrete Gruppe bzw. Klasse folgende Fragen gestellt werden:

– Welche Voraussetzungen (Erfahrungen, Kenntnisse, Einsichten, Fähigkeiten oder Fertigkeiten) bringt der Lernende bzw. die Gruppe für den Inhalt mit?
– Welchen Zugang haben die Teilnehmer zum Inhalt, wo sind Ansätze für die Motivation?

– Welche Einstellungen haben sie zur Sache?
– Wo sind Möglichkeiten zur Selbsttätigkeit?
– Welche Schwierigkeiten sind bei den Lernenden zu erwarten?
– Welche psychologischen Gesetze sind zur Sicherung des Lernerfolges zu beachten?

5.1.2. Die soziokulturellen Voraussetzungen

Die soziokulturellen Voraussetzungen beziehen sich im wesentlichen auf die unmittelbare Umgebung des Menschen, soweit sie seinen Lernprozeß beeinflußt. Im einzelnen unterscheidet HEIMANN (in: WEINSCHENK 1976, S. 43) vier Situationstypen, die in Relation zu einer bestimmten Thematik analysiert werden müssen:

– Die Individuallage des Schülers bzw. Gruppenmitglieds (häusliches Milieu)
– Die Klassen- bzw. Gruppensituation (mit Klassen– bzw. Gruppenklima)
– Die Schulsituation (Schulart) bzw. Institutionssituation
– Die 'Zeit'-Situation, unter der hier die ganze Komplexion der gesellschaftlichen und kulturellen Faktoren, die sich zu einer bestimmten Zeit integrieren, verstanden werden, wobei ökonomische, ökologische und sozialpolitische Faktoren eingeschlossen sind.

Die soziokulturellen Voraussetzungen sind also Fakten, die gewöhnlich durch Beobachtung, allgemeine Kenntnisse – die es in besonderen Fällen durch vertiefendes Studium zu erweitern gilt – und nicht zuletzt durch eigene Erfahrung erfaßt werden können. Sie dienen dazu, didaktische Entscheidungen wirklichkeitsgerecht zu fällen.

5.2. Die Entscheidungsfelder

5.2.1. Intention

Die Hauptaufgabe im Entscheidungsfeld der Intentionalität besteht darin, operationale Lernziele zu formulieren. Dies soll durch einige Erläuterungen der Terminologie verdeutlicht werden.

"Unter Lernziel versteht man eine Absicht, die durch die Beschreibung der erwünschten Veränderung im Lernenden mitgeteilt wird... Es ist die Beschreibung eines Kataloges von Verhaltensweisen, die der Lernende äußern können soll." (MAGER in: BRUNNHUBER 1971, S. 15) Ein Lernziel ist nun in dem Maße brauchbar, in dem es "das vom Lernenden erwartete Endverhalten beschreibt und definiert." (ebd.) "Endverhalten ist das Verhalten, das der Lernende zeigen können soll, nachdem die Einflußnahme auf ihn beendet ist." (ebd.) Operationales Lernziel besagt nichts anderes als "das Ziel müsse in einem nachprüfbaren Schülerverhalten ausgedrückt werden" (GLÖCKEL in: BRUNNHUBER 1971, S. 15), es zeige sich sein Erreichen in einer operatio, in geäußerter Aktivität.

Zusammenfassend läßt sich 'operationales Lernziel' also definieren als 'die Beschreibung des durch Unterricht herbeizuführenden Endverhaltens, das nach dem Lernen beobachtbar gezeigt werden soll'. Die Überprüfung dieses Endverhaltens stellt dann die Lernzielkontrolle dar.

Je nach dem Abstraktionsniveau von Lernzielen kann unterschieden werden in Richtziele, Grobziele und Feinziele, wobei "zwischen den verschiedenen Lernzielebenen ein innerer Deduktionszusammenhang besteht." (WEINSCHENK 1976, S. 58) Ein einfaches Beispiel aus dem Mathematikunterricht der Grundschule soll dies veranschaulichen:
Richtziel: Rechnen lernen
Grobziel: Das kleine Einmaleins
Feinziel: Kleines Einmaleins von eins bis fünf

Aus der Fülle der in der Literatur angebotenen Möglichkeiten der Lernzieleinteilung soll nur noch folgende aufgezeigt werden, da ich sie bei der Behandlung und Vorbeugung von Alkoholabhängigkeit als bedeutsam ansehe. Entsprechend den von BLOOM (in: WEINSCHENK 1976, S. 48) entwickelten drei Dimensionen menschlicher Fähigkeiten können Lernziele klassifiziert werden nach:
– kognitiv: Erkenntnis
– emotional: Erlebnis
– pragmatisch: Handlung

Dabei ist diese Aufgliederung selbstverständlich nur schwerpunktmäßig zu verstehen, denn zwischen den drei Dimensionen besteht auch hier das Prinzip der Interdependenz.

Zur Verdeutlichung sollen schon an dieser Stelle für die Thematisierung von 'Alkoholkrankheit' im Unterricht denkbare, den drei Dimensionen entsprechende, Lernziele formuliert werden.
– kognitiv: Die Schüler sollen mögliche Ursachen für die Alkoholkrankheit erkennen.
– emotional: Die Schüler sollen sich in den Teufelskreis der Alkoholkrankheit einfühlen können.
– pragmatisch: Die Schüler sollen einem Alkoholiker nicht vorurteilsbeladen entgegentreten, sondern lernen, sich für ihn einzusetzen.

Ich werde auf diese Lernziele im V. Kapitel zurückkommen, wo sie im Rahmen der Vorbeugung von Alkoholabhängigkeit eine Erweiterung erfahren.

5.2.2. Inhalt

Bei der Strukturanalyse des Unterrichts wird die Inhaltlichkeit oder Thematik als wichtiges und selbständiges Moment betrachtet. Nach SCHULZ (in: WEIN-

SCHENK 1976, S. 62) ist zu fragen: Welche Themen sollen in den Erkenntnis-, Erlebnis- und Handlungshorizont der Lernenden gebracht oder an sie herangetragen werden? Als Antwort darauf: Nur solche Inhalte sind sinnvoll, die "die zur Lebensmeisterung notwendigen Qualifikationen vermitteln." (WEINSCHENK 1976, S. 61) Die Inhalte werden also von den Zielen her bestimmt und ausgewählt.

In der Interdependenz zwischen Zielen und Inhalten begründet liegt natürlich auch die Möglichkeit, von Inhalten auszugehen. Dies ist jedoch nur legitim, wenn dabei gefragt wird: Welche für die Lebensbewältigung relevanten Fähigkeiten werden durch deren Behandlung gefördert? Die Unterscheidung zwischen Inhalten und Zielen ist vor allem eine theoretische Sache. In der Praxis merkt man nämlich auf allen Gebieten, daß es Lernziele, die realisiert werden sollen, ohne Benennung des Inhalts nicht geben kann. Nichtsdestotrotz halte ich in der Vorbereitungsphase einer Unterrichts- bzw. Gruppenstunde die explizite Ausformulierung der Lernziele für notwendig, weil nur so eine strukturierte Planung im Hinblick auf operationalisierbares, also nachprüfbares Lernen ermöglicht wird.

Für die konkrete Themenwahl in Relation zu den Lernzielen bietet KLAFKI (in: WEINSCHENK 1976, S. 63) in seiner 'Didaktischen Analyse' – in der grundsätzlich nach dem Bildungsgehalt der Inhalte gefragt wird – die Prinzipien des Exemplarischen, Typischen, Repräsentativen, Elementaren und Fundamentalen an. Nach der Festlegung des Themas ist es bei der Erfassung des Inhalts meiner Erfahrung nach vorteilhaft, in folgende zwei Phasen zu unterscheiden:
– Die Sachanalyse: Die fachwissenschaftliche Erarbeitung
– Die didaktische Reduktion: Die zielpersonangemessene Aufbereitung

Folgendes kurzes Beispiel soll diese Differenzierung veranschaulichen. Als Thema wurde in einer Hauptschulklasse 'Alkoholismus' gewählt, unter dem exemplarischen Aspekt für 'Suchterkrankungen'. Die Sachanalyse erfolgt nun durch das Studium der fachwissenschaftlichen Literatur über Alkoholismus, die didaktische Reduktion mittels der vier Verständlichmacher entsprechend den Voraussetzungen in der Klasse.

5.2.3. Methode

Wenn in der Didaktik von Methoden gesprochen wird, geht es "um die Frage der effektiven Gestaltung der Erziehungs- und Bildungsaufgaben. Überall, wo geplant gearbeitet wird, setzt der Erzieher einen Lernprozeß fachmännisch in Szene bzw. organisiert ihn. Das fachliche Handeln wird daher auch in erster Linie nach dem praktischen Tun beurteilt." (WEINSCHENK 1976, S. 79)

Das methodische Arbeiten läßt sich zunächst aus dem griechischen Begriff definieren. Das Wort methodos als 'Weg der Untersuchung' wird ziemlich einheitlich als planmäßige Verfahrensweise zur Erreichung eines bestimmten Ziels, als der erfolgreiche Weg zum Ziel, als eine spezifische Art und Weise zu handeln, erklärt.

In den verschiedenen Wissenschaften versteht man dann unter Methoden "alle für ein festgelegtes Aufgabengebiet möglichen Handlungsfolgen und Verhaltensweisen, die von entsprechenden Ausgangssituationen in angemessener Weise zu den angestrebten Resultaten führen. Damit sind im wesentlichen drei Merkmale des professionellen Vorgehens angesprochen:
– die Zielgerichtetheit
– die Planmäßigkeit und Folgerichtigkeit
– die spezifische Handlungsstruktur." (WEINSCHENK 1976, S. 70)

Im Modell nach HEIMANN/SCHULZ sind die Verfahrensweisen – gemäß dem Interdependenzprinzip – immer im Zusammenhang mit den anderen konstituierenden Faktoren zu sehen. Methode ist immer als Glied in der Kette von Ziel-Inhalt-Methoden-Entscheidungen zu sehen. Diese weite Sicht ist erforderlich, um für die unterschiedlichen Situationen jeweils die richtige Methode bzw. das angemessene Verfahren zu finden. An dieser Stelle nun alle entwickelten Methoden anzuführen und zu erläutern, würde den Rahmen dieser Arbeit sprengen. Deshalb soll die Klassifizierung der Lehr- und Lernmethoden nach KLINGBERG auf der nächsten Seite einen zusammenfassenden Überblick vermitteln.

Als Ergänzung zur Klassifizierung von KLINGBERG sollen noch zwei mir bedeutsam erscheinende Formen des Lehrens und Lernens kurz definiert und an einem Beispiel veranschaulicht werden:
– Team-teaching:
Mehrere Fachleute arbeiten bei übergreifenden Aufgaben zusammen
Beispiel: Thema 'Alkoholismus' in der Schule. Ein Arzt, ein Psychologe und der Klassenlehrer bereiten gemeinsam die Unterrichtseinheit vor und führen sie auch als Team in der Klasse durch.

– Innere Differenzierung:
Orientierung der Unterrichtsmethoden an unterschiedlichen Lernbedingungen der Schüler. Beispiel aus meiner Lehrtätigkeit: Deutschunterricht in der Hauptschule: Erarbeitung einer Aufsatzgliederung. Während die fortgeschrittene Gruppe an einem Thema selbständig arbeitet, wende ich mich der Gruppe, die noch Schwierigkeiten beim Gliedern hat, zu. Ziel der inneren Differenzierung ist die sogenannte kompensatorische Erziehung, d.h. Ausgleich sozialisationsbedingter Defizite.

Abbildung 8: Klassifizierung der Lehr- und Lernmethoden
(nach KLINGBERG in: WEINSCHENK 1976, S. 78)

Grundformen	Formen der Aktivierung	Spezielle Verfahren		
		monologisch	dialogisch	kooperativ
Darbietung des Lehrenden	Darbietung des Lehrenden in Richtung rezeptiv aktive Lernhaltung	darbietende Lehrform: – vormachen –vorzeigen – vorführen – vortragen		Frontalunterricht
Relativ selbständiges Arbeiten der Lernenden	Stellen von Aufgaben für zunehmend selbständiges und schöpferisches Lösen	selbständige Lehrform: – Bearbeiten von Aufgaben – Stillarbeit		Einzellernen
Gemeinsames Erarbeiten im Sachgespräch	Unterrichtsgespräch mit teils rezeptivem, teils produktiv-schöpferischem Charakter		dialogische Lehrform: – erarbeiten – Gespräch –Diskussion	Partnerlernen Gruppenlernen

5.2.4. Medien

Umfassend werden Medien als etwas "Vermittelndes... als Träger oder Vermittler von Information" (WEINSCHENK 1976, S. 142) definiert. In der Formulierung der Informationstheorie und der kybernetischen Didaktik versteht FRANK (in: KÖCK 1974, S. 19) unter einem speziell auf Lernprozesse gerichteten Medium "die Quelle der Information für den Adressaten während des didaktischen Informationsumsatzes – im Sinne von Lernsteuerung oder Lernregelung", d.h. konkret z.B. "den Lehrer mit Kreide und Tafel und einem evtl. angeschlossenen Fernsehübertragungskanal oder auch objektivierte Lehrsysteme wie Lehrbücher, Lehrprogrammtexte und Lehrmaschinen." (ebd.)

In seiner speziellen 'Didaktik der Medien' schlägt KÖCK (1974, S. 19) vor, "das Augenmerk in erster Linie auf die unterrichtstechnologischen Hilfsmittel zu werfen, also nicht auf die in Anwendung und Effektivität hinreichend bekannten alltäglichen Requisiten wie Tafel und Kreide."

In diesem Sinne möchte ich bei meiner Einteilung von Medien die bei FRANK in obigem Beispiel einbezogene Person des Lehrers ausschlieBen und in Medien im weiteren und im engeren Sinn differenzieren.

Im weiteren Sinn sind Medien für mich alle Hilfsmittel im Unterricht, z.B. Tafel und Kreide. Als Medien im engeren Sinn sehe ich die technischen Medien, die sich – nach WEINSCHENK (1976, S. 143) – von der Wahrnehmung her unterscheiden lassen in:

- sichtbar: visuelle Vermittler, z.B. Overhead-Projektor
- hörbar: akustische oder auditive Vermittler, z.B. Tonband
- hör- und sichtbar: audiovisuelle Vermittler, z.B. Film

In der Unterrichtsarbeit stehen die Medien in einem didaktischen Funktionszusammenhang. Je nach Art ihrer Vermittlungsaufgabe erhalten sie spezifischen Eigenwert. Wurden die Medien früher nur als Teilgebiet der Methodik betrachtet, so bezieht sich ihre Wahl im Modell nach HEIMANN/SCHULZ auf das gesamte didaktische Handeln.

Nach CORTE (in: WEINSCHENK 1976, S. 144) sind folgende fünf Faktoren und die sich aus ihnen ergebenden Fragen bei der Medienwahl innerhalb der didaktischen Konzeption zu beachten:

- Eignung: Eignet sich das Medium dazu, die betreffende Aufgabe auszuführen?
- Schwierigkeitsgrad: Befindet sich das Medium auf der richtigen Ebene, um von den Schülern verstanden zu werden?
- Kosten: Entsprechen die Kosten den Lernresultaten, die durch die Anwendung dieses Mediums zu erwarten sind?
- Beschaffbarkeit: Sind das Material und die Apparatur zu beschaffen, wenn sie gebraucht werden?
- Technische Qualität: Ist die Qualität des Materials annehmbar (leserlich, gut sichtbar, gut hörbar)?

6. Zusammenfassung

Ausgangspunkt meiner theoretischen Grundlegung einer didaktischen Betrachtungsweise war der Begriff Didaktik. Abgeleitet vom griechischen Wort 'didaskein' wurde Didaktik im weiteren Sinn definiert als 'Wissenschaft und Lehre vom Lehren und Lernen', im engeren Sinn als 'Wissenschaft vom Unterrichten'. Als didaktisches Grundmodell wurde das 'didaktische Dreieck' konstatiert, das sich zum 'didaktischen Kreis' modifizierte. Im 'Beziehungsgefüge einer Unterrichtssituation' wurden die sie konstituierenden Faktoren aufgezeigt. Bei den kommunikationspsychologischen Aspekten, die sich auf die 'persönlichen Kontakte' in Relation zur Inhaltsvermittlung bezogen, stand die fundamentale Bedeutung der Beziehungsseite der Nachricht für die Übermittlung des Sachinhalts und die Akzeptanz des pädagogisch-therapeutischen Appells im Mittelpunkt. Ferner zeigten die vier Verständlichmacher Möglichkeiten einer verbesserten Informationsübertragung auf. Nach der Skizzierung der wichtigsten Gruppen didaktischer Ansätze und aktueller Trends wurde das lerntheoretisch-didaktische Modell nach HEIMANN/SCHULZ näher aufgezeigt, weil in ihm alle den Unterricht strukturierenden Faktoren in ihrem interdependenten Funktionszusammenhang dargestellt sind.

Wie schon in der Einleitung angedeutet, erwies sich die ursprünglich für den Schulunterricht angelegte didaktische Betrachtungsweise für mich als sehr vorteilhaft bei der Planung und Durchführung der Gruppenstunden während meines Berufsfeldpraktikums im Therapiezentrum Münzesheim. Da ich Therapie auch immer als Lehr- und Lernprozeß sehe und Didaktik im weiteren Sinn als 'Wissenschaft und Lehre vom Lehren und Lernen' definiert ist, erscheint mir eine Übertragung des didaktischen Modells nach HEIMANN/SCHULZ auf die Gruppentherapie als sozialarbeiterischem Arbeitsfeld in der Behandlung von Alkoholabhängigkeit nicht nur legitim, sondern im Sinne einer Verbesserung ihrer Effizienz auch notwendig.

Bevor diese mikrodidaktische Umsetzung am Beispiel der Gruppentherapie im IV. Kapitel erfolgt, möchte ich versuchen – da die Gruppentherapie ja nur einen Aspekt in der Behandlung von Alkoholabhängigkeit darstellt – den gesamten Komplex Alkoholabhängigkeit makrodidaktisch, also unter einem übergeordneten Blickwinkel des Lehrens und Lernens, zu erfassen. Hierzu vergegenwärtigen wir uns die 'Abbildung 7: Das lerntheoretisch-didaktische Modell nach HEIMANN/SCHULZ auf Seite 13.

Im folgenden Kapitel wird zunächst die makrodidaktische Analyse der Bedingungsfelder von Alkoholabhängigkeit – also der anthropologischen und soziokulturellen Voraussetzungen – erfolgen, um anschließend im III. Kapitel die ebenfalls makrodidaktische Erarbeitung der Entscheidungsfelder einer integrativen Behandlung von Alkoholabhängigkeit aufzuzeigen.

II. Makrodidaktische Analyse der Bedingungsfelder von Alkoholabhängigkeit

1. Zur Problematik der Alkoholismusgenese

"Was der Alkoholismus wirklich ist, ist nach wie vor offen" stellt ANTONS (1976, S. 13) lapidar fest und erfaßt damit den derzeitigen Stand wissenschaftlicher Alkoholismusforschung: Es gibt weder eine einheitliche Definition des Forschungsgegenstandes Alkoholismus, noch eine objektive, empirisch abgesicherte, umfassende Ursachenanalyse. Vielmehr wird Alkoholismus von den meisten Experten – Praktikern wie auch Theoretikern – gesehen als "eine Krankheit oder ein Verhaltensmuster mit multipler Genese." (ANTONS 1975, S. 5) Entsprechend den unterschiedlichen theoretischen Standorten haben sich in der Literatur ca. 30 verschiedene Ansätze (FEUERLEIN 1975) für eine Entstehungstheorie des Alkoholismus herausgebildet, deren wichtigste Gruppen in folgendem Modell aufgezeigt sind.

Abbildung 9: Die wichtigsten Gruppen von Theorien bei der Ursachenanalyse von Alkoholabhängigkeit (nach LAYER 1983, in: Vorlesung Soziologie „Abweichendes Verhalten", Fachhochschule für Sozialwesen der Stiftung Rehabilitation Heidelberg)

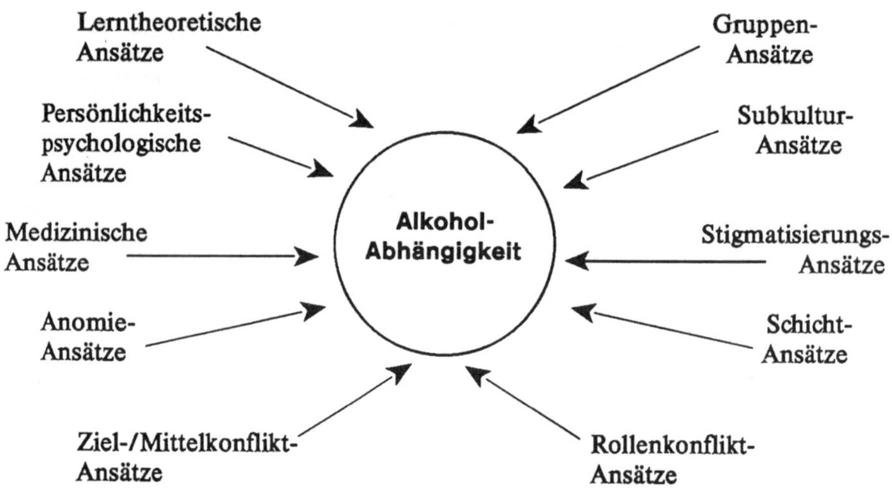

Mit KICHERER (1980, S. 8) bin ich der Auffassung, daß es die Vielzahl der Ansatz– und Untersuchungsperspektiven und die zum Teil kontroversen interdisziplinären Diskussionen geraten erscheinen lassen, "von ursächlichen Aspekten beim Entstehen von Alkoholismus zu sprechen und nicht global d i e Ursachen beschreiben zu wollen." Die Negation globaler Ursachen entspricht auch meiner Auffassung, daß es nicht d e n Alkoholismus an sich gibt, sondern jeweils die einer betroffenen Person adäquate, individuelle Form von Alkoholabhängigkeit. Ich werde in diesem Sinne in Abschnitt 4 dieses Kapitels versuchen, die Interdependenz der beiden Bedingungsfelder aus meiner Erfahrung des Alkoholismus aufzuzeigen. Zuvor sollen jedoch mir wichtig erscheinende Aspekte der anthropologischen und soziokulturellen Voraussetzungen differenziert aufgezeigt werden, und zwar punktuell ohne den Anspruch auf Vollständigkeit zu erheben.

Zuvor muß ich noch konstatieren, daß ich den Menschen immer als 'soziales Individuum' sehe, d.h. daß er allein nicht existent ist und vom Augenblick der Zeugung an im Spannungsfeld von Eigenpersönlichkeit und Umwelt steht. Mit dem Ziel einer ausdifferenzierten Betrachtungsweise – um inhaltliche Antipode herauszukristallisieren – liegt jedoch bei dem nun folgenden Aspekt der anthropologischen Voraussetzungen der Schwerpunkt der Betrachtung im Menschen, bei dem anschließenden Aspekt der soziokulturellen Voraussetzungen in der Gesellschaft.

2. Aspekt der anthropologischen Voraussetzungen

2.1. Genetischer Aspekt

FEUERLEIN (1975, S. 27) stellt fest, daß eine direkte Vererbung des Alkoholismus als einheitliches Merkmal weder erwiesen noch wahrscheinlich ist. SCHNEIDER (1982, S. 6) verweist auf GOODWIN, der in einer exakt durchgeführten Untersuchung an adoptierten Kindern in Dänemark Daten erhob, die belegen, daß eine Prädisposition zum Alkoholismus vererbt werden kann. Jedoch beziehen sich die ermittelten Faktoren entweder lediglich auf die Abhängigkeitsform, d.h. daß z.B. der Alkohol bei manchen Personen stärkere Effekte hat als bei anderen, oder sie sind sehr unspezifisch. SCHNEIDER (ebd.) faßt zusammen: "Die Erbanlagen können also eine gewisse Rolle bei der Determinierung des Alkoholismus spielen, sie sind jedoch für dessen Behandlung eher unbedeutend."

2.2. Medizinischer Aspekt

Neuere Ergebnisse der Biochemie lassen es möglich erscheinen, daß bei Alkoholikern Stoffwechselstörungen auftreten, die zu Alkoholavidität führen. Nach MANHART (in: SCHNEIDER 1982, S. 6) sind dabei Enzymdefekte, frühkindliche Hirnschäden, Ernährungsfehler (Vitamin B 1) und Mikroläsionen der Blut-Hirn-Schranke denkbar. Letzteres würde bedeuten, daß Abbauprodukte des Alkohols (Tetra-Isochinoline), die in Tierversuchen starkes Alkoholverlangen hervorrufen, bei Alkoholikern im Gegensatz zu Nichtalkoholikern ins Hirn gelangen können. Keine dieser Theorien – so SCHNEIDER (ebd.) – ist jedoch hinlänglich bestätigt.

2.3. Tiefenpsychologischer Aspekt

In der Psychoanalyse wird der Alkoholismus in den Termini des 'medizinischen Krankheitsmodells' erklärt. So ist Alkoholkrankheit in einem zugrundeliegenden Konflikt – verursacht durch eine Störung des "Vertrauens, das in früher Kindheit nicht oder nicht ausreichend erworben wurde" (WÖBCKE 1977, S. 42) – begründet, der die prämorbide Persönlichkeit prägt und sich in vielfältigen Erscheinungsformen, den Symptomen, äußert. Diese Vorstellung wurde von FREUD (GRAESSNER in: HEINERTH 1979, S. 71) in Analogie zu medizinischen Phänomenen entwickelt, wie z.B. einer Infektionskrankheit, die sich in Symptomen wie Kopfschmerzen und Fieber äußert. Die prämorbide Persönlichkeit ist nach CREMERIUS (in: WÖBCKE 1977, S. 54) dadurch gekennzeichnet, daß es lebensgeschichtlich bedingte Störungen im Seelenleben gibt, "die der Sucht den Boden bereiten." Eine solcher vermuteten Störungen erhält nach WÖBCKE (1977, S. 55) wesentliche Bestätigung durch empirische Untersuchungen. Nämlich die Annahme der Psychoanalyse, daß die Erziehungshaltung 'Overprotection' – gekennzeichnet durch eine überstarke Mutterbindung und das Bestreben, das Kind von möglichen Belastungen fernzuhalten und seine Wünsche und Bedürfnisse immer spontan zu befriedigen – die Haltung des Kindes gegenüber seinen Eltern und der Umwelt beeinflußt: sie nimmt einen 'passiv-oralen' Charakter an. Durch diese Haltung wird eine Entwicklung zu einem starken, durch hohe Frustrationstoleranz gekennzeichneten Ich behindert. Verläßt das Kind sein behütendes Elternhaus, so kommt es bald zum Konflikt zwischen dem Lustprinzip und dem Realitätsprinzip (FREUD). Um den durch Frustrationen bedingten unlustbetonten Situationen aus dem Weg zu gehen, zieht sich das so verwöhnte Individuum zurück. "Die dann einsetzende Flucht in die Isolierung, in Resignation und Ressentiments bildet den besten Nährboden für die Entwicklung einer süchtigen... Abhängigkeit von irgendeinem Mittel, das verspricht, das gestörte seelische Wohlbefinden... zu bessern und das seelische Gleichgewicht scheinbar wieder herzustellen." (MAAS/SCHMIDTOBREICK in: ebd.)

2.4. Lerntheoretischer Aspekt

Der lerntheoretische Ansatz – nach GRAESSNER (in: HEINERTH 1979, S. 68) basierend auf den Arbeiten von PAWLOW (1953-1956), SKINNER (z.B. 1938), HULL (1943), BANDURA (1969) und KANFER/ PHILLIPS (1976) – geht entgegengesetzt zum psychoanalytischen davon aus, daß Alkoholismus eine "unter Belastung erlernte Fehlverhaltensweise" ist. (DÖRNER/PLOG 1982, S. 397) Die Dauer ihres Fortbestehens und ihr Ausmaß hängen von denselben Bedingungen ab, wie es bei anderem erlernten Verhalten auch der Fall ist. Dies besagt, daß abweichendes Verhalten kein Symptom für zugrunde liegende Konflikte ist, "sondern ein in bestimmten Situationen erworbenes Handeln, das den gleichen Lerngesetzen wie anderes Handeln auch unterliegt." (ebd.) Bei den das Alkoholtrinken auslösenden Situationen lassen sich – nach SCHNEIDER (1982, S. 9) – zwei Klassen von Situationen trennen, wobei unter 'Situation' sowohl äußere physikalische Gegebenheiten, das Verhalten anderer Personen, als auch emotionales, gedankliches und handelndes Verhalten des Betreffenden selbst verstanden wird:

– Situationen, in denen bei Genuß von Alkohol angenehme Erlebnisse und Gefühle auftreten
– aversive Situationen

Entsprechend den Situationen gibt es zwei Typen von unmittelbaren Konsequenzen des Trinkens, die auf der pharmakologisch sedierenden Wirkung des Alkohols beruhen (ebd., S. 20):

– Positive Verhaltensweisen können gezeigt werden. Da diese Verhaltensweisen im allgemeinen in nüchternem Zustand gehemmt sind und der Alkohol diese Hemmschwelle senkt, spielt bei dieser Art von Konsequenzen die negative Verstärkung neben der positiven Verstärkung eine Rolle. Die unangenehm erlebten Hemmungen verschwinden, erwünschtes Verhalten (z.B. selbstbehauptendes, sicheres Verhalten) wird dadurch möglich und führt zu angenehmen Konsequenzen (z.B. soziale Zuwendung).
– Die aversive Situation (z.B. Langeweile mit trüben Gedanken, unangenehme Gefühle, Entzugserscheinungen) wird gemildert oder beseitigt. Dies nennt man in der Lerntheorie negative Verstärkung.

Dabei kann unterschieden werden zwischen den kurzfristigen Konsequenzen, die positiv sind, und den langfristigen, negativen Konsequenzen, die zum Abbau der Selbstkontrolle führen: Da die aversive Situation im Endstadium des Krankheitsverlaufs in körperlichen Entzugserscheinungen kulminiert, ergibt sich daraus – als letzte Konsequenz des Trinkens – beim Kontrollverlust der Teufelskreis des nicht mehr Aufhörenkönnens des Trinkens von Alkohol.
Die Entstehung des Kontrollverlusts aus lerntheoretischer Sicht erklärt SCHNEIDER (ebd., S. 16) folgendermaßen: "Die Entstehung des Kontrollverlustes erklären wir uns damit, daß der Alkoholiker mit dem Trinken ein bestimmtes Ziel anstrebt, das ihm durch Beobachtung oder zufällige Erfahrung bekannt ist. Man kann sich dabei den Trinkvorgang als einen ständigen internen Bewertungsprozeß zwischen Ist- und Soll-Zustand vorstellen, in dem das Verhalten so lange fortgeführt wird, wie der Ist-Zustand sich dem Soll-Zustand nähert. Dieser Soll-Zustand kann individuell sehr unterschiedlich, obwohl äußerlich relativ ähnlich, sein: Es ist der Rausch. Je alkoholisierter jemand ist, desto stärker wird auch die höhere Nerventätigkeit beeinflußt, so daß

a) im Prozeß der zunehmenden Alkoholisierung die Bewertungsregeln für den Soll-Zustand verändert werden und

b) die aus früherer Trinkzeit gespeicherten, nahezu automatisierten Verhaltensabläufe leichter ausgelöst werden."

SCHNEIDER (ebd., S. 36) faßt die Sichtweise der Krankheit Alkoholabhängigkeit unter lerntheoretischem Aspekt folgendermaßen zusammen: "Zusammenfassend sehen wir Alkoholismus als eine ungünstige Problemlösestrategie des Individuums an. Dieses Verhaltensmuster büßt mit der Zeit seine Anpassungsfunktion immer mehr ein. Das Verhalten verselbständigt sich und wird 'funktionell autonom' im Sinne von ALLPORT (1970), das heißt, es existiert weiter, ohne daß die ursprüngliche Verstärkung weiter erfolgt."

2.5. Entwicklungspsychologischer Aspekt

SILBEREISEN/KASTNER (in: OERTER 1985, S. 192) gehen davon aus, daß die Auseinandersetzung mit Alkohol und anderen Drogen am besten als eine neue Entwicklungsaufgabe gesehen wird, die auf Jugendliche als Teil des Erwachsenwerdens zukommt. In ihrem Modell 'Sechs Wege zum Drogengebrauch' (ebd., S. 209 ff.) begreifen sie Drogengebrauch als zielgerichtetes, auf Entwicklung bezogenes Handeln und legen – indem sie die Frage stellen: Worum geht es den Jugendlichen, wenn sie Drogen gebrauchen? – eine funktionelle Perspektive nahe. In folgender Abbildung versuche ich, ihr Modell 'Sechs Wege zum Drogengebrauch' – es entstand in der Absicht, theoretische Ansätze anderer Autoren zusammenzufassen und in einer neuen Sichtweise zu integrieren – differenziert nach proklamierten 'Ursachen' und zielgerichteten 'Funktionen' in modifizierter Form zu veranschaulichen. Es sollen nun die sechs Wege zum Drogengebrauch nach SILBEREISEN/KASTNER (ebd.) aufgezeigt werden, wobei jedoch die Funktion der Droge Alkohol nicht explizit dargestellt wird, sondern involviert ist in eine umfassendere Sichtweise des Drogengebrauchs, auf die ich im V. Kapitel zurückkommen werde, wenn sich aus den nun folgenden sechs Wegen makrodidaktische Grobziele einer allgemeinen Drogenprävention ableiten lassen.

Abbildung 10: Sechs Wege zum Drogengebrauch
(Modifikation nach SILBEREISEN/KASTNER in: OERTER 1985, S. 209 ff.)

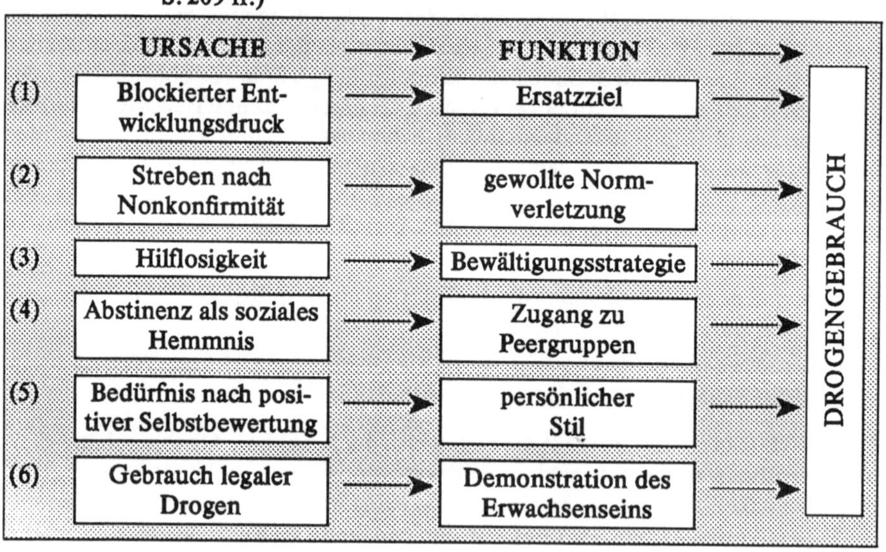

1. Drogengebrauch als Ersatzziel:
Wenn sich ein Jugendlicher in seiner Entwicklung blockiert sieht, wenn ihm nichts anderes offen zu stehen scheint, können Drogen 'einspringen'. Wer seine Autonomiewünsche nicht gegenüber Vater und Mutter so durchsetzen kann, wie er/sie es von sich selbst erwartet, kann sich durch Drogengebrauch faktisch elterlicher Kontrolle entziehen. Dieser Weg führt direkt über den Entwicklungsdruck (Modellvorstellungen von DÖRNER, KREUZIG, REITHER und STÄUDEL 1981) – etwa der Aufgabe, sich von elterlicher Kontrolle zu lösen – zum Drogengebrauch. In JESSOR und JESSORs Untersuchungen (1977, 1978) erweisen sich Unabhängigkeitsbedürfnisse als bedeutsamer Prädiktor für den Drogengebrauch.

2. Drogengebrauch als gewollte Normverletzung:
Insbesondere illegale Drogen oder nach herrschenden Normen vorzeitiger Gebrauch ansonsten gebilligter Drogen können als verdichteter Ausdruck einer Ablehnung der Erwachsenengesellschaft bzw. der gesellschaftlichen Werthaltungen verstanden werden. Dieser Weg verweist auf das zugrundeliegende Streben nach Nonkonformität, das in den obigen Untersuchungen der JESSORs eine bedeutsame Verbindung mit Drogengebrauch zeigte.

3. Drogengebrauch als Bewältigungsstrategie:
Nicht immer verfügen Jugendliche über positive Bewältigungsmöglichkeiten, wenn sie mit entwicklungstypischen Belastungssituationen umgehen sollen. Wer wiederholt erleben mußte, daß er/sie nicht hinreichend Kontrolle über die Erfolge seines eigenen Strebens hat, wird Symptome von Streß entwickeln, von der erlebten Bedrohung über Ängste bis vielleicht hin zur Hilflosigkeit (vgl. das Konzept gelernter Hilflosigkeit von SELIGMAN 1979). Drogengebrauch kann hier die Rolle einer emotional ausgleichenden Notfallreaktion übernehmen, nach dem Motto: '...dann hat mich plötzlich alles nicht mehr so genervt'. Eine solche Bewältigungsstrategie ist also verbunden mit der Hilflosigkeit, die bei unkontrollierbarem Entwicklungsdruck angenommen wird. So verstehen LABOUVIE und PANDINA (1983) den Drogengebrauch als entlastendes Coping-Verhalten (palliative coping-behavior). Eine Untersuchung von LABOUVIE (1984) zeigt weiterhin, daß das Ausmaß des Konsums von Alkohol und Marihuana um so höher ist, je eher beide Substanzen als Bewältigungsstrategie eingesetzt werden.

4. Drogengebrauch als Zugang zu Peergruppen:
Je weiter verbreitet Drogengebrauch unter Jugendlichen ist, desto eher kann Abstinenz zum sozialen Hemmnis werden. Gemeinsames Erleben von Drogenwirkungen fördert den Zusammenhalt und grenzt die Gruppe gegen die Erwachsenen ab. Besitzt der Drogengebrauch diese Funktion, wird seine Billigung erreicht über die Vorbildwirkung des Freundeskreises. In den Untersuchungen von JESSOR und JESSOR (1977, 1978) zeigte sich die Wirkung des Freundesmodells in hohem Maße beteiligt am Einstieg in den Marihuana-Gebrauch.

5. Drogengebrauch als persönlicher Stil:
Für Jugendliche sind bestimmte persönliche Attribute wichtig, wie z.B. 'cool sein'.

Drogen sind ein Weg, sich eine entsprechende Ausstrahlung zu verschaffen. Dieses durchaus jugendgemäße Bedürfnis nach Selbstbestätigung wird besonders effizient von der Werbung aufgegriffen, z.B. der 'Marlboro-Cowboy', der 'Camel-Abenteurer' u.s.w.. Dieser Weg korrespondiert mit dem Bedürfnis nach positiver Selbstbewertung. Die Ergebnisse der Untersuchungen von KAPLAN, MARTIN und ROBBINS (1982) zeigen, daß eine erhöhte Bedeutsamkeit dieses Bedürfnisses zur verstärkten Aufmerksamkeit gegenüber Drogen führt.

6. Drogengebrauch als Demonstration des Erwachsenseins:
Insbesondere in den Arbeiten von JESSOR und JESSOR (1977, 1978) wurde diese Funktion des Drogengebrauchs herausgestellt. Da legale Drogen lediglich für junge Menschen negativ sanktioniert sind, ansonsten aber geradewegs als Inbegriff des Erwachsenenstatus gelten können, stellt Drogengebrauch die Eroberung dieser Welt dar. Häufig ist Drogengebrauch dann aber auch mehr als bloß ein scheinbares Erwachsensein. Die Erwachsenen ihrerseits reagieren nicht nur mit Sanktionen, sie 'fallen darauf herein' und nehmen den Jugendlichen entsprechend häufig für erwachsen, nach dem Motto des sogenannten Thomas-Theorems: Was real erlebt wird, ist real in seinen Konsequenzen.

In soeben aufgezeigtem Sechs-Wege-Modell "wird deutlich, daß auf der Phänomenebene gleich erscheinende Entwicklungsmuster keineswegs gleichartigen Entwicklungsprozessen entsprechen müssen. Eine differentiell-entwicklungstheoretische Betrachtung erscheint deshalb angemessen: Für den einen Jugendlichen mag die Überwindung von Selbstwertverlust der Ausgangspunkt sein, für den anderen eher das Vorbild eines Freundes. Was gibt den Ausschlag für Wen – diese Frage ist allerdings weitgehend ungeklärt." (SILBEREISEN/KASTNER in: OERTER 1985, S. 211)

Lag der Schwerpunkt bei der Analyse des Bedingungsfeldes der anthropologischen Voraussetzungen bei der Entstehung von Alkoholabhängigkeit im Menschen, der unter genetischem, medizinischem, tiefenpsychologischem, lerntheoretischem und entwicklungspsychologischem Aspekt betrachtet wurde, so verlagert er sich im nun folgenden Bedingungsfeld der soziokulturellen Voraussetzungen in die Gesellschaft.

3. Aspekt der soziokulturellen Voraussetzungen

3.1. Kulturhistorischer Aspekt

PITTMAN (in: KICHERER 1980, S. 35) legt – unter kulturhistorischen Gesichtspunkten gewonnen – ein Schema von vier Kulturformen in Relation zum Alkohol vor:

1. Abstinenzkulturen, in denen jeglicher Alkoholgenuß verboten ist. Zu ihnen zählen die islamischen und hinduistischen Staaten; Libyen ist für den islamischen Staat in seiner absoluten Ablehnung von Alkoholika idealtypisch.

2. Ambivalenzkulturen, bei denen ein Konflikt zwischen koexistenten Wertstrukturen gegenüber dem Alkohol besteht.

3. Permissivkulturen, bei denen der Alkoholgenuß gestattet wird, wobei allerdings die Trunkenheit und andere pathologische Erscheinungen des Alkoholkonsums abgelehnt werden.

4. Kulturen (permissive, funktionsgestörte Kulturen), bei denen Alkoholkonsum, Exzesse und daraus resultierende pathologische Erscheinungen toleriert werden.

Diese Einteilungskriterien sind idealtypisch und können nicht für ganze Gesellschaften absolut gelten, wohl aber haben sie Tendenzcharakter. Innerhalb von industriellen Gesellschaften findet sich die 4. genannte Form bei subkulturellen Verbänden wie Jugendgruppen, Banden u.ä.. Den hier besonders interessierenden Befund liefert FEUERLEIN (ebd.), wenn er feststellt, daß Deutschland eine Zwischenstellung zwischen den beiden letztgenannten Kulturformen einnimmt.

3.2. Aspekt genereller sozialer und kultureller Faktoren

Unter der Überschrift "Faktoren des heutigen Alkoholgebrauchs und Mißbrauchs" bietet WURZBACHER (1965, S. 9) eine Faktorenanalyse an, die er unter 9 Aspekten darstellt und als "generelle soziale und kulturelle Faktoren" (ebd., S. 14) bezeichnet. Da sie auch heute noch Gültigkeit besitzen (KICHERER 1980, S. 35), sollen sie zusammengefaßt als Thesen aufgezeigt werden:

1. "Der Mensch ist ein sozial und kulturell gebundenes, geprägtes, und daher auch konfliktbelastetes Wesen." (WURZBACHER 1965, S. 9) Die Konflikte ergeben sich aus der Tatsache, daß individuelles Erfolgsstreben und die gesellschaftlichen Möglichkeiten seiner Erfüllung sich so gut wie immer in Diskrepanz befinden. (ebd., S. 10)

2. "Das Bedürfnis nach ausgleichenden und entlastenden Erlebnissen und Institutionen ist daher grundsätzlich, speziell aber im modernen Dasein ein beständiges Anliegen menschlicher Existenzbewältigung. Hier erhalten die Geselligkeit, die ja Gemeinsamkeit und Erleichterung gibt, ebenso wie das entlastende Rauschmittel ihre besondere Bedeutung." (ebd., S. 11)

3. "Der Alkohol bietet sich als bequeme Hilfe zu Entlastung und kurzfristiger sozialer und individueller Integration an." (ebd.) Dabei wird die Herabsetzung der Funktion "des rational analysierenden, abwägenden und steuernden Großhirns" (ebd.),

die Schwächung des kritischen Sinnes "für die sozialen, personalen und zeitlichen Realitäten" (ebd.) in Kauf genommen. Der Trinkende büßt seine hemmenden und ihn schützenden sozialen Kontrollmechanismen ein, die ihn je nach Interessenlage aggressiv, distanzlos-wohlwollend, gleich, solidarisch agieren und reagieren lassen.

4. Alkoholkonsum wird durch Trinksitten und Trinkzwänge kultiviert. WURZBACHER (ebd.) stellt die Verhaltensforschung auf den Kopf, wenn er schreibt, "daß der Genuß alkoholischer Getränke weithin als das normale, durch Tradition bestätigte Verhalten angesehen wird, in dem Kraft und Lebensfreude zum Ausdruck kommen. Abstinentes Verhalten hat demgegenüber... noch weitgehend den Ruf abweichenden Verhaltens." Umgekehrt stellt die Verhaltensforschung fest, daß Alkoholkonsum in übermäßigen Mengen eine Spielart abweichenden Verhaltens ausmache. (KICHERER 1980, S. 37)

5. "Unter dem Einfluß dieser prestigehaltigen Vorstellungen [siehe obiges Zitat von WURZBACHER] wird der Alkoholgenuß überwiegend unter positivem Aspekt gesehen. Die Erstwirkungen der Anregung, Erleichterung, Enthemmung stehen im Vordergrund, denen gegenüber die Nachwirkungen der Behinderungen körperlicher und geistiger Leistungs- und Kontrollfähigkeit teils unbekannt sind, teils vernachlässigt und verdrängt werden." (WURZBACHER 1965, S. 13)

6. Die Werbung der alkoholische Getränke produzierenden Firmen nimmt die vorhandenen Traditionen auf "und appelliert an die Männlichkeit, Härte, den Geltungsdrang, das Geselligkeitsbedürfnis, die Lebensfreude ihrer Kunden." (ebd.) KICHERER (1980, S. 38) aktualisiert diese Tendenz, indem er auf das Gleichberechtigungsphänomen der modernen Werbung hinweist, was in der Jägermeister-Werbung einer attraktiven Dame gipfelt: 'Ich trinke Jägermeister, weil wir die Gleichberechtigung praktizieren müssen, meine Damen.' Und in der Tat: Der Frauenalkoholismus zeigt die 'Gleichberechtigungstendenz' an!

7. "Das gestiegene Einkommen stellt den typisch modernen Wirkungskreis her, bei dem wachsende Produktivität der Alkoholerzeuger, höherer Lebensstandard und vermehrte Bedürfnisse einander steigern." (WURZBACHER 1965, S. 13)

8. WURZBACHER (ebd., S. 14) zitiert SCHELSKY, der konstatiert, daß "der allgemeine Liberalisierungs- und Demokratisierungsprozeß unter den Grundwerten der Gleichheit und Freiheit zur Angleichung unterschiedlicher Bevölkerungsgruppen mit der Tendenz auf eine nivellierte Mittelstandsgesellschaft (führt)." WURZBACHER führt diese Erkenntnis an, um zu belegen, daß dadurch "neue Verbraucherschichten" (ebd.) – vor allem Frauen und Jugendliche – erschlossen würden.

9. "Die moderne Freizeit, der die Fähigkeit zur persönlichen Gestaltung nicht folgen konnte. Auf sich selbst zurückgeworfen ist mancher jetzt mit dem bedrückenden Er-

lebnis einer Freizeitleere konfrontiert, vor der er in den Alkoholmißbrauch ausweicht." (ebd.)

Wurde unter dem Aspekt genereller sozialer und kultureller Faktoren WURZBACHERs Faktorenanalyse thesenartig aufgezeigt, so sollen nun spezielle auslösende Faktoren für den Alkoholkonsum Jugendlicher während ihrer Sozialisation anhand empirischer Untersuchungen dargestellt werden. Ich beziehe mich hierbei auf v. SOER (1980), der 'auslösende Faktoren' definiert als "Einflußfaktoren der Manifestierung des drogenkonsumierenden Verhaltens" (ebd., S. 37) und sie unter dem Aspekt der primären und sekundären Sozialisationsinstanzen untersucht. Bezüglich ihrer wissenschaftlichen Erforschung in Relation zum Alkoholkonsum Jugendlicher stellt v. SOER (ebd., S. 86) fest: "Bei den sozialen Bedingungen, die in den empirischen Untersuchungen Berücksichtigung fanden, handelt es sich um solche, die die primären Sozialisationsinstanzen wie Familie, Schule und Schülerfreundschaftsgruppen betreffen. Der Einfluß sekundärer Sozialisationsinstanzen, die im Betrieb, den politischen Verbänden, in den Massenmedien und der Werbung etwa gegeben sind, auf die Ausprägung des Alkoholkonsums der Jugendlichen ist dagegen bisher nur punktuell erforscht worden."

Im folgenden fasse ich die mir wichtig erscheinenden Untersuchungsergebnisse v. SOERs zusammen, differenziert in den Aspekt der primären und sekundären Sozialisationsinstanzen.

3.3. Aspekt der primären Sozialisationsinstanzen

3.3.1. Die Familie

In den v. SOER (ebd.) zugänglichen Repräsentativerhebungen – Schleswig-Holstein-Untersuchung von FAHRENKRUG/HUBER/LEHR (1973), bayerische Untersuchung von WORMSER (1973), Hamburger Untersuchung von JASINSKY (1976) – wurde die Analyse der familiären Situation unter folgenden Aspekten durchgeführt.

3.3.1.1. Trinkgewohnheiten der Eltern

Die in den oben angeführten empirischen Erhebungen gewonnenen Ergebnisse decken sich mit den schon vorliegenden Resultaten der Alkoholismusforschung, nach denen die Familie als wichtigste Übermittlerin des Trinkverhaltens anzusehen ist. Die Relevanz dieses Imitationsaspekts soll durch folgendes Zitat belegt werden: "Je häufiger und ausgiebiger im Elternhaus Alkohol getrunken wird, um so größer ist die Wahrscheinlichkeit für die Kinder, später auch ständig und ganz selbstverständlich viel Alkohol zu konsumieren, weil die Eltern überwiegend als Vorbild gelten und ihr Verhalten bewußt und unbewußt nachgeahmt wird." (STOSBERG in: ebd., S. 90)

3.3.1.2. Berufstätigkeit der Mutter

Konnte bei den Trinkgewohnheiten der Eltern eine signifikante positive Korrelation zum Konsumverhalten der Kinder festgestellt werden, so ergaben Untersuchungen betreff Berufstätigkeit der Mutter widersprüchliche Ergebnisse. V. SOER verweist auf die Notwendigkeit einer weiteren Überprüfung dieser Relation.

3.3.1.3. Vollständigkeit der Familie

Diesem Aspekt muß den vorliegenden Befunden zufolge eine wichtige Bedeutung für die Ausprägung des jugendlichen Alkoholkonsums beigemessen werden. MALHOTRA (in: ebd., S. 92) stellt fest, daß die Schüler aus unvollständigen Familien eher als die aus vollständigen Familien dazu neigen, regelmäßig Alkohol zu trinken. FAHRENKRUG/HUBER/LEHR (in: ebd.) zeigen denselben Zusammenhang bezüglich der konsumierten Alkoholmenge auf. Auch WITT (in: ebd.) kommt zu dem Ergebnis, daß Kinder aus unvollständigen Familien stärker gefährdet sind. Sie weist zusätzlich daraufhin, daß Familien mit Stiefmutter oder Stiefvater ähnliche Auswirkungen auf die jugendlichen Alkoholgewohnheiten haben wie unvollständige Familien.

3.3.1.4. Verhältnis zum Elternhaus

Der im vorigen Abschnitt aufgezeigte Zusammenhang leitet dazu über, daß die zu häufigem und intensivem Alkoholgebrauch neigenden Jugendlichen ihr Verhältnis zum Elternhaus schlechter beurteilen als die übrigen Jugendlichen. MALHOTRA (in: ebd.) berichtet, daß die regelmäßig Alkohol konsumierenden Schüler "ihre Familiensituation auch subjektiv als schlechter als die übrigen Schüler" erleben. Während die regelmäßigen Alkoholkonsumenten im Durchschnitt ihr Familienleben als 'üblich, unauffällig, normal' beschrieben, empfanden die nicht regelmäßig Alkohol trinkenden Schüler das Familienleben durchschnittlich als 'harmonisch, erfreulich'. Ebenso stellt JASINSKY (in: ebd.) für Hamburg fest, daß die Schüler, die in den der Untersuchung vorhergehenden zwei Monaten mindestens einmal betrunken gewesen waren, im allgemeinen ihr Verhältnis zum Elternhaus als schlechter beschrieben als die Schüler, die in den zwei Monaten nicht betrunken gewesen waren.

Dies gilt nach JASINSKY insbesondere für die Altersstufe der bis 16jährigen. Auch FAHRENKRUG/HUBER/LEHR (in: ebd.) bestätigen diesen Zusammenhang. Jugendliche, die ihre häusliche Situation als negativ im Vergleich zu ihren Altersgenossen erleben, konsumieren mehr und häufiger Alkohol. Dabei stellen FAHRENKRUG/HUBER/LEHR fest: "Der entscheidende Konsumanstieg bei den gefährdeten Trinkern liegt im 14. bis 16. Lebensjahr; jedoch fallen schon 1% der 11- bis 12jährigen Trinker darunter." (in: ebd., S. 61)

Die Bedeutung der hier dargestellten Aspekte familiärer Situationen bei der Entwicklung des jugendlichen Alkoholkonsumverhaltens kann als weitgehend gesichert betrachtet werden. Denn auch schon in älteren Repräsentativerhebungen –wie z.B. bei WIESER (1968 in: ebd., S. 92) und BENAD (1973 in: ebd.) – ist nachgewiesen worden, daß die Vertrauensbeziehung von Alkoholkonsumenten zu ihren Eltern deutlich geringer ist als bei Abstinenten. Anzunehmen ist, daß Jugendliche häufig ein Alkoholerlebnis anstreben, "um Folgen einer als problematisch erlebten Familiensituation zu überspielen." (FAHRENKRUG/HUBER/ LEHR in: ebd.) Oder "...als wichtigstes Motiv für Jugendliche, Alkohol zu trinken, scheint die Identifikation mit der Erwachsenenwelt." (STOBER in: ebd., S. 93)

3.3.1.5. Schichtzugehörigkeit

Betrachtet man die in den zur Verfügung stehenden empirischen Untersuchungen dargelegten Daten zur schichtspezifischen Ausprägung des jugendlichen Alkoholkonsums, so fällt auf, daß die Ergebnisse der einzelnen Untersuchungen in bestimmten Aspekten widersprüchlich sind und nur teilweise übereinstimmen. Die bayerische Erhebung sowie die nordrhein-westfälische Regionalstudie kommen zu dem Ergebnis, daß der Alkoholkonsum der Jugendlichen in allen Schichten gleich ausgeprägt ist bzw. nur unerhebliche Unterschiede aufweist. Demgegenüber kommt JASINSKY für Hamburg (und in der Tendenz auch FAHRENKRUG/HUBER/ LEHR für Schleswig-Holstein) zu dem Ergebnis, daß insbesondere in den Extremgruppen der jugendlichen Alkoholkonsumenten (Antialkoholiker und starke Trinker) eine Zunahme des Alkoholkonsums von der Oberschicht hin zur Unterschicht stattfindet. Widersprüchlich sind die Ergebnisse für Hamburg und Bayern insbesondere hinsichtlich der geschlechtsspezifischen Ausprägung des jugendlichen Alkoholkonsums in den verschiedenen Sozialschichten. Während in Bayern eine Zunahme des Alkoholkonsums von der Unterschicht hin zur Oberschicht unter weiblichen Konsumenten zu verzeichnen ist, läßt sich eine umgekehrte Verteilung für Hamburg konstatieren. STOSBERG stellt fest: "Wenn Statistiken häufig von einem Überwiegen der Angehörigen der unteren Schichten unter den Alkoholikern berichten, dann muß dabei bedacht werden, daß Alkoholismus über kurz oder lang fast immer zu einem sozialen Abstieg führt" (in: ebd., S. 82). Inwieweit die aufgezeigte Widersprüchlichkeit der Einzelergebnisse als Resultat unterschiedlicher Entwicklungen innerhalb der Jugendlichen Bayerns, Nordrhein-Westfalens und Hamburgs zu begreifen ist, läßt sich anhand der vorliegenden empirischen Daten nicht klären und kann als bedeutendes Desiderat zukünftiger Forschungen zum Alkoholkonsum Jugendlicher angesehen werden. Ungeachtet der Tatsache, daß hinsichtlich der schichtspezifischen Verteilung der jugendlichen Alkoholkonsumenten keine verallgemeinernden Aussagen möglich sind, läßt sich jedoch schon ein wesentlicher Unterschied zur Sozialstruktur der Rauschmittelkonsumenten (gemeint sind hier Drogen wie Haschisch, LSD u.s.w.) festhalten. Für diese Gruppe der Jugendlichen nämlich stellt BENAD (in: ebd.) in einer umfassenden Auswertung verschiedener Repräsentativerhebungen fest: "Rauschmittelkonsumenten stammen häufiger aus der Ober- und Mittelschicht als aus der Unterschicht."

3.3.2. Die Peer-Group

Die Peer-Group – in der Soziologie neben der Familie als wichtigste Primärgruppe betrachtet, die soziales Verhalten beeinflußt – wird in der Literatur als das einflußreichste und bedeutendste Trinkmilieu der Jugendlichen angegeben. Unter Peer-Group verstehen FAHRENKRUG/HUBER/LEHR (in: ebd., S. 75) das "strukturierte Miteinander von etwa altersgleichen Jugendlichen, die sich in mehr oder minder lockerer Form assoziieren, um auf der Basis ähnlicher Interessen und wechselseitiger Sympathie miteinander zu interagieren. Dabei bietet die Peer-Group den Jugendlichen (...) einerseits informale Spielräume diffuser Selbstdarstellung zur emotionalen Entlastung und Entspannung, andererseits ein soziales Lernfeld, in dem durch 'imitatorisches' und 'antizipatorisches' Handeln eine eigene Identität und ein eigener Zugang zur Erwachsenheit gesucht wird." Die Peer-Group ist nicht allein die verbreitetste, zugleich "prägt, leitet und verstärkt" (ebd.) sie das jugendliche Trinkverhalten:

– Die Prägung wird manifest "in der Ausbildung von Wertmustern, nach denen Trinken Anerkennung in der Gruppe erbringt." (ebd.)
– Die Leitung wird darin ersichtlich, "daß für einen großen Teil der Jugendlichen hier der erste Rausch relativ gefahrlos gewagt wird, die Gruppe also die Initiation gewährleistet." (ebd.)
– Die Verstärkung zeigt sich darin, "daß das Trinken auf 'Wirkung' hier am häufigsten ist." (ebd.)

Weiterhin haben FAHRENKRUG/HUBER/LEHR (in: ebd., S. 76) festgestellt, daß

– sich mit steigendem Alter eine deutliche Zunahme des Peer-Trinkens feststellen läßt (es setzt im Alter von 13-14 ein und ist vom 15. Lebensjahr an die dominierende Trinkform)
– das Peer-Trinken nicht geschlechtsspezifisch ausgeprägt ist
– das Peer-Trinken seine stärkste Verbreitung in ländlichen Regionen erreicht
– zwischen bestimmten peer-orientierten Freizeitaktivitäten und entwickelterem Trinkverhalten eine eindeutige Beziehung besteht: "Die Dominanz selbstregulierter Aktivitäten geselliger Art (Parties, informale Treffs, Feten, etc.) oder die intensive Wahrnehmung kommerzieller Angebote zur Zerstreuung und Unterhaltung (Diskotheken, Kneipen, Jugendlokale, Spielhallen, etc.) in der Freizeit geht eindeutig mit einem höheren Alkoholkonsum der Jugendlichen einher." (ebd.)

3.4. Aspekt der sekundären Sozialisationsinstanzen

Die bayerische Untersuchung kommt aufgrund des erhobenen Zahlenmaterials zu dem Ergebnis, daß der Alkoholkonsum "beim Übergang von der Schule in den Beruf" (v. SOER 1980, S. 83) ansteigt. Die zugrunde gelegten Zahlen machen deutlich, daß mit dem Anstieg die quantitative Ausweitung der Gruppe der Alkoholkonsumenten gemeint ist, daß nämlich mit dem Eintritt ins Berufsleben nahezu zwei

Drittel der Jugendlichen Alkoholkonsumenten geworden sind, während ihr Anteil an der Schülerschaft nur gut ein Drittel ausmacht. Auch läßt sich ein Wandel in der Trinkmotivation feststellen. Sind in der Schülerschaft Trinkmotiv, Trinkanlässe und Trinkstil mehr gemeinschaftsbestimmt, so nehmen letztere während der beruflichen Sozialisation immer mehr persönlichen Charakter an und werden problemorientiert. Welche Bedingungen und Ursachen hier zugrunde liegen, wird in der bayerischen Untersuchung offen gelassen.

Deshalb soll eine weitere empirische Untersuchung angeführt werden, in der Ansätze zur Klärung des Problems, warum mit dem Eintritt in das Berufsleben neue Lebensbedingungen Veränderungen in den Alkoholkonsumgewohnheiten hervorrufen, zu finden sind. BIENER (1976 in: ebd., S. 93) führte seine Untersuchung in der Schweiz durch. Anhand seiner Daten lassen sich die Konsumgewohnheiten 17- bis 19jähriger Bauernburschen und 17- bis 19jähriger Maschinenbaulehrlinge vergleichen. Die Häufigkeit des Alkoholkonsums ist innerhalb der Bauernjugend erheblich geringer als innerhalb der Stadtjugendlichen. BIENER führt an, daß es sich bei den Bauernburschen meist um Bauernsöhne handele, "welche selbst den Hof des Vaters übernehmen werden oder meist in einen Bauernhof einheiraten wollen." (ebd.) Mit diesem Hinweis, der auf Unterschiede in der Situation von Bauernburschen und Lehrlingen hindeutet, ist zugleich der Ansatz für eine mögliche Erklärung der Unterschiede im Konsumverhalten gegeben. Denn die Lebensphase, in der sich das unterschiedlich ausgeprägte Konsumverhalten zeigt, hat für die Mitglieder der beiden Gruppen offensichtlich ganz verschiedene Bedeutungen.

Bei den Bauernburschen ist mit dem Eintritt in das Berufsleben eine weitgehende Erhaltung der traditionellen Lebensbezüge gegeben. Sowohl die Berufstätigkeit als auch ihr sozialer Rahmen, in den sie eingebettet ist, sind dem berufstätigen Jugendlichen im Laufe des Familienlebens vertraut geworden. Für ihn bislang unbekannte Probleme am Arbeitsplatz sind ebenso unwahrscheinlich wie die Konfrontation mit völlig veränderten, im Berufsleben neu auftauchenden Anforderungen an das Sozial- und Freizeitverhalten. Der Berufseintritt vollzieht sich somit unter Beibehaltung des traditionellen Lebensrahmens.

Demgegenüber entstehen für die Maschinenbaulehrlinge mit dem Eintritt in das Berufsleben ganz neue Lebensbezüge, die eine weitgehende Veränderung der bis dahin gegebenen Lebenssituation bedeuten. Die Berufstätigkeit und die mit ihr verknüpften Sozialbezüge sind dem Lehrling nicht vertraut. Die neu entstehenden Anforderungen an das Sozial- und Freizeitverhalten können in Widerspruch zu denjenigen geraten, die in Familie und Schule gestellt werden bzw. gestellt wurden. Der Fortbestand familiärer Bindungen und solcher an Schülerfreundschaftsgruppen ist nicht in dem großen Ausmaß gegeben wie bei der Bauernjugend. Insgesamt ist für die Lehrlinge ein tiefgehenderer Umstellungsprozeß durch den Berufseintritt als bei den Bauernburschen anzunehmen.

Die Befunde BIENERs lassen erkennen, daß der Jugendliche mit dem Eintritt ins Berufsleben mit Bedingungen konfrontiert wird, die einen Umstellungsprozeß initiieren, der als wesentlicher auslösender Faktor für die verstärkte Ausbreitung des Alkoholkonsums unter Jugendlichen anzusehen ist.

Ferner erscheint mir das in letzter Zeit akut werdende Problem der Jugendarbeitslosigkeit als ein wesentlicher Grund für gesteigerten Alkoholkonsum, indem der Jugendliche versucht, durch letzteren aus der durch die Arbeitslosigkeit verursachten sozialen Bindungsleere und dem Gefühl der Sinnlosigkeit seiner Existenz zu fliehen.

Beziehen sich die bisher aufgezeigten Aspekte der soziokulturellen Voraussetzungen auf die Bedingungen, die die Entstehung von Alkoholabhängigkeit beeinflussen, so sollen im folgenden juristischen Aspekt die gesetzlichen Grundlagen dargestellt werden, die – als soziokulturelle Voraussetzungen – eine Behandlung von Alkoholabhängigkeit ermöglichen. Als Exkurs fließen einige sozialwissenschaftliche Begriffsbestimmungen mit ein, die ich nicht als endgültige Festschreibungen, sondern als 'Arbeitsdefinitionen' verstehe.

3.5. Juristischer Aspekt

3.5.1. Definition von Krankheit

Im Anschluß an die Rechtssprechung des Preußischen Oberverwaltungsgerichts seit dem Jahre 1889 und später des Reichsversicherungsamts (RVA) sieht das BUNDESSOZIALGERICHT (Urteil vom 24. April 1967 RK 12/65 – im BSGE Bd. 26, S. 240) als Krankheit "einen regelwidrigen Körper- oder Geisteszustand an" (in: KRASNEY 1980, S. 39), dessen Eintritt entweder allein die Notwendigkeit einer Heilbehandlung oder zugleich oder ausschließlich Arbeitsunfähigkeit zur Folge hat. Es muß also ein objektiv faßbarer regelwidriger Zustand des Körpers oder des Geistes oder beider zugleich vorliegen, der von der Norm abweicht und der durch eine Heilbehandlung behoben, gelindert oder zumindest vor einer drohenden Verschlimmerung bewahrt werden kann.

3.5.2. Alkoholismus als Krankheit

Auf der Grundlage dieser soeben aufgezeigten Rechtssprechung zum Krankheitsbegriff hat das Bundessozialgericht mit dem Urteil vom 18. Juni 1968 Alkoholabhängigkeit als Krankheit im Sinne der Reichsversicherungsordnung mit folgender Definition anerkannt: "Alkoholsüchtigkeit, auch wenn sie noch keine Geisteskrankheit im engeren Sinne darstellt und auch noch keine körperlichen Beschwerden hervorgerufen hat, jedoch bereits zum Verlust der Selbstkontrolle geführt hat." (BSG, Urteil vom 18. Juni 1968, 3 RK 63/66)
Hierbei ist der 'Kontrollverlust' im juristischen Sinn als operationalisierbares Kriterium der Alkoholkrankheit definiert, der dann vorliegt, "wenn er (der Alkoholkranke) von einem Suchtmittel im Sinne eines nicht mehr Aufhörenkönnens ohne fremde Hilfe abhängig ist." (LANDESWOHLFAHRTSVERBAND WÜRTTEMBERG-HOHENZOLLERN 1978, S. 2)

Exkurs: Sozialwissenschaftliche Begriffsbestimmungen

Da in obigem Urteil der Begriff 'Alkoholsüchtigkeit' gebraucht wird, soll zur Begriffsabgrenzung 'Sucht/Abhängigkeit' FEUERLEIN (1975, S. 4) zitiert werden: "Vom psychiatrischen Standpunkt aus ist unter Sucht ein psychopathologisches Phänomen zu verstehen, das durch eine abnorme Verhaltensweise charakterisiert ist... Sucht ist letztlich unabhängig von den eingenommenen Drogen. Es gibt auch süchtiges Verhalten bei sexuellen Perversionen. Da der Begriff der Sucht schwer zu definieren ist, hat sich die Weltgesundheitsorganisation 1964 entschlossen, den Suchtbegriff im Bereich der Drogen durch den Begriff der Abhängigkeit zu ersetzen."
'Abhängigkeit von Drogen' – wobei Droge als Substanz angesehen wird, die "in die natürlichen Abläufe des Körpers eingreift und vor allem unsere Wahrnehmungen und Gefühle beeinflußt" (GEISLER 1981, S. 17) – ist nun folgendermaßen definiert: "Man versteht darunter einen Zustand von Mißbehagen bzw. von Beschwerden, die durch den Entzug einer Droge bei einem Indiuiduum hervorgerufen werden, das diese Droge... längere Zeit ('chronisch') konsumiert hat." (FEUERLEIN 1975, S. 4)
Abschließend die umfassende Definition von Alkoholabhängigkeit der Weltgesundheitsorganisation, die auch die Auswirkungen der Alkoholkrankheit mit einbezieht. Danach sind Alkoholiker "exzessive Trinker, deren Abhängigkeit vom Alkohol einen solchen Grad erreicht hat, daß sie deutlich Störungen ihrer körperlichen und geistigen Gesundheit, in ihren zwischenmenschlichen Beziehungen, ihren sozialen und wirtschaftlichen Funktionen aufweisen." (in: GEISLER 1981, S. 23)

3.5.3. Kostenträger bei Behandlungsmaßnahmen

Auf dem Fundament der vor dem Exkurs ausgeführten Rechtssprechung ergeben sich nun für einen alkoholabhängigen Patienten Ansprüche auf Behandlungsmaßnahmen gegenüber den verschiedenen Kostenträgern, wobei deren Zuständigkeiten nach dem Subsidiaritätsprinzip ermittelt werden. Danach ist bei einer stationären Entgiftung im Krankenhaus zunächst die Krankenkasse zuständig. Unter bestimmten Voraussetzungen – auf die ich im Rahmen dieser Arbeit nicht näher eingehen möchte – bestehen nach §§ 1236 RVO Ansprüche an den Rentenversicherungsträger auf Maßnahmen der medizinischen Rehabilitation, der stationären Entziehungs- und Entwöhnungsbehandlungen. Eine Leistungspflicht der Träger der Sozialhilfe ist in der Regel nur gegeben, wenn kein vorrangig Leistungspflichtiger, insbesondere kein Renten- oder Krankenversicherungsträger, vorhanden ist. Als Leistungen der Sozialhilfe kommen Maßnahmen der Krankenhilfe nach § 37 BSHG oder, sofern der Suchtkranke zum Personenkreis des § 39 BSHG gehört, Maßnahmen der Eingliederungshilfe für Behinderte und zwar in der Regel nach § 40 Abs. 1 Nr. 1 und/oder Nr. 7 BSHG in Betracht.

4. Modell zur Interdependenz der Bedingungsfelder von Alkoholabhängigkeit

Hierzu vergegenwärtigen wir uns das lerntheoretisch-didaktische Modell nach HEIMANN/SCHULZ auf Seite 13. Aufgabe einer makrodidaktischen Analyse der Interdependenz der anthropologischen und soziokulturellen Voraussetzungen bei der Entstehung von Alkoholabhängigkeit wäre nun – als Ziel einer umfassenden Alkoholismustheorie – die Erarbeitung einer "'unified field' Konzeption..., die soziale, psychologische und biologische Variable in dynamischer Interaktion sieht." (LEVY in: ANTONS 1975, S. 7) Da es diese umfassende Theorie des Alkoholismus bis heute nicht gibt, werde ich versuchen – mittels des unten abgebildeten Modells – die Interdependenz der Bedingungsfelder aus meinem subjektiv erlebten Entwicklungsprozeß der Alkoholkrankheit, elaboriert durch das Studium der Fachliteratur, darzustellen. Hierbei ergeben sich für mich die drei relevanten Bezugskomponenten 'Persönlichkeit' – kompatibel mit den 'anthropologischen Voraussetzungen' –, 'soziales Umfeld' – kompatibel mit den 'soziokulturellen Voraussetzungen' – und 'Droge Alkohol', deren Interdependenz im Entwicklungsprozeß von Alkoholabhängigkeit im folgenden aufgezeigt werden soll.

Abbildung 11: Modell zur Interdependenz der Bedingungsfelder von Alkoholabhängigkeit

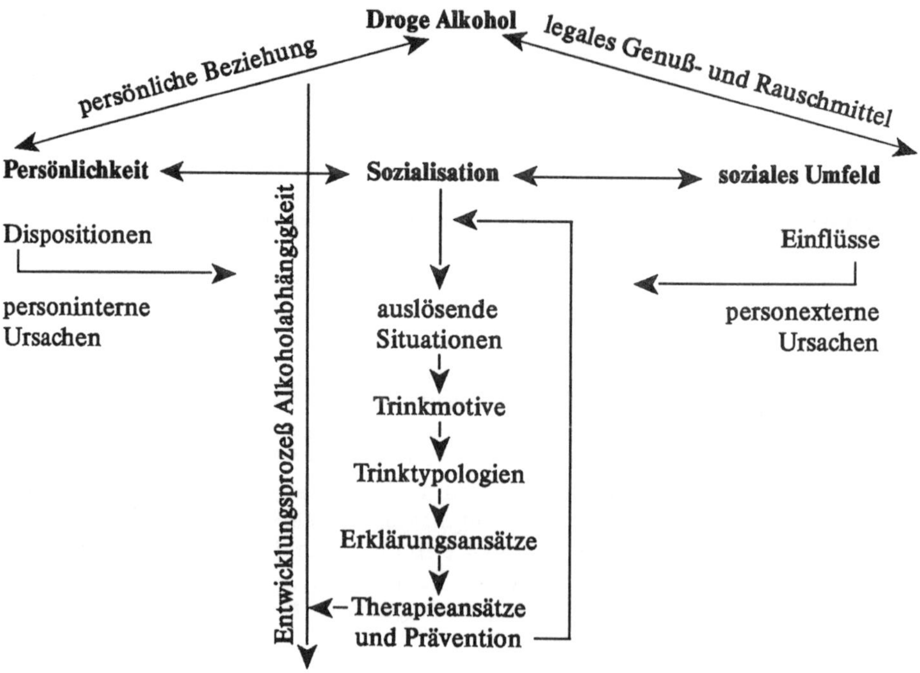

4.1. Entwicklungsprozeß der Entstehung von Alkoholabhängigkeit

Ausgangspunkt ist der Mensch in seiner Persönlichkeit als Individuum. Er steht vom Augenblick der Zeugung an in Wechselwirkung mit seiner Umwelt und gerät über diese, da die Droge Alkohol in ihr involviert ist, in Berührung mit der Droge und persönliche Beziehung zu ihr – und dies manchmal schon im Mutterleib. Die Beziehung der Droge Alkohol als Bestandteil der Umwelt zu letzterer ist definiert als 'legales Genuß- und Rauschmittel'.
Im Spannungsfeld der Wechselwirkung zwischen Persönlichkeit und sozialem Umfeld entstehen während der primären und sekundären Sozialisation auslösende Faktoren – die sich in Situationen manifestieren – für den Konsum von Alkohol, wobei personinterne und personexterne Ursachen zusammenwirken. Ich möchte diese theoretische Aussage durch folgendes Beispiel, das in meiner 'Alkoholkarriere' ein Schlüsselerlebnis darstellt, veranschaulichen.
In der 5. Klasse Gymnasium unternahmen wir an einem Wandertag gemeinsam mit unserem Klassenlehrer eine Brauereibesichtigung. Im Anschluß daran lud uns der Braumeister zu einem 'kleinen Umtrunk' in den Bierkeller ein. Es wurde ein großes Holzfaß angezapft, und meine älteren Klassenkameraden – ich war der Jüngste in der Klasse – sprachen dem Freibier kräftig zu. Da ich schon als Kind sehr durstig war – daher an große Flüssigkeitsmengen wie z.B. Milch und Apfelsaft gewöhnt war –, wollte ich den älteren Mitschülern, die mich zum Mittrinken aufforderten, nicht nachstehen und trank etliche Liter Bier, was meinen ersten Rausch zur Folge hatte. Ich erlebte ihn als äußerst angenehm, einmal weil ich mich von innen her 'beschwingt' und insgesamt äußerst wohl fühlte – auch am nächsten Tag keine Folgeerscheinungen wie z.B. Kopfschmerzen und Übelkeit verspürte –, zum anderen, weil mich meine älteren Klassenkameraden mit Anerkennung wegen meiner großen Trinkleistung überhäuften, und ich fortan bei ihnen 'als ganzer Mann' akzeptiert war, der dann auch sehr gerne nach der Schule mit ins Wirtshaus zum täglichen 'Frühschoppen' ging.

Die Analyse dieses meines Schlüsselerlebnisses – ich werde es und die Auswirkung auf mein späteres Trinkverhalten im V. Kapitel innerhalb des Unterrichtsmodells zur Alkoholprävention ausführlicher aufzeigen – ergibt folgendes: Als personexterne Ursache für den Konsum von Alkohol – als Einfluß des sozialen Umfelds – stellte sich die Situation der Brauereibesichtigung dar, was meine Imitation des Trinkverhaltens der älteren Kameraden zur Folge hatte. In diesem Sinne kann ich die Behauptung der ehemaligen Bundesministerin für Jugend, Familie und Gesundheit, Frau ANTJE HUBER, vor der Bundespressekonferenz nur bestätigen: "Hauptursache für Alkoholismus ist also der 'gesellige Zwang'." (1977, S. 3)

Zu dieser personexternen Ursache kommt nun die personinterne hinzu, die ich als Disposition bezeichnen möchte. RIETH (1970, S. 101) erklärt sie als "Möglichkeit oder Fähigkeit, bestimmte seelische oder körperliche Inhalte auszuleben." Die Realisierung, also die Art und Weise des 'Auslebens' der Grunddispositionen – die meiner Meinung nach überwiegend genetisch bestimmt sind – kann durch den Begriff der

"Homöostasis" – als Ruhezustand zwischen Schmerz und Freude, Lust und Unlust, Spannung und Entspannung – erklärt werden, "der eine wichtige Rolle bei der Herstellung und Erhaltung des Gleichgewichts in Systemen spielt." (WATZLAWICK u.a. 1969, S. 32)
Der Begriff Homöostasis stammt aus der Motivationsforschung und wurde vom Behaviorismus als Regelmechanismus für alle Bereiche menschlichen Lebens entwikkelt. Er beinhaltet die Erhaltung eines Gleichgewichtszustandes im Organismus, der von letzterem als richtig angesehen und immer neu eingerichtet wird. Die Sensoristasis als Unterbereich der Homöostasis befaßt sich nun mit dem angemessenen Ausgleich an Sinnesreizung im optimalen Bereich von Spannung und Entspannung. Wo nun dieser optimale Bereich im einzelnen Individuum liegt, wie und durch welche Reize er erlangt wird, welche quantitative und qualitative Reizempfänglichkeit vorherrscht, das alles ist meiner Meinung nach von Geburt an individuell verschieden ausgeprägt und als personinterne Ursache für 'Alkoholempfänglichkeit' als "innere Aufnahmebereitschaft" (v. SOER 1980, S. 35) anzusehen.

Wie entscheidend die erste subjektiv empfundene Wirkung von Alkoholkonsum ist, mag die Erfahrung eines Klassenkameraden bei der geschilderten Brauereibesichtigung veranschaulichen, die er mir später mitteilte: Er trank weit weniger Bier als ich, jedoch wurde es ihm daraufhin so schlecht, daß er für lange Zeit keinen Tropfen Alkohol mehr anrührte.
Anders bei mir, da ich doch die positiven Auswirkungen des Alkohols – emotionale Verstärkung von innen und soziale Anerkennung von außen – erfahren, erlernt hatte und ihn zunächst unbewußt als Lebenselixier, später bewußt als Problemlöser in allen Lebenslagen einsetzte, bis sich die Abhängigkeit zuerst psychisch und dann auch physisch im Phänomen des Kontrollverlusts verselbständigte.

SCHNEIDER (siehe S. 25) bietet hierfür seine lerntheoretische Erklärung an, jedoch stellt diese meiner Meinung nach lediglich eine theoretische Deskription dar, die noch exakter interdisziplinärer wissenschaftlicher Erforschung bedarf.

Aus meinen eigenen Erfahrungen und den Untersuchungen, die nach v. SOER aufgezeigt wurden, ergibt sich für mich folgende zusammenfassende Analyse der Trinkmotive.

4.2. Zusammenfassende Analyse der Trinkmotive

An dieser Stelle muß zunächst nochmals die Relativität jeglicher Ursachenanalyse konstatiert werden. Meiner Meinung nach ist es unmöglich, hundertprozentig eine Ursache oder einen auslösenden Faktor für einen bestimmten Fall von Alkoholismus zu analysieren. Dies ist begründet in der Komplexität der Interdependenz der aufgezeigten Relationen und Wirkfaktoren zwischen Persönlichkeit, sozialem Umfeld und der in ihr involvierten Droge Alkohol. Im Bewußtsein dieser Tatsache möchte ich trotzdem – mit dem Ziele einer ausdifferenzierten Betrachtungsweise –

die Trinkmotive jugendlicher Alkoholkonsumenten in drei große Komponenten aufgliedern:

– die imitatorische Komponente:
sie spielt eine wesentliche Rolle während der familialen Sozialisation

– die konformitätsorientierte Komponente:
sie überwiegt als 'geselliger Zwang' in bestimmten Situationen der schulischen Sozialisation, der Peer-Groups und der Werbung

– die problemorientierte Komponente:
sie beginnt schon in der Schule bei auftretenden Schulängsten, steigert sich beim Übergang von der Schule in die betriebliche Sozialisation und wird in der Situation, als Jugendlicher arbeitslos zu sein, nochmals verstärkt.

Die Reihenfolge imitatorisch, konformitätsorientiert, problemorientiert ist von mir bewußt so gewählt, da sie auch den Krankheitsverlauf der Alkoholabhängigkeit veranschaulicht. Je mehr sich nämlich der Jugendliche nach anfänglicher Nachahmung und fortschreitend gemeinschaftsbestimmtem Trinken auf die Ebene des problemorientierten Trinkens bewegt, desto intensiver kapselt er sich durch die enge Beziehung zur Droge von seiner sozialen Umwelt ab, bis hin zur Verselbständigung in der psychischen und physischen Abhängigkeit.

An der Stelle der 'Trinkmotive' im Modell auf Seite 38 ist die Ursachenanalyse im Entwicklungsprozeß der Alkoholabhängigkeit abgeschlossen. Im folgenden sollen die daraus resultierenden wissenschaftstheoretischen, aber auch praxisbezogenen Aspekte des Komplexes 'Alkoholismus' kurz aufgezeigt werden.

4.3. Aus dem Entwicklungsprozeß resultierende Aspekte

Parallel zur Entwicklung der 'Trinkmotive', deren Tendenz von imitatorischen zu konformitäts- und problemorientierten Inhalten aufgezeigt wurde, ist im Modell der 'Entwicklungsprozeß von Alkoholabhängigkeit' angesiedelt, den JELLINEK (in: FEUERLEIN 1975, S. 102) in die Verlaufsphasen Prodromalphase, kritische und chronische Phase gliedert. Ebenfalls uon JELLINEK (in: GEISLER 1981, S. 57) stammt folgende Einteilung in Trinktypologien:

– Alphatrinker:
Erleichterungstrinker in Krisensituationen, kein Kontrollverlust.

– Betatrinker:
Gewohnheitstrinker, kein Kontrollverlust.

– Gammatrinker:
süchtiges Trinken, Kontrollverlust.
– Deltatrinker:
exzessives Gewohnheitstrinken, kein Kontrollverlust.
– Epsilontrinker:
Quartalstrinker, Kontrollverlust in oft regelmäßigen Abständen.

Sowohl die Verlaufsphasen, als auch die Trinktypologien sind nicht nur wissenschaftstheoretisch relevant, sondern spielen auch in der Praxis als Arbeitshilfe eine große Rolle, wenn z.B. im Therapiezentrum Münzesheim die Kurzdiagnose für den Kostenträger mit z.B. 'Gammaalkoholiker in der chronischen Phase' erfolgt.

Im Modell folgen nach den 'Trinktypologien' die 'Erklärungsansätze', deren Mannigfaltigkeit und Problematik schon am Anfang dieses Kapitels aufgezeigt wurden. Die drei wichtigsten therapierelevanten Ursachenmodelle sind – nach v. SOER (1980, S. 14) – der psychoanalytische, lerntheoretische und interaktionstheoretische Erklärungsansatz, aus denen sich die entsprechenden 'Therapieansätze' – psychotherapeutisch, verhaltenstherapeutisch, gruppentherapeutisch – ableiten. In die 'Therapieansätze' integriert sind Maßnahmen der 'Prävention' wie Streetwork und Aufklärung in Schulen. Der Pfeil von 'Prävention' nach oben zeigt an, daß die sozialpädagogische Prophylaxe frühestmöglichst einsetzen sollte, während der Querpfeil von den 'Therapieansätzen' darauf hinweist, daß letztere im schon fortgeschrittenen Stadium im Entwicklungsprozeß der Alkoholkrankheit ansetzen.

5. Zusammenfassung

Ausgangspunkt der makrodidaktischen Analyse der Bedingungsfelder von Alkoholabhängigkeit war die Feststellung, daß es in der wissenschaftlichen Alkoholismusforschung weder eine einheitliche Definition, noch eine empirisch abgesicherte, umfassende Ursachenanalyse gibt. Aus diesem Grund wurde auch nicht versucht, global d i e Ursachen von Alkoholismus zu analysieren, sondern vielmehr ursächliche Aspekte zu beschreiben. Dies erfolgte zunächst unter dem Gesichtspunkt der anthropologischen Voraussetzungen, bei dem der Mensch im Mittelpunkt stand, der unter genetischem, medizinischem, tiefenpsychologischem, lerntheoretischem und entwicklungspsychologischem Blickwinkel betrachtet wurde. Dann verlagerte sich der Schwerpunkt der Analyse in die Gesellschaft, indem unter dem Gesichtspunkt der soziokulturellen Voraussetzungen zunächst PITTMANs Schema von vier Kulturformen in Relation zum Alkohol unter kulturhistorischem Aspekt aufgezeigt wurde. Es folgte WURZBACHERs Faktorenanalyse, die – thesenartig zusammengefaßt – generelle soziale und kulturelle Faktoren des heutigen Alkoholgebrauchs und Mißbrauchs aufzeigte. Spezielle auslösende Faktoren für den Konsum von Alkohol während der Sozialisation Jugendlicher wurden anhand empirischer Untersuchungen – nach einer Analyse von v. SOER – unter dem Aspekt der primären und sekundären

Sozialisationsinstanzen dargestellt. Unter juristischer Perspektive wurden die gesetzlichen Grundlagen aufgezeigt, die – als soziokulturelle Voraussetzungen – eine Behandlung von Alkoholkrankheit ermöglichen.
Als Exkurs in diesen Aspekt integriert waren sozialwissenschaftliche Begriffsbestimmungen, die nicht als endgültige Festschreibungen, sondern als 'Arbeitsdefinitionen' gesehen wurden. Schließlich versuchte ich mittels eines Modells anhand meiner subjektiven Erfahrung des Alkoholismus, elaboriert durch das Studium der Fachliteratur, die Interdependenz der relevanten Bezugskomponenten – Persönlichkeit, soziales Umfeld, Droge Alkohol – im Entwicklungsprozeß der Alkoholabhängigkeit im Spannungsfeld der Sozialisation darzustellen, nebst den aus ihm resultierenden wissenschaftstheoretischen und praxisrelevanten Aspekten des Komplexes Alkoholismus.

Vergegenwärtigen wir uns an dieser Stelle nochmals das lerntheoretisch-didaktische Modell nach HEIMANN/SCHULZ auf Seite 13 als didaktisches Ausgangsmodell. Erfolgte im vorhergehenden Kapitel die makrodidaktische Analyse der Bedingungsfelder der anthropologischen und soziokulturellen Voraussetzungen von Alkoholabhängigkeit, so sollen im folgenden die Entscheidungsfelder – Intentionalität, Inhaltlichkeit, Methodik und Medien – einer integrativen Behandlung von Alkoholabhängigkeit – dargestellt am Programm des Therapiezentrums Münzesheim – erarbeitet werden, ebenfalls unter makrodidaktischem Aspekt, also aus einer übergeordneten Perspektive des Lehrens und Lernens.

III. Makrodidaktische Erarbeitung der Entscheidungsfelder einer integrativen Behandlung von Alkoholabhängigkeit, dargestellt am Programm des Therapiezentrums Münzesheim

Gemäß der klassischen Dreiteilung Theorie-Diagnose-Therapie erfolgte im vorhergehenden Kapitel die theoretische Grundlegung für die Therapie, die ich als 'integrative Behandlung' definiere. Voraussetzung für letztere ist nun ein diagnostisches Modell als theoretisches Fundament, aus dem eine praktikable Therapiekonzeption unter makrodidaktischem Aspekt abgeleitet werden soll.

Die makrodidaktische Analyse der Bedingungsfelder zeigte, daß ursächliche Aspekte bei der Entstehung von Alkoholabhängigkeit im Menschen und in der Gesellschaft zu finden sind. Ein Ausgangspunkt für die Therapie wäre nun die Veränderung der Gesellschaft, doch würde dies – so wichtig letztere auch ist – dem einzelnen betroffenen Alkoholkranken im Augenblick konkret wenig helfen. Deshalb steht für mich der Mensch bei der der Therapie vorausgehenden Diagnostik im Mittelpunkt. Es stellt sich die Frage: Wie kann ihm, dem Alkoholkranken, in der Therapie am besten geholfen werden, welches diagnostische Ausgangsmodell bietet sich hierfür an? Meine Antwort darauf: Nur er selbst kann sich helfen, indem er seine Krankheit rational erkennt, anerkennt und sein Verhalten danach ausrichtet. Ihm dabei zu helfen sehe ich als Ziel der Therapie an. Da dies meiner Meinung nach nur durch eine 'Einstellungs- und Selbstkonzeptänderung', die in einer Verhaltensänderung mündet, erreicht werden kann, habe ich versucht, Erkenntnisse der Einstellungs- und Selbstkonzeptforschung in einem diagnostischen Ausgangsmodell für die integrative Behandlung von Alkoholabhängigkeit zu integrieren.

1. Einstellungen/Selbstkonzept-Modell als diagnostisches Ausgangsmodell für eine integrative Behandlung von Alkoholabhängigkeit

Ausgangspunkt sei das Einstellungen/Selbstkonzept-Modell auf der nächsten Seite, als Versuch einer integrativen Betrachtungsweise von Einstellungen und Selbstkonzept. An diesem werde ich zunächst die Funktion der Einstellungen für das Selbstkonzept aufzeigen, dann das Selbstkonzept selbst darstellen, um anschließend seine Funktionen für den Menschen zu analysieren. In diese theoretischen Ausführungen wird zur Veranschaulichung ein Beispiel, das außerhalb der Alkoholproblematik liegt, zur Entstehung einer Einstellung – ferner die Möglichkeit ihrer Veränderung im Selbstkonzept – integriert. Anschließend erfolgt dann explizit die Übertragung der aufgezeigten 'Einstellungen/Selbstkonzept-Theorie' auf die Alkoholkrankheit, zunächst zur Erarbeitung zweier diagnostischer Modelle – eines prozessualen und eines statischen – als Fundament für die Entwicklung der daraus resultierenden Modelle für die integrative Behandlung von Alkoholabhängigkeit.

Abbildung 12: Einstellungen/Selbstkonzept-Modell als diagnostisches Ausgangsmodell

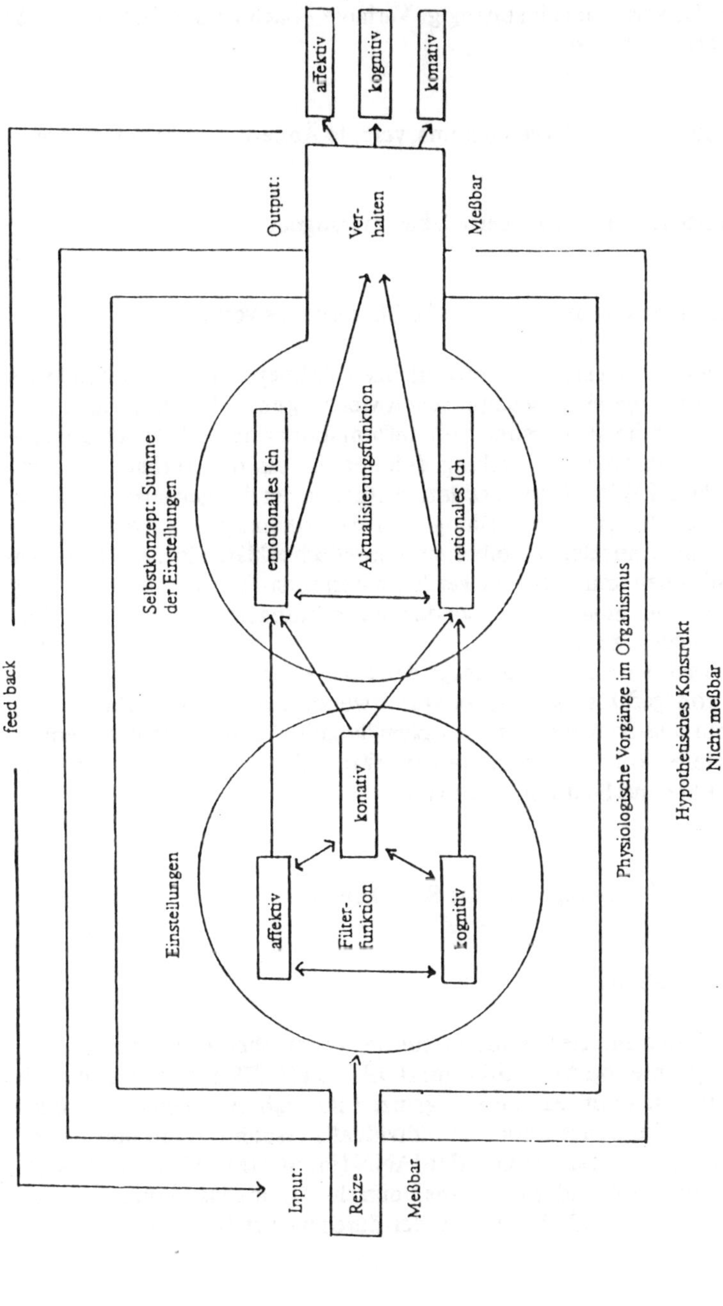

Zunächst einige Begriffserklärungen zum Modell.

Input sind die Reize – Personen, Situationen, soziale Sachverhalte u.s.w. – als meßbare unabhängige Variablen, die von den Sinnesorganen wahrgenommen werden. Als Output kann das Verhalten als abhängige Variable – nach TRIANDIS (1975, S. 5) – ebenfalls gemessen werden:

affektiv:
Reaktionen des autonomen Nervensystems, verbale Äußerungen über Gefühle.

kognitiv:
Wahrnehmungsurteile, verbal geäußerte Überzeugungen.

konativ:
Offen zutage tretendes Verhalten, Auskünfte über eigenes Verhalten.

Zwischen Input und Output steht die Persönlichkeit als intervenierende Variable, als 'black box', deren Vorgänge sich der empirischen Messung entziehen. Die soeben aufgezeigte behavioristische Auffassung von Informationsverarbeitung ist gekennzeichnet dadurch, daß "hier Einstellung definiert ist als das Verhalten selbst." (HEINERTH 1979, S. 25) Im Gegensatz dazu werden in der übrigen sozialpsychologischen Literatur die Begriffe 'Einstellung' und 'Selbstkonzept' als hypothetische Konstrukte angesehen, aus denen Verhalten theoretisch erklärt wird. Aus den mannigfaltigen Definitionen und Theorien werde ich nun versuchen, die mir als wichtig erscheinenden zu einer zusammenfassenden Betrachtungsweise von 'Einstellungen' und 'Selbstkonzept' zu integrieren.
Zur Terminologie sei an dieser Stelle gesagt, daß ich die Begriffe 'affektiv' und 'emotional' im Sinne von 'gefühlsmäßig' synonym verwende, jedoch bei der Entstehung von Einstellungen und Selbstkonzept zwischen 'kognitiv' und 'rational' folgendermaßen differenziere: 'kognitiv' im Sinne von 'Wahrnehmung über den Verstand', 'rational' als bewußte 'intellektuelle Reflexion'.

1.1. Die Funktion der Einstellungen für das Selbstkonzept

1.1.1. Definition Einstellung

Die wohl am häufigsten zitierte Definition, aus der weitergehende Interpretationen abgeleitet werden, ist die von ALLPORT (in: HORMUTH 1979, S. 3): "An attitude is a mental and neural state of readiness, organized through experience, exerting a directive or dynamic influence upon the individual's response to all objects and situations with which it is related." GRAUMANN (in: SCHMIDT u.a. 1975, S. 15) übersetzt die Definition folgendermaßen ins Deutsche: "Eine Einstellung ist ein seelischer und nervlicher Bereitschaftszustand, der, durch die Erfahrung organisiert, einen richtenden oder dynamischen Einfluß auf die Reaktion des Individuums auf alle Objekte und Situationen ausübt, mit denen es verbunden ist." SCHMIDT u.a. (ebd., S. 16) zergliedern diese Definition und interpretieren ihre Komponenten in folgenden Postulaten:

– Seelischer und nervlicher Bereitschaftszustand:
  Einstellungen sind keine 'Substanz', sondern ein Zustand des Nervensystems.

– Bereitschaftszustand:
  Einstellungen sind Reaktions- bzw. Verhaltensbereitschaften, oder sie sind selber Reaktionen.

– Organisiert:
  Einstellungen bestehen aus verschiedenen Komponenten, und/oder verschiedene Einstellungen gegenüber verschiedenen Gegenständen weisen eine Struktur auf.

– Durch Erfahrung:
  Einstellungen werden gelernt.

– Richtender/dynamischer Einfluß auf das Verhalten:
  Einstellungen lenken zumindest Verhalten in bestimmte Richtung, z.B. durch Wahrnehmungs-Selektivität.

Zusammenfassend sehe ich Einstellung als gelernte Reaktionsbereitschaft gegenüber Objekten im Sinne von Reizen jeglicher Art.

1.1.2. Die Komponenten der Einstellung

In der Literatur bestehen Einstellungen – seit der Einteilung von KRECH/CRUTCHFIELD/BALLACHEY (1962, in: MUCCHIELLI 1975, S. 9) – aus folgenden drei Komponenten: einer kognitiven (verstandesmäßigen), einer affektiven (gefühlsmäßigen) und einer konativen Handlungskomponente. Da diese miteinander in Wechselwirkung stehen, habe ich sie im Modell in Kreisform angeordnet. Beim Erlernen von Einstellungen wirken sie zusammen, wobei meiner Meinung nach die affektive Komponente überwiegt, während die kognitive durch die Gefühle überlagert wird, also zwar eine intellektuelle Wahrnehmung stattfindet, jedoch keine rationale Reflexion im Sinne von bewußtem Denken.
Folgendes Beispiel soll dies veranschaulichen: Ein Kind wächst in einer Familie mit antisemitischer Grundhaltung auf. Ihm wird vermittelt, daß Juden minderwertige Menschen sind, die kein Recht auf Leben haben. Der Verstand des Kindes kommt hier nur als kognitives Wahrnehmungs- und Vermittlungsorgan, quasi als Transformator, zum Tragen, während die Einstellung affektiv aufgenommen und durch die in der gefühlsmäßigen Beziehung zu den Eltern begründeten Imitation verinnerlicht

wird. Die konative Komponente spielt dann eine Rolle, wenn das Kind bei entsprechendem Verhalten, z.B. abfälligen Äußerungen über Juden, durch positives feedback der Eltern Verstärkung erfährt. Derartig erworbene Einstellungen, die – ohne eigene Erfahrung mit den Objekten – von anderen übernommen werden, stellen die Vorurteile dar, deren Verinnerlichung die "Reaktionskonsistenz gegenüber sozialen Sachverhalten" (CAMPBELL in: TRIANDIS 1975, S. 2) begründet.
Die Funktion der Einstellungen für das im nächsten Abschnitt auszuführende Selbstkonzept stellt nun die eines Filters dar: Neu eintreffende Reize werden mit den gespeicherten Einstellungen (Attitudes) und daraus entwickelten Verhaltensmustern (Patterns) verglichen und interpretiert, ja sogar die Selektion der Wahrnehmung von Reizen ist schon abhängig von der Filterfunktion der Einstellungen.

1.2 Das Selbstkonzept als Summe aller Einstellungen

1.2.1. Definition Selbstkonzept

Das Selbstkonzept als nicht statisches, sondern dynamisches "Ergebnis von zwei Ereignisreihen – Reifungs- und Stabilisierungsprozeß des Individuums, Lernprozesse im interpersonellen Kontext" (NEUBAUER 1976, S. 59) ist definiert als "ein als Einheit auffaßbares Gebilde, das selbst noch weiter ausgebaut, durchdifferenziert werden kann," (KAMINSKI in: ebd., S. 27) bezogen auf "das Individuum, so wie es sich selbst wahrnimmt, und zwar innerhalb eines sozial bedingten Bezugssystems." (NEWCOMB in: ebd., S. 37)

Als Summe aller Einstellungen umfaßt das Selbstkonzept "alle jene gespeicherten Informationen, die sich in Relation zur eigenen Person in den mannigfaltigsten Erfahrungsbereichen ergeben haben, insbesondere Informationen über den eigenen Körper, über eigene Fähigkeiten und Kenntnisse, über eigene Besitztümer, über eigene Verhaltensweisen, Interaktionspartner u.a., aber auch über die relative Wertschätzung jener Gegebenheiten innerhalb der individuell verfügbaren diversen Bezugssysteme. Insofern sich dieses 'Selbst-Konzept' als Sammelbezeichnung für eine ganze Anzahl von Konzepten, ..., auf die Fähigkeiten der eigenen Person bezieht, schließt dieses Selbst-Konzept selbstverständlich auch Annahmen über die Funktionen des 'Ich' mit ein, die ihrerseits strukturierend auf das Ergebnis introspektiver Bemühungen wirken und zwar prinzipiell in ähnlicher Weise, ob es sich um einen Wissenschaftler oder um einen psychologischen Laien handelt." (ebd., S. 36)

1.2.2. Interne Struktur des Selbstkonzept

Die interne Struktur des Selbstkonzepts als Summe aller Einstellungen ergibt – entsprechend der klassischen Dreiteilung psychischen Geschehens seit PLATON (Denken, Fühlen, Handeln) – die Funktionen des Ich: Das 'emotionale Ich' als "Bewußtseins-Subjekt" (ebd., S. 46), das 'rationale Ich' als "Entscheidungsinstanz" (ebd.) und aus der Wechselwirkung beider die Aktualisierung im Verhalten. Das 'emotionale Ich' als "der letzte, zentrale Bezugspunkt allen Erlebens" (ebd.) beinhaltet das sich gefühlsmäßige Erleben seiner Persönlichkeit als Einheit, während das 'rationale Ich' das durch bewußte Reflexion intellektuell erarbeitete Selbstkonzept – also den 'Entwurf seiner Persönlichkeit' mit den Werten, Normen und Prinzipien – darstellt.

Ich möchte an dieser Stelle auf das in Abschnitt 1.1.2. entwickelte Beispiel des Kindes zurückkommen, das in einer antisemitisch eingestellten Familie die Einstellung 'Judenhaß' als Vorurteil erlernte, um daran die Möglichkeit der Einstellungsänderung durch das Selbstkonzept zu veranschaulichen. Stellen wir uns vor, daß das Kind im Laufe seiner Schulzeit mit der Ringparabel in LESSINGs 'Nathan der Weise' konfrontiert wird, dem klassischen Vertreter der Toleranzidee zwischen den Religionen und Rassen. Das Reizwort 'Jude' wird in dem Jugendlichen zunächst das gespeicherte, erlernte Vorurteil gegen die Juden reaktivieren, und zwar auf der emotionalen Ebene, da es ja verinnerlicht wurde. Durch die rationale Auseinandersetzung mit dem Toleranzgedanken besteht nun jedoch die Möglichkeit, letzteren intellektuell als richtig und erstrebenswert zu erkennen, zu akzeptieren, ihn ins rationale Selbstkonzept zu integrieren und somit das Vorurteil 'Judenhaß' auch emotional zu überwinden. Begründen läßt sich dieser Vorgang mit folgendem Postulat der neueren Selbstkonzeptforschung: Kognitionen (als Bewußtseinsinhalte) bedingen Emotionen. "Diese Annahme hat zum Aufbau kognitiver Therapieansätze geführt durch Autoren wie BECK (1976), ELLIS (1962) oder MEICHENBAUM (1974), in welchen über die Modifikation von Kognitionen unangepaßte emotionale Zustände verändert werden sollen." (EPSTEIN in: FILIPP 1979, S. 23) Ich werde auf diesen Ansatz bei der mikrodidaktischen Umsetzung in der Gruppentherapie im IV. Kapitel zurückkommen.

1.3. Die Funktionen des Selbstkonzepts für den Menschen

Da ich das Selbstkonzept als Summe aller Einstellungen definiert habe, ergibt sich logischerweise, daß sich die Funktionen von Einstellungen unter die Funktionen des Selbstkonzepts für den Menschen subsummieren lassen. Trotzdem möchte ich – unter dem Aspekt einer differenzierten Betrachtungsweise – die Zusammenfassungen der Funktionen von Einstellungen dreier Autoren als "funktionale Analyse der Einstellungen... innerhalb des Persönlichkeitshaushalts" (TRIANDIS 1975, S. 6) schlagwortartig konstatieren.

TRIANDIS (ebd.):
- Verständnis der Umwelt
- Schutz des Selbstwertgefühls
- Maximierung von Belohnung
- Ausdruck von Grundüberzeugungen

KATZ (in: ebd., S. 7):
- Anpassungsfunktion
- Selbstbehauptungsfunktion
- Selbstdarstellungsfunktion
- Erkenntnisfunktion

HEINERTH (1979, S. 24 f.):
- Ökonomie
- emotionale Sicherheit
- Selbstverwirklichung

Die soeben angeführten Funktionen der Einstellungen lassen sich nun in die im folgenden aufgezeigten Funktionen des Selbstkonzepts integrieren, da letzteres als Summe der Einstellungen betrachtet wird. EPSTEIN (in: FILIPP 1979, S. 15) geht in seinem "Entwurf einer Integrativen Persönlichkeitstheorie" – "Es ist ein Ansatz, welcher mit lerntheoretischen und psychoanalytischen Ansätzen, mit der Theorie persönlicher Konstrukte, vor allem aber mit andernorts dargestellten Selbsttheorien (...) kompatibel ist." (ebd.) – von der Prämisse aus, daß jeder Mensch – willentlich oder unwillentlich – seine Erfahrungen in konzeptuellen Systemen organisiert, um seiner Welt einen Sinn zu geben. Menschen sind bei der Bewältigung ihrer Probleme wie Wissenschaftler tätig, indem sie unablässig Hypothesen formulieren und überprüfen, wenngleich nicht notwendigerweise auf einem bewußten Niveau. "Es wird angenommen, daß das Selbstkonzept in der tat eine Selbsttheorie darstellt, welche Menschen zwangsläufig entwickeln müssen, weil sie für die Steuerung ihres Lebens notwendig ist.... Diese Theorie wird nicht um ihrer selbst willen konstruiert, sondern sie dient drei grundlegenden Funktionen. Diese sind
(1) die Assimilation von Erfahrungsdaten,
(2) die Erlangung einer günstigen Lust-Unlust-Balance und
(3) die Aufrechterhaltung der Selbstwertschätzung." (ebd., S. 42)

1.3.1 Die Assimilation von Erfahrungsdaten

Nach NEUBAUER (1976, S. 35) stellt sich Lernen dar als die Verknüpfung von Schemata im kognitiven und/oder im nichtkognitiven Bereich. Auf diese Weise ist es möglich, neben den angeborenen und gewissermaßen 'festverdrahteten' Verknüpfungen (beispielsweise bei den Tieren auch zwischen Schlüsselreiz und Instinktverhalten) eigene Verknüpfungsrelationen zu bilden, die allerdings modifizierbar bleiben. Für die Person ergibt sich dann die Notwendigkeit zur Modifikation von Schemata, bzw. deren Verknüpfung, wenn abweichende Informationen auftreten. Dies gilt in gleicher Weise für den kognitiven Bereich wie für den Verhaltensbereich. Aus Gründen der Ökonomie, die angesichts der nahezu unendlichen Vielfalt vorhandener Reize notwendig ist, werden daher Reizdaten unter Verwendung vorhandener Schemata zunächst identifiziert und nach Ähnlichkeit klassifiziert, ein Vorgang, den PIAGET als 'Assimilation' bezeichnet. Wenn die erworbenen Schemata nicht mehr haltbar sind, erfolgt eine Veränderung der Schemata, d.h. nach PIAGET eine 'Akkomodation'.

1.3.2. Die Erlangung einer günstigen Lust-Unlust-Balance

EPSTEIN (in: FILIPP 1979, S. 15) konstatiert, daß das menschliche Gehirn nicht nur Ereignisse kodiert, sondern auch Zentren für das Erlebnis von Schmerz und Freude besitzt. Die gesamte lernpsychologische Forschung beweist, daß Menschen und andere Organismen höherer Ordnung bestrebt sind, durch ihr Verhalten Positives zu erleben und Schmerz zu vermeiden. "Der Mensch hat so lebenslang eine interessante Aufgabe zu erfüllen – schlicht wegen seiner biologischen Struktur. Sie besteht in der Konstruktion eines konzeptuellen Systems in der Weise, daß über vorhersehbare Zeitspannen eine optimale Lust-Unlust-Balance gewährleistet ist." (ebd., S. 15 f.)
Zur Veranschaulichung sei hier nochmals der Begriff der 'Homöostasis' aus Abschnitt 4.1. des II. Kapitels angeführt, der – als Ruhezustand zwischen Schmerz und Freude, Lust und Unlust, Spannung und Entspannung – eine wichtige Rolle bei der Herstellung und Erhaltung des Gleichgewichtes in Systemen spielt.
In dem Streben nach einer homöostatischen Lust-Unlust-Balance ist das Konsistenz-Prinzip des Selbstkonzepts begründet, das darin besteht, daß das Individuum dazu neigt, "die späteren Erfahrungen so zu steuern oder umzugestalten, daß die Kongruenz zwischen dem Selbstkonzept, dem eigenen Verhalten und dem Verhalten sowie den Einstellungen der anderen Personen gegenüber dem Individuum behauptet wird." (NEUBAUER 1976, S. 56)

1.3.3. Die Aufrechterhaltung der Selbstwertschätzung

Die Erlebnis- und Bewußtseinsinstanz des subjektiven Gleichgewichts- bzw. "Dissonanz"-Zustandes (FESTINGER in: TRIANDIS 1975, S. 119) – anders ausgedrückt das Kriterium für die individuelle Lust-Unlust-Balance – ist die Selbstwertschätzung bzw. das Selbstwertgefühl, deren Unterscheidung später angesprochen wird.

1.3.3.1 Positive Selbstwertschätzung als fundamentales Bedürfnis

In vielen Untersuchungen wurde nachgewiesen, daß jeder Mensch mit allen zur Verfügung stehenden Mitteln versucht, eine günstige Bewertung der eigenen Person herbeizuführen und zu erhalten. Dies hat, wie auch ARGYLE (in: NEUBAUER 1976, S. 53) betont, dazu geführt, daß viele Psychologen ein fundamentales Bedürfnis nach positiver Selbstwertschätzung postulieren.

Dieses 'Eigenwertstreben' oder 'Selbstwertstreben' wird daher auch bei LERSCH (in: ebd., S. 54), LÜCKERT (in: ebd.), aber besonders von KELLER (in: ebd.) als ein Grundstreben des Individuums herausgearbeitet. EPSTEIN (in: FILIPP 1979, S. 40) führt empirische Untersuchungen an, deren Ergebnisse im Einklang mit der Annahme stehen, "daß die globale Selbstwertschätzung ein Postulat von fundamentaler Bedeutung in der individuellen Selbsttheorie ist" und somit "stellt Selbstwertschätzung die zentrale Komponente im Selbstsystem einer Person dar." (ebd., S. 38)

1.3.3.2. Die Bedeutung von Selbst- und Fremdbewertung für die Selbstwertschätzung

Nach AUSUBEL (in: NEUBAUER 1976, S. 55) ist die Selbstachtung eines Individuums abhängig von "der Diskrepanz zwischen dem angestrebten und seinem tatsächlichen oder potenziellen Status." Nach ROGERS (in: FILIPP 1979, S. 35) sind "die Unterschiede zwischen idealer und realer Selbsteinschätzung einer Person wesentliche Diskrepanzquellen." Die ideale Selbsteinschätzung manifestiert sich im "Idealkonzept der Person, d.h. das Konzept darüber, wie das Individuum sein sollte oder was es tun sollte." (NEUBAUER 1976, S. 69) An diesem Soll-Wert orientiert das Individuum sein Anspruchsniveau in bezug auf jegliches Verhalten, z.B. Arbeit, Sport, Partnerschaft u.s.w.. Informationen über seinen tatsächlichen Status erhält das Individuum über die Rückmeldung auf sein Verhalten als Fremdbewertung durch die soziale Umwelt. "Das komplexe Ergebnis aller Einzelbewertungen, sei es als Fremd- oder als Selbstbewertung, bestimmt dann die Höhe der 'Selbstwertschätzung' (self-esteem; self-evaluation) als übersituatives Konzept bisher erfahrener Wert-Zuordnungen, während das 'Selbstwertgefühl' das aktuelle Erlebnis der individuellen Selbstwert-Zumessung betrifft." (ebd., S. 71)
Je mehr es nun einem Menschen gelingt, durch sein rationales Ich sein Anspruchsniveau im Selbstkonzept realistisch zu relativieren – seine Ziele also verwirklichbar zu machen – desto eher wird es ihm gelingen, einen homöostatischen Gleichgewichtszustand zwischen Soll- und Ist-Wert, Idealkonzept und Realanalyse, Selbst- und Fremdbewertung zu finden und damit in der Wechselwirkung mit dem emotionalen Ich für sich subjektive, optimale Selbstwertschätzung zu erlangen.

1.4. Selbstkonzept als Einstellung zu sich selbst

Am Schluß der Erarbeitung des Einstellungen/Selbstkonzept-Modells möchte ich noch einen mir wichtig erscheinenden Aspekt aufzeigen: Beim Studium der geschichtlichen Entwicklung von Einstellungs- und Selbstkonzeptforschung fiel mir auf, daß im Jahre 1910 der Begriff "Self" unter "Attitudes and Intellectual Activities" (ebd., S. 9) eingeordnet wurde, was mir zunächst als Widerspruch erschien. Betrachte ich jedoch die Definition von Attitude, also von 'Einstellung als erlernter Reaktionsbereitschaft gegenüber Objekten', und setze ich für 'Objekt' die 'eigene Person' ein, so ergibt sich als Sonderform der Einstellung: Das Selbstkonzept als Einstellung zur eigenen Person. Dieses Selbstkonzept stellt – wie in 1.3. aufgezeigt – eine Selbsttheorie dar, welche die Menschen zwangsläufig entwickeln, weil sie für die Steuerung ihres Lebens notwendig ist, wobei als zentrale Komponente im Selbstsystem einer Person die Selbstwertschätzung anzusehen ist.

1.5. Übertragung des Einstellungen/Selbstkonzept-Modells auf die Alkoholabhängigkeit

Bei der Übertragung des Einstellungen/Selbstkonzept-Modells auf die Alkoholabhängigkeit im Sinne einer diagnostischen Analyse muß konstatiert werden, daß sich die Einstellung zum Alkohol als gelernte Reaktionsbereitschaft gegenüber demselben in psychischer und physischer Abhängigkeit verselbständigte. Bedingt durch die ursächlichen Aspekte – die im vorhergehenden Kapitel aufgezeigt wurden und die nicht genereller Art, sondern individueller Ausprägung sind – erfolgte eine Verabsolutierung der Beziehung des Betroffenen zum Alkohol. Als Folge wurden im Selbstkonzept – als Summe aller Einstellungen – sämtliche anderen Einstellungen von der zum Alkohol überlagert, und allein letztere bestimmt das emotionale und rationale Ich des Selbstkonzepts und das daraus aktualisierte Verhalten. Betrachten wir die Auswirkungen auf die Funktionen des Selbstkonzepts für den Menschen, so muß bei der Assimilation von Erfahrungsdaten festgestellt werden, daß sich im akuten Stadium der Alkoholkrankheit – dem Kontrollverlust – die festverdrahtete Verknüpfung zwischen Alkohol und physiologischen Vorgängen im Organismus im circulus vitiosus des nicht mehr Aufhörenkönnens des Trinkens von Alkohol verselbständigte. Die Erlangung einer homöostatischen Lust-Unlust-Balance wird unmöglich, da die zwanghafte Alkoholzufuhr ein Einpendeln zwischen Spannung und Entspannung verhindert und die totale 'Entspannung' im physiologischen Ruin, emotionalen Chaos und in rationaler Verwirrung zur Folge hat. Eine positive Selbstwertschätzung als fundamentales, menschliches Bedürfnis ist nicht mehr möglich, da der Betroffene zwar meist in einem bestimmten Stadium aufhören will, Alkohol zu trinken, ihm dies jedoch mißlingt und er so die Ohnmacht gegenüber dem Alkohol verspürt, die ihm seine – wenn auch immer relative – Entscheidungsfreiheit nimmt. Hinzu kommt meistens – als negative Fremdbewertung – die Ablehnung durch sein soziales Umfeld, das seinem Phänomen des Kontrollverlusts genauso hilflos und fassungslos gegenübersteht wie er selbst. Schließlich löst sich das Selbstkonzept als Einstellung zur eigenen Person im Alkohol auf und damit die Selbsttheorie, die für eine eigenverantwortliche Steuerung des Lebens notwendig ist.

Im folgenden möchte ich den soeben aufgezeigten Sachverhalt anhand zweier Modelle veranschaulichen, die nicht nur eine Globaldiagnose verdeutlichen, sondern auch eine individuelle Diagnose eines jeden persönlichen Alkoholismus ermöglichen.

1.5.1. Diagnostisch-prozessuales Modell

Das auf der nächsten Seite abgebildete diagnostisch-prozessuale Modell stellt als Verlaufsmodell die Tatsache dar, daß alle das Selbstkonzept tangierenden Einstellungen – wie zu Familie, Körper, Arbeit, Freizeit – als Reaktion im Selbstkonzept nur ein Verhalten aktualisieren: Alkoholtrinken.
Das diagnostisch-prozessuale Modell veranschaulicht die Konzentration, Bünde-

lung aller Gedanken und Gefühle im Verlangen nach Alkohol, wobei sich der Teufelskreis des nicht mehr Aufhörenkönnens folgendermaßen darstellt: Input ist Alkohol, Output ist Alkohol und als feed-back erfolgt die Schließung des konditionierten circulus vitiosus.

Abbildung 13: Diagnostisch-prozessuales Modell

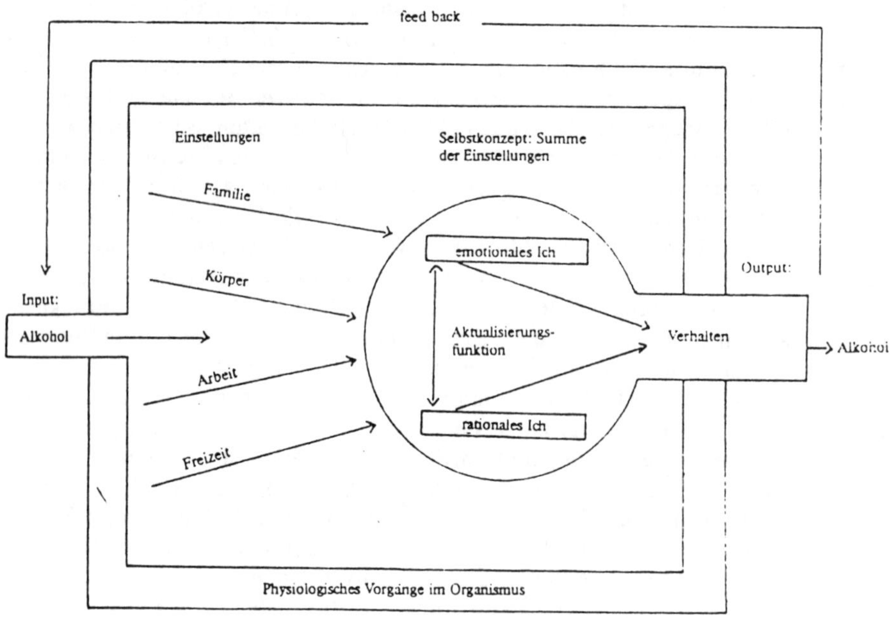

1.5.2. Diagnostisch-statisches Modell

Das diagnostisch-statische Modell auf der nächsten Seite veranschaulicht die Tatsache, daß sich um das Selbstkonzept, die es umgebenden Einstellungen und die beide umschließenden physiologischen Vorgänge im Organismus der Alkohol als fester Panzer schließt, der nach innen durch den Filter der Einstellungen nur ihn selbst durchläßt, alle anderen Einstellungen – wie zu Familie, Körper, Arbeit, Freizeit – aber nach außen hin abblockt.

Eine individuelle Diagnostik eines persönlichen Alkoholismus erfolgt nun durch die Bestandsaufnahme des Grads der Zerstörung durch den Alkohol in den einzelnen Einstellungsebenen, wie zu Familie, Körper, Arbeit, Freizeit.

Abbildung 14: Diagnostisch-statisches Modell

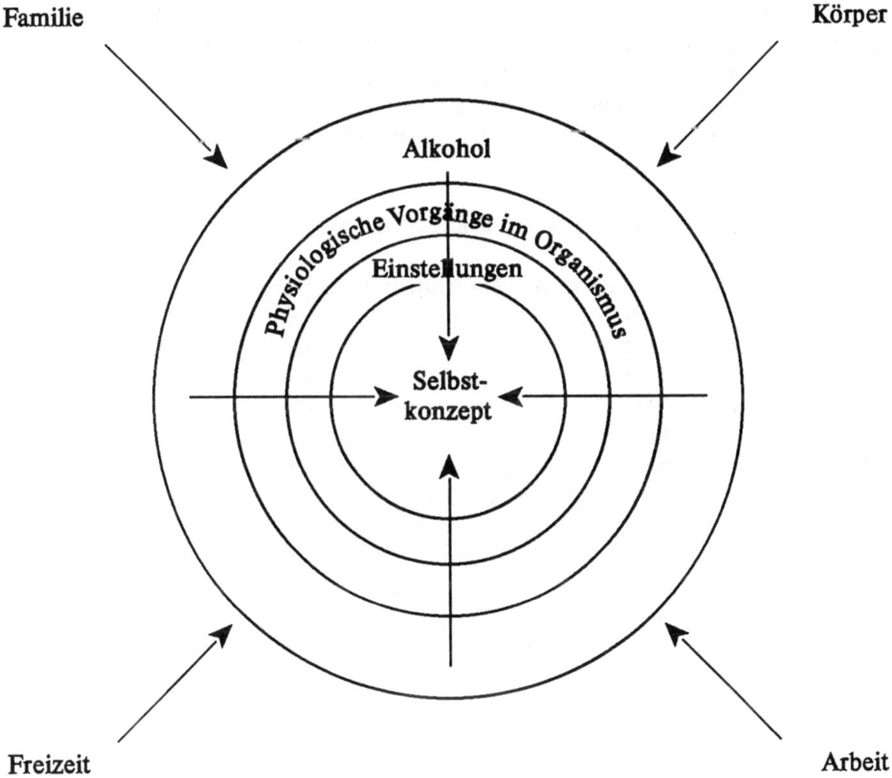

2. Modell einer integrativen Behandlung von Alkoholabhängigkeit

Bevor aus den beiden diagnostischen Modellen die entsprechenden Modelle für eine Behandlung abgeleitet werden, sollen zunächst die Begriffe 'Therapie' und 'Behandlung' abgegrenzt werden.

2.1. Abgrenzung der Begriffe 'Therapie' und 'Behandlung'

Es hat sich in Forschung und Praxis eingebürgert, von der 'Therapie' des Alkoholismus zu sprechen. Da der Begriff 'Therapie' bei mir jedoch die Vorstellung von 'Heilung' assoziiert, würde ich ihn am liebsten vermeiden, denn eine Heilung der Alkoholkrankheit im Sinne eines wieder kontrolliert Trinkenkönnens ist meiner Meinung nach – die auf zahlreichen persönlichen Versuchen basiert, die jeweils im Kontrollverlust endeten – nicht möglich. Da ich mich im folgenden jedoch auf das Programm des Therapiezentrums Münzesheim beziehen werde, sollen die Begriffe Gruppentherapie, Arbeitstherapie u.s.w. übernommen werden, wobei ich 'Therapie' dann jedoch als 'Behandlung' sehe und diese im Sinne von Einflußnahme, die sich – unter dem didaktischen Aspekt des Lehrens und Lernens – in zwei Komponenten gliedert: Im 'Lehren' erfolgt durch die Therapeuten ein Hilfsangebot an die Patienten, welches letztere im 'Lernen' – genauer im 'Umlernen' – für sich umsetzen und aktualisieren können, mit dem Ziel, ihre Krankheit zum Stillstand zu bringen.

2.2. Prozessuales Modell einer integrativen Behandlung

Das abgebildete prozessuale Modell einer integrativen Behandlung resultiert unmittelbar aus dem diagnostisch-prozessualen Modell auf Seite 54. Das prozessuale Modell verdeutlicht, wie die im 'Verhalten Alkohol' zentralisierten, gebündelten Einstellungen des Selbstkonzepts nach der physiologischen Extinktion des Alkohols – also dessen körperlicher 'Streichung', wobei eine emotionale Löschung im Sinne einer Aufhebung jeglicher gefühlsmäßiger Beziehung meiner Meinung nach nie absolut erfolgen kann – durch eine integrative, d.h. das gesamte Selbstkonzept umfassende Einflußnahme, wieder dezentralisiert, entbündelt werden. Dies geschieht bei der einzelnen Einstellung durch die ihr entsprechenden Therapieformen, z.B. bei der Einstellung zur Freizeit durch die Sport-, Musik- und Beschäftigungstherapie. Als Katalysator für die einzelnen Therapieformen sehe ich die Gruppentherapie an, in der die einzelnen Einstellungen im Zusammenhang – also integrativ – bearbeitet werden, bezogen auf das individuelle Selbstkonzept eines jeden Patienten, mit dem Ziel, ihn sich wieder in seiner Einstellung zu sich selbst positiv sehen zu lassen, wieder Selbstwertschätzung zu erlangen, als Ergebnis eines ausgeglichenen Erlebens seiner das Selbstkonzept konstituierenden Einstellungen.

Abbildung 15: Prozessuales Modell einer integrativen Behandlung

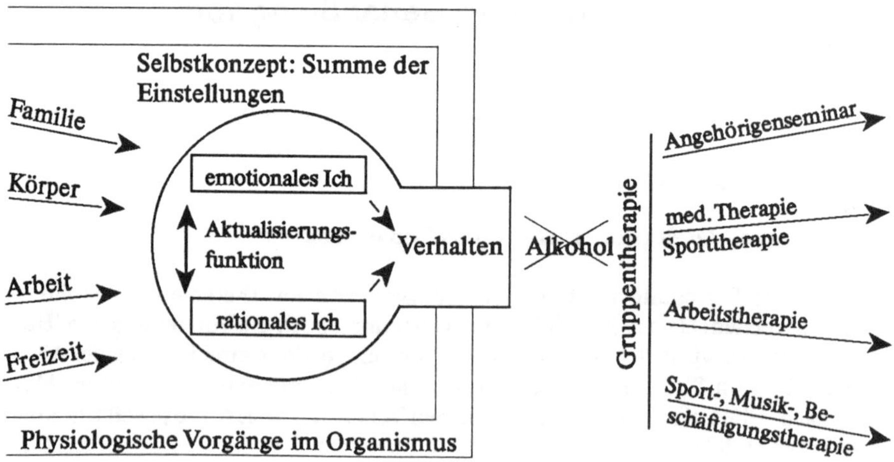

2.3. Statisches Modell einer integrativen Behandlung

Im abgebildeten statischen Modell einer integrativen Behandlung, unmittelbar resultierend aus dem diagnostisch-statischen Modell auf Seite 55, sind explizit einige Therapieformen des Therapiezentrums Münzesheim aufgezeigt, die als spezifische Einflußfaktoren auf das Selbstkonzept einwirken.

Abbildung 16: Statisches Modell einer integrativen Behandlung

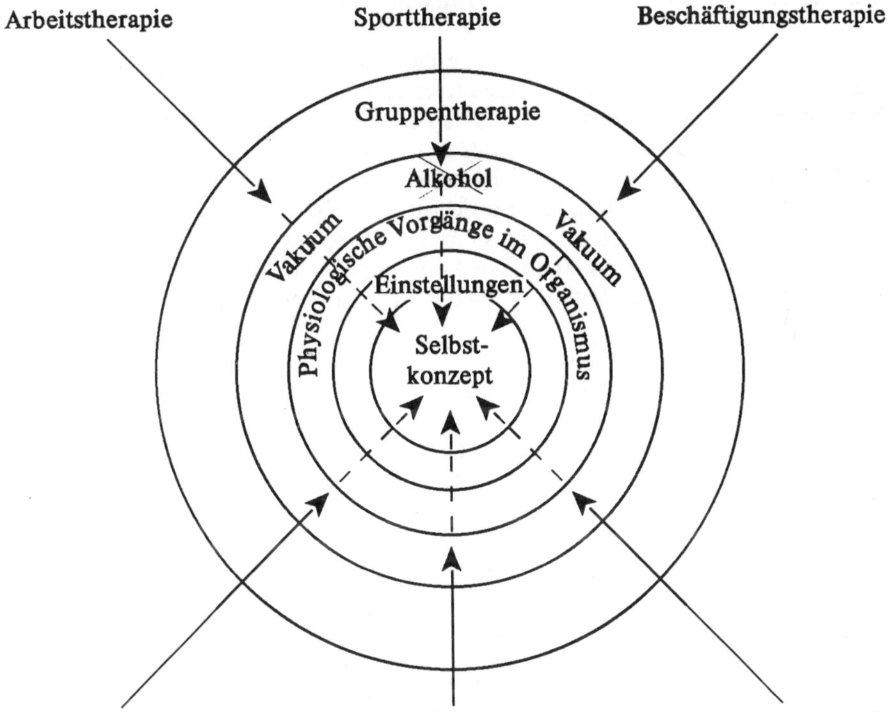

Das statische Modell einer integrativen Behandlung veranschaulicht sehr deutlich, wie durch das Wegfallen, das Streichen des Alkohols zunächst ein Vakuum entsteht, da die Einstellungen des Patienten zu Familie, Körper, Arbeit und Freizeit durch den Alkohol überlagert waren. Dieses Vakuum verursacht durch die Bindungsleere Unsicherheit, Panik und Angst, was durch das Wiederanknüpfen an Beziehungen – z.B. zu Partner, Arbeit – und Vitalisieren oder Revitalisieren von Einstellungen – z.B. zu Sport, Musik – im Laufe einer integrativen Behandlung überwunden werden und damit zu positiver Selbstwertschätzung führen kann.

Die integrierende, also verbindende Funktion der Gruppentherapie bei der integrativen Behandlung wird durch ihre alles umfassende, mantelförmige Anordnung verdeutlicht, die in das Vakuum, das der Alkohol hinterläßt, vorstößt, mit dem Ziel, die als gestrichelte Linien gezeichneten, 'verschütteten' Einstellungen wieder 'freizulegen'.

Die wichtigsten Therapieformen des Therapiezentrums Münzesheim, mit denen ich meine integrative Behandlungskonzeption von Alkoholabhängigkeit unter didaktischer Perspektive veranschaulichen will, wurden schon im statischen Modell einer integrativen Behandlung ersichtlich. Ergänzend dazu nun noch einige genauere Informationen über das Therapiezentrum selbst.

2.4. Informationen über das Therapiezentrum Münzesheim

Das Therapiezentrum Münzesheim ist eine Einrichtung der Evang. Stadtmission Heidelberg e.V.. Die Stadtmission besteht schon seit über 125 Jahren und nimmt sich hilfsbedürftiger Menschen an. Das Therapiezentrum ist ein Fachkrankenhaus für suchtkranke Männer (ca. 80 Therapieplätze), vorwiegend für Alkoholkranke. Es besteht seit 1973 und liegt in landschaftlich reizvoller Lage in der Nähe von Bruchsal. Es zählt zu den baulich modernsten Einrichtungen seiner Art, mit Hallenbad, Turnhalle, Raum für Krafttraining, Sauna, Sportplatz, Zoo, Gärtnerei, Schreinerei, Schlosserei und großem Freizeitgelände. Die Leitung der Einrichtung hat Herr Dr. med. JÜRGEN SCHWARZ, leitender Arzt, inne, als Verwaltungsleiter fungiert Herr RIEDEL.

Abteilungen der Einrichtung und Personal:

Medizinische Abteilung:	1 leitender Arzt 1 Assistenzärztin 1 Arzthelferin 1 Laborantin 2 Krankenschwestern
Gruppentherapie:	3 Gruppentherapeutinnen (1 Dipl.-Sozialarbeiterin, 2 Dipl.-Psychologinnen) 4 Gruppentherapeuten (3 Dipl.-Sozialarbeiter, 1 Sozialtherapeut)
Psychologische Abteilung:	2 Dipl.-Psychologen
Bäderabteilung:	1 Bademeister
Beschäftigungstherapie:	1 Beschäftigungstherapeut
Arbeitstherapie:	3 Arbeitstherapeuten: 1 Gärtner 1 Schreiner 1 Schlosser

Haustechnischer Dienst:	2 Hausmeister
Schreibbüro:	3 Schreibkräfte
Küche:	7 Angestellte
Fahrdienst:	1 Fahrer
Nachtdienst:	2 Angestellte
Verwaltung:	5 Angestellte

Die Gesamtzahl des Personals beträgt ca. 45, einschließlich der Praktikanten und Zivildienstleistenden.

Es handelt sich in Münzesheim um eine langfristige Therapie (6 Monate), die – laut "Kurzgefaßte Therapieübersicht aus dem Therapiezentrum Münzesheim" von Dr. SCHWARZ – mehrdimensional auf die Kompensation körperlicher, seelischer und sozialer Störungen (Schwerpunkt: Sozialtherapie) ausgerichtet ist. In einem Gespräch, das ich mit Dr. SCHWARZ führte, erklärte mir dieser, daß es im Therapiezentrum Münzesheim eine Konzeption im eigentlichen Sinne nicht gibt. Da die Ursachen der Alkoholkrankheit nicht bekannt sind, sieht Dr. SCHWARZ eine sinnvolle Therapie nur in einem "pragmatischen Vorgehen", das er in der oben angeführten Therapieübersicht wie folgt als Programm aufzeigt.

Körperlich:
Aufnahme

Diagnose:
Feststellung der Alkoholkonzentration
Körperliche Untersuchung
Neurologische Untersuchung
Medizinische Anamnese
Laboruntersuchungen
Technische Untersuchungen
(EKG u.s.w.)

Erstellen eines individuellen Behandlungsplans für Haupt- und Nebenleiden
Behandlungsformen:

1. Pharmakotherapie (insbes. Entgiftung)	z.B. Delirprophylaxe
2. Diätische Therapie	z.B. Allgemeine Leberdiät
3. Hydrotherapie	z.B. Bewegungsbad
4. Bestrahlungen	z.B. Ultraviolettbestrahlungen

5. Bewegungs- und Sporttherapie	z.B. Schwimmen
6. Beschäftigungs- und Arbeitstherapie	z.B. Einüben manueller Geschicklichkeit
7. Praeventive Therapie (Unterricht)	z.B. Gesundheitserziehung
Seelisch:	
1. Aufnahme	z.B. Kurzanamnese
2. Einführungsphase	z.B. Vermittlung der Hausordnung
3. Diagnostik	z.B. Testuntersuchungen (z.B. RAVEN)
4. Therapieplan	z.B. Fallbesprechung
5. Gruppentherapie	z.B. Themenzentrierte Therapie
6. Einzeltherapie	z.B. Gesprächstherapie
7. Familientherapie	z.B. Angehörigenseminar
8. Autogenes Training	z.B. Entspannungsübungen, kombiniert mit Musik
9. Unterricht	z.B. Psychologie: Thema: Erziehung
10. Freizeittherapie	z.B. Gruppenfreizeit außerhalb der Klinik
11. Sondertherapie für isolierte Störungen	z.B. Verhaltenstherapie
12. Seelsorge	z.B. Meditation
Sozial:	
1. Finanzen	z.B. Schuldenregulierung
2. Beruf	z.B. Beschaffung eines Arbeitsplatzes
3. Wohnen	z.B. Wohnungsbeschaffung
4. Ehe	z.B. Stabilisierung der Ehe
5. Rechtsfragen	z.B. Alkoholdelikte
6. Vermittlung sozialer Fertigkeiten	z.B. Lesen, Schreiben lernen
7. Praeventive Sozialtherapie	z. B. Vermittlung von Lebenstechniken

2.5. Modell zur Interdependenz der Entscheidungsfelder einer integrativen Behandlung von Alkoholabhängigkeit

Bei der makrodidaktischen Analyse der Entscheidungsfelder einer integrativen Behandlung von Alkoholabhängigkeit vergegenwärtigen wir uns zunächst das lerntheoretisch-didaktische Modell nach HEIMANN/SCHULZ auf Seite 13. In ihm stehen die Entscheidungsfelder – Intention, Inhalt, Methode, Medien – in Interdependenz, also in wechselseitiger Abhängigkeit. Gemäß der im I. Kapitel proklamierten Kette 'Ziel-Inhalt-Methoden-Medien' und dem innerhalb des Entscheidungsfeldes der Intentionalität konstatierten inneren Deduktionszusammenhang von Richtziel-Grobziel-Feinziel steht an der Spitze des auf der nächsten Seite abgebildeten Modells zur Interdependenz der Entscheidungsfelder einer integrativen Behandlung von Alkoholabhängigkeit das Richtziel.

In den meisten Therapiekonzeptionen – z.B. Fachklinik Bad Tönnisstein, Fachklinik Daun – wird, wie auch im Therapiezentrum Münzesheim, als oberstes Therapieziel die 'Abstinenz' proklamiert. Das ist sicherlich richtig, doch assoziiert bei mir die Zieldefinition 'Abstinenz' eine negative Wertigkeit, so daß ich 'Abstinenz' lieber mit positiver Valenz als 'eigenverantwortliche Lebensbewältigung ohne Alkohol' umschreiben möchte. Aus ihr ergibt sich dann – abgeleitet als zentrale Komponente im Einstellungen/ Selbstkonzept-Modell – als oberstes Richtziel: Positive Selbstwertschätzung.
Unter diesem folgen im Modell die Grobziele, aus denen sich dann die Feinziele ableiten. Letzteres erfolgt jedoch erst bei der mikrodidaktischen Umsetzung, also bei der Vorbereitung auf eine bestimmte Therapiestunde. Ich werde dieses im IV. Kapitel am Beispiel der Gruppentherapie aufzeigen. Im Modell folgen deshalb direkt unter den Grobzielen die Inhalte, dann die Methoden und Medien.

Bei der Analyse der Interdependenz der Entscheidungsfelder bieten sich nun zwei methodische Wege an, ein horizontaler und ein vertikaler. Bei ersterem würden zunächst alle Grobziele der entsprechenden Einstellungsänderungen – die als Summe eine positive Einstellung zu sich selbst erzielen sollen – aufgezeigt, dann die adäquaten Inhalte, Methoden und Medien. Diese Vorgehensweise würde jedoch zu unnötigen Wiederholungen führen, da ich jeweils beim horizontalen Durchlaufen einer Spalte neu anknüpfen müßte. Deshalb habe ich mich für den vertikalen Weg entschieden, der bei der makrodidaktischen Analyse eines jeweiligen Grobziels beginnt und dabei entsprechende Inhalte, Methoden und Medien integriert, wobei dann horizontale Interdependenzen zu den anderen Grobzielen aufgezeigt werden.

Abbildung 17: Modell zur Interdependenz der Entscheidungsfelder einer integrativen Behandlung von Alkoholabhängigkeit

Richtziel	**Positive Selbstwertschätzung durch eigenverantwortliche Lebensbewältigung ohne Alkohol**				
Grobziele	**Körperliche Stabilisierung** ↔	**Alternative Entspannung** ↔	**Alternative Freizeitgestaltung** ↔	**Soziale Reintegration** ↔	**Soziale Kompetenz**
Inhalte	Delirprophylaxe Massagen Atemgymnastik Volleyball	Entspannungs-übungen Ängste	Tonen Musizieren Gruppen-freizeit	Schulden-regulierung Arbeits-training Arbeitsplatz-beschaffung	Krankheitsverlauf Aggressionsabbau Selbstkonzept Realitätserprobung Partnerschaft Transzendenz
Methoden	Medizinische Therapie Hydrotherapie Bewegungs-therapie Sporttherapie	Autogenes Training Systematische Desensibili-sierung Entspannungs-training	Beschäftigungs-therapie Musik-therapie Freizeit-therapie	Klinische Sozialarbeit Arbeits-therapie Arbeits-anamnese	Diagnostik Sondertherapie Gruppentherapie Belastungstraining Unterricht Seelsorge
Medien	Labor Hallenbad Gerät Ball	Tonband Musik	Ton Musikinstrument Blockhaus	Antrag Gärtnerei Zoo Fragebogen	Test Bio-feed-back-Gerät Film Gaststätte Buch Kapelle

3. Makrodidaktische Analyse des Grobziels 'Körperliche Stabilisierung'

3.1. Aufschlüsselung des Grobziels 'Körperliche Stabilisierung'

"Der Leib als Grundlage aller Lebensprozesse – auch der kognitiven und emotionalen – wird zum Ausgangspunkt therapeutischen Handelns" konstatieren PETZOLD/BERGER (in: PETZOLD 1977, S. 452). In diesem Sinne steht für mich das Grobziel 'Körperliche Stabilisierung' als Nahziel an erster Stelle, denn "Psychotherapie ohne Einbeziehung der Körperlichkeit des Menschen greift zu kurz." (PETZOLD in: ebd., S. 10) PETZOLD (ebd.) begründet diese These folgendermaßen: "Weiterhin herrscht Übereinstimmung darin, daß Störungen im Erleben und Verhalten des Menschen niemals 'nur psychische' Ursachen haben, denn Traumatisierungen werden körperlich erlebt und in diesen Leib eingespeichert. Es muß deshalb immer um eine Behandlung des ganzen Menschen gehen, in die körperliche Dimension einbezogen werden muß. Hier liegt der bahnbrechende Beitrag der Leibtherapien zu einer modernen, integrativen Therapie, die über bloße Psychotherapie hinausgeht, ohne dabei die Erkenntnisse der klassischen Psychotherapie zu verlieren."

Das Grobziel 'Körperliche Stabilisierung' gliedert sich für mich in zwei Komponenten: In die 'körperliche Gesundung' und die 'körperliche Ertüchtigung'. Erstere zielt auf eine die negativen körperlichen Auswirkungen des Alkoholabusus so gut wie möglich kompensierende medizinische Rehabilitation, die zweite zunächst auf folgendes: "Den Körper wieder wahrnehmungs-, kontakt- und handlungsfähig zu machen, stellt sich als eines der ersten Ziele der Integrativen Bewegungstherapie dar. Nur wenn dies gegeben ist, wird spezifisch psychotherapeutische Arbeit erst möglich." PETZOLD/BERGER (in: ebd., S. 453)

Neben dieser funktionalen Aufgabe der Bewegungstherapie, nämlich der Befähigung des Patienten zur Psychotherapie, ergibt sich für mich noch ein weiterführendes Ziel: In einer echten Sporttherapie – z.B. Waldlauf in unterschiedlichen Belastungsgruppen – den Patienten die Möglichkeit zu eröffnen, die entspannende Wirkung durch den Sport zu erlernen. Ich lege an dieser Stelle soviel Wert auf das Angebot dieser Möglichkeit, weil sich für mich die Sporttherapie als wesentliches spannungsreduzierendes Alternativverhalten – CAPPELL und HERMAN (1972) subsummierten als erste "Begriffe wie Furcht, Angst und Frustration unter dem allgemeineren Begriff der Spannung und Spannungsreduktion" (ANTONS 1975, S. 12) – zum Alkoholkonsum herauskristallisierte und mir seit 9 Jahren täglich folgendes ermöglicht: Das Durchleben der für mich relevanten Angst- und Konfliktsituationen im durch den Sport entspannten Körper, quasi die emotionale Nachverarbeitung von Ängsten und Vorbereitung durch Imagination – im Sinne von LAZARUS (1980, S. 10) als "Das innere Bild des nicht wirklich Präsenten" – auf zukünftige Konfliktsituationen, ermöglicht durch die entspannende Wirkung von entspannter Physis auf angespannte Psyche und Intellekt.

Deutlich ist hier bei der Bewältigung meiner individuellen Alkoholkrankheit die Beziehung von Sporttherapie zu den Grobzielen 'Alternative Entspannung' und 'Alternative Freizeitgestaltung' ersichtlich. Eine direkte Beziehung zum Richtziel 'Positive Selbstwertschätzung' kann sich ergeben, wenn in einer leistungsorientierten Sporttherapie der Patient durch Training das Erfolgserlebnis einer Leistungsverbesserung erfährt. Eine weitere Beziehung sehe ich zum Grobziel 'Soziale Reintegration', was vor allem im Mannschaftssport verwirklicht werden kann. Nur wird leider in vielen Therapieeinrichtungen dieses Angebot einer echten Sporttherapie den Patienten nicht gegeben, so auch im Therapiezentrum Münzesheim, wo nur ein Bademeister – zwar meist mit einem Praktikanten – für den gesamten sportlichen Bereich zuständig ist.

Nichtsdestotrotz bietet das Therapiezentrum Münzesheim ein breitgefächertes Angebot für das Grobziel 'Körperliche Stabilisierung' an, das im folgenden dargestellt wird.

3.2. Medizinische Therapie

Am Tage der Aufnahme wird durch Feststellung der Blutalkoholkonzentration, körperliche und neurologische Untersuchung, medizinische Anamnese, Laboruntersuchungen und technische Untersuchungen (z.B. EKG) eine Diagnose erarbeitet, aus der ein individueller Behandlungsplan für Haupt- und Nebenleiden erstellt wird. In der Behandlungsform der Pharmakotherapie geht es vor allem um Delir- und Epilepsieprophylaxe, Regulierung des Elektrolythaushalts und um Kreislauftherapie, in der Diätischen Therapie um eine allgemeine Leberdiät und um andere Diätformen, wie z.B. salzlose oder purinfreie Kost und bei den Bestrahlungen um Ultraviolett-, Kurzwellen- und Rotlichtbestrahlungen.

3.3. Hydrotherapie

Im Rahmen der Hydrotherapie erfolgen vor allem Bewegungs- und Einzelbäder, medizinische Heilbäder, Kneippbehandlungen und Massagen.

3.4. Bewegungstherapie

Hier steht neben Schwimmen (mit Unterricht) und Gymnastik die Atemgymnastik im Mittelpunkt, deren Funktion MIDDENDORF (in: PETZOLD 1977, S. 436) eindrucksvoll beschreibt: "Atem ist eine lebenstragende Funktion. Atmend können wir unseren Leib kennenlernen. Atem kann erfahren und erlebt werden. Er teilt sich über das Wort nur beschränkt mit. Rechtes Atmen löst und bringt dem Übenden Gelassenheit. Im rhythmischen Gleichgewicht atmend entsteht die Haltung, die zugleich durchlässig und kraftvoll ist. Atmen, sammeln und empfinden ist Arbeit auch in den tiefen Schichten des Menschen. Sie meint den ganzen Menschen. Atmend kann er sich selbst finden."

3.5. Sporttherapie

Leider gibt es – wie mir auch Dr. SCHWARZ bestätigte – im Therapiezentrum Münzesheim keine eigentliche Sporttherapie. Es wird zwar gelegentlich Boccia, Tischtennis und Volleyball gespielt – auch besteht die Möglichkeit zum Krafttraining –, doch eine Hinführung zum leistungsbezogenen Ausgleichssport – z.B. zur Erlangung des Sportabzeichens – unter Aufsicht eines ausgebildeten Sporttherapeuten fehlt. Als vorbildlich möchte ich in diesem Zusammenhang die Fachklinik Furth im Wald anführen, wo – unter der Leitung des Dipl.-Psychologen RALF SCHNEIDER – mehrere Sporttherapeuten tätig sind. Ich selbst habe dort die schon beschriebenen positiven Wirkungen des Sports erlernt, ferner auch die Möglichkeiten der 'Sozialen Reintegration', hier verstanden als Wiedererlangung der Fähigkeiten des Sich-Einordnens, für den anderen Eintreten, des gemeinsamen Ansteuerns eines Ziels, wie dies z.B. in Fußballspielen zwischen Therapeuten und Patienten, aber auch in Spielen der Fachklinik (Patienten und Therapeuten) gegen Vereins- und Firmenmannschaften des Ortes Furth im Wald der Fall war.

4. Makrodidaktische Analyse des Grobziels 'Alternative Entspannung'

4.1 Aufschlüsselung des Grobziels 'Alternative Entspannung'

Ausgangspunkt ist die Tatsache, daß der alkoholkranke Patient gelernt hat, sich durch den Alkohol zu 'entspannen', d.h. im Sinne von CAPPELL und HERMAN (siehe Seite 63) Furcht, Angst und Frustrationen durch den Alkohol zu reduzieren. In dem Augenblick des Wegfallens dieser wichtigen Funktion müssen ihm neue, alternative Möglichkeiten der Entspannung angeboten werden, die dieses Vakuum füllen. Sport als spannungsreduzierendes Alternativverhalten wurde im vorhergehenden Abschnitt dargestellt, im folgenden geht es nun um das Autogene Training, wie es im Therapiezentrum Münzesheim im Rahmen der Gruppentherapie praktiziert wird. Ferner um die Möglichkeit, durch die Methode der 'Systematischen Desensibilisierung' – in Verbindung mit Entspannungstraining – Ängste alternativ zum Verdrängen durch den Alkohol abzubauen.

4.2. Autogenes Training

4.2.1. Grundlagen und Ziele

Das Autogene Training beruht – nach Dr. SCHWARZ in seinen "Erläuterungen des Autogenen Trainings", auf die sich auch die weiteren Ausführungen beziehen – auf dem Grundgesetz, daß der Mensch hier in dieser Welt nicht aus zwei getrennten Teilen besteht: Seinem Leib und seiner Seele. Im lebendigen Organismus gehört beides zusammen. Seelische Entspannung bewirkt zugleich körperliche Lockerung. Deshalb kann körperliche Entspannung zugleich seelische Verkrampfungen und Spannungen lösen. Seelische Vorgänge lassen sich also ohne fremde Hilfe über den Körper verändern, d.h. man kann mit Hilfe körperlicher Entspannung seelische Störungen, wie innere Unruhe, Konzentrationsschwäche, Schlaf- und Sprachstörungen, Beklemmungen, Angst, Schmerzen aber auch Störungen der inneren Organe, insbesondere des Herz-Kreislauf- und Magen-Darm-Systems günstig beeinflussen. Der heilende Effekt tritt aber nur ein, wenn die Entspannungsübungen immer wiederholt, also trainiert werden (ähnlich wie bei der Gymnastik). Damit der behagliche schlafähnliche Ruhestand eintreten kann, soll im Übungsraum jedes Reden und jede Unruhe vermieden werden. Der Übende muß versuchen, Eile und Ungeduld, Willensanspannung und Ehrgeiz sowie kritisches Selbstbeobachten der Auswirkungen des Autogenen Trainings abzulegen. Wie bringt man sich zur Ruhe? Nicht durch krampfhaftes 'Zusammennehmen', sondern durch innere Lösung. Ärger, Heftigkeit und Angst und andere störende Gemütsbewegungen treten zurück. Wer gelernt hat, im Autogenen Training 'sich-zu-lassen', wird durch regelmäßiges Training 'gelassen'.

4.2.2. Methode

Das Autogene Training erfolgt nur im Liegen. Erforderlich sind ein ruhiger, leicht abgedunkelter warmer Raum, weiche Unterlagen und eine entspannte Atmosphäre. Jeder legt sich möglichst bequem hin und schließt zur inneren Sammlung die Augen. Die Patienten liegen entweder im Kreise mit dem Kopf zur Mitte, wo sich der Therapeut aufhält, oder zwei Patientenreihen bilden mit ihren Köpfen einen Korridor, in dem sich der Therapeut bewegt. Wesentlich ist dabei, daß der Therapeut seine Position derart wechselt, daß er nacheinander räumlich und akustisch jedem Patienten nahe ist, damit sich niemand zurückgesetzt fühlt. Die Übungen werden in Teilschritten erlernt. Die einzelnen Teilschritte werden zunächst mehrmals so lange wiederholt, bis alle Patienten mitkommen; der Wirkungseffekt wird jedoch nicht abgefragt. Die Reihenfolge der Übungen bleibt immer gleich. Man achtet darauf, daß kein krankhafter Leistungszwang entsteht. Der Erfolg soll sich zwanglos einstellen, wenn nicht sofort, dann eben später. Der Therapeut spricht langsam mit mittellauter eintöniger tiefer Stimme. Vokale und stimmhafte Konsonanten werden betont. Besonders wichtig ist die gleichmäßige Aussprache der suggestiven Worte wie: 'Entspannung', 'Ruhe', 'Harmonie' u.s.w.. Man achte darauf, daß nach allen wichtigen Sätzen Pausen eingehalten werden, damit sich bei den Patienten die Vorstellungen entfalten können.

4.2.3 Einzelübungen

Es werden folgende vier Einzelübungen durchgeführt:
1. Schwere-Übung (Muskelentspannung)
2. Wärmeerlebnis (Gefäßentspannung)

3. Atemeinstellung
4. Regulierung der Bauchorgane

Da erstere immer am Beginn des Autogenen Trainings steht, soll sie zur Veranschaulichung desselben dargestellt werden:
Schließen Sie Ihre Augen und überlassen Sie sich der vertrauten Schwere Ihrer Augenlider. Stellen Sie sich vor, Sie liegen behaglich entspannt am Strand und genießen das wohltuende Gefühl der angenehm warmen Sonne oder Sie lassen sich ungezwungen in einem flachen Wasser ruhig treiben. Sie sind angenehm entspannt, unbeschwert und ruhig. Lassen Sie sich allmählich bequem und beruhigt zurücksinken. Jede Anstrengung weicht. Die großen starken Muskeln entspannen sich unaufhörlich und erschlaffen vollständig in ihrer ganzen Länge und Breite. Sie genießen es, sich geruhsam treiben zu lassen und sich mühelos dem angenehmen Gefühl der völligen wohltuenden Entspannung hinzugeben. Langsam spüren Sie, wie Ihre Muskeln von oben bis unten nach und nach ganz schwer werden, angenehm schwer. Bleischwer, entspannt und locker. Ihr Körper sinkt wohlig entspannt und weich in die Unterlage ein. Der rechte Arm wird allmählich immer schwerer, angenehm schwer. Auch im linken Arm löst sich die Spannung und er wird allmählich immer schwerer, angenehm schwer. Das rechte Bein wird allmählich immer schwerer, angenehm schwer, bleischwer. Das linke Bein wird unaufhörlich schwerer, wohltuend schwer. Arme und Beine werden allmählich immer schwerer, angenehm schwer. So ist es gut. Genießen Sie es, sich seelenruhig bei jedem Ausatmen nach und nach sinken zu lassen, gleichmäßig und befreit, tiefer und tiefer, angenehm entkrampft und schwer. Alle Sorgen fallen langsam ab, alle störenden Gedanken des Alltags entfernen sich und bleiben zurück. So ist es gut. Der Unterkiefer löst sich entspannt und locker, die Zähne berühren sich nicht, die Wangen hängen ganz entspannt und ungezwungen. Die Schultern sinken mehr und mehr zurück. Die Gesäßhälften werden schrittweise locker und weich und fallen angenehm in die Breite. Sie sinken gleichmäßig und behaglich tiefer und tiefer, angenehm schwer. Ihre Kniekehlen werden restlos entkrampft. So ist es gut. Genießen Sie die allgemeine wohltuende Schwere, alles ist angenehm entspannt. Überlassen Sie sich einmal der Vorstellung, daß Sie die Arme und Beine nicht anheben können, selbst wenn Sie wollten. So angenehm schwer sind Sie, bleischwer. Ich bin ganz ruhig und liege weich, warm und geborgen. Nichts ist jetzt wichtig, alles hat Zeit für später.

Für die Selbstbehandlung – so Dr. SCHWARZ – genügt es, sich die folgenden, den vier Einzelübungen entsprechenden Kernsätze zu merken, die jeweils sechsmal wiederholt werden sollten:
1. Arme und Beine sind schwer.
2. Arme und Beine sind warm.
3. Atmung ganz ruhig.
4. Bauchorgane arbeiten ruhig und zuverlässig.

Die Einführung des Autogenen Trainings erfolgt durch den Gruppentherapeuten 'live'. Bei den sich über die gesamte sechsmonatige Therapiedauer erstreckenden halbstündigen Übungen pro Woche dient das Tonbandgerät als Medium, das die Übungsanweisungen – untermalt mit Musik – im 'playback'-Verfahren liefert.

4.3. Systematische Desensibilisierung in Verbindung mit Entspannungstraining

Die Systematische Desensibilisierung findet im Therapiezentrum Münzesheim im Rahmen der 'Sondertherapie' Anwendung, auf die ich später zurückkommen werde. Ausgangspunkt sei die Abbildung nach BRENNER (1982) auf der nächsten Seite, in der Reaktionsmöglichkeiten bei Ängsten und Konflikten aufgezeigt werden. In Klammern stehen jeweils konkrete Beispiele. Die nach BRENNER günstigsten Verhaltensweisen sind eingerahmt.

Ich erachte die emotionale Verarbeitung von Ängsten – eine Möglichkeit hierfür bietet die Systematische Desensibilisierung mit Entspannungstraining – deshalb als äußerst wichtig, da ich aus eigener Erfahrung folgende Hypothese von ANTONS (1976, S. 22) bestätigen kann: "Bei Alkoholikern wird es angewendet unter der Hypothese, daß Alkoholiker unter anderem deshalb trinken, um bestehende Ängste zu reduzieren." Die Systematische Desensibilisierung nach WOLPE (1972) erfordert zunächst für jeden Patienten die Aufstellung einer individuellen 'Angsthierarchie'. BLÖSCHL (1969, S. 70) versteht darunter "eine Reihe von Reizen, auf die der Klient mit zunehmenden Graden der Angst reagiert." Vor Beginn der eigentlichen Desensibilisierung wird mit dem Patienten in einigen Verbereitungsstunden ein Relaxationstraining durchgeführt, das dem Entspannungsverfahren nach JACOBSON entspricht. "Nach den Auffassungen von JACOBSON (1938) besteht ein wesentliches Element neurotischer Störungen in übermäßiger Muskelspannung. Er entwickelte daher eine Trainingsmethode, die es dem Klienten ermöglichen soll, seine täglichen Obliegenheiten unter Bedingungen optimaler Entspanntheit auszuüben. Dabei soll jede Handlung mit minimaler Spannung durchgeführt werden und von maximaler Entspannung der nicht beteiligten Muskelpartien begleitet sein." (ebd., S. 69) Die eigentliche Systematische Desensibilisierung besteht nun darin, daß sich der Patient in der Entspannung die am wenigsten ängstigende Situation vorstellt. "Schrittweise werden dann alle Stufen der Angsthierarchie mehrfach durchgearbeitet, bis der Patient alle Angstsituationen sich vorstellen und dabei entspannt bleiben kann. In diesem Falle spricht man von covert desensitization; werden die Angstsituationen (meist in einem zweiten Schritt) nicht nur in der Vorstellung, sondern real aufgesucht und handelnd bewältigt, spricht man von overt desensitization." (ANTONS 1976, S. 22)

Abbildung 18: Reaktionsmöglichkeiten bei Ängsten und Konflikten (nach BRENNER 1982, S. 129)

	A Flucht	B Bewegungslosigkeit	C Angriff
I. Körperlich	Körperliche Aktivität (Weglaufen)	Körperliche Inaktivität (sich totstellen, sterben)	Körperliche Aktivität (kämpfen, entgegentreten)
II. Geistig	Geistige Abwehr und Rückzug (Verfolgungswahn)	Geistige Blockade (Gedankensperre)	Geistige Verarbeitung (sich bewußt dem Gegenstand der Angst stellen bzw. das Problem analysieren)
III. Seelisch	Seelische Flucht und Vermeidungsversuche (Phobie Zwangsneurose Herzneurose Kopfschmerzen Alkoholismus Asthma Magengeschüre u.ä.)	Seelisches Festgefahrensein (Depression)	Emotionale Verarbeitung (sich in die Angstthematik hineinfallen lassen oder sich schrittweise dem Gegenstand der Angst annähern. Mögliche Therapieform: Systematische Desensibilisierung mit Entspannungs-Training)

5. Makrodidaktische Analyse des Grobziels 'Alternative Freizeitgestaltung'

5.1. Aufschlüsselung des Grobziels 'Alternative Freizeitgestaltung'

Die Ausgangssituation entspricht der beim Grobziel 'Alternative Entspannung'. Da es für den Alkoholkranken in der akuten Phase des Kontrollverlusts nur eine Beschäftigung gab, nämlich den Alkohol, entsteht nach dessen Wegfall ein Vakuum, das durch alternative Möglichkeiten der Freizeitgestaltung gefüllt werden muß. Neben der Sporttherapie und dem Autogenen Training fungiert hier die Beschäftigungs- und Musiktherapie als Hilfe, alte, vom Alkohol überlagerte Einstellungen zu kreativer Betätigung wiederzuentdecken, oder neue Beziehungen dazu anzuknüpfen.

5.2. Beschäftigungstherapie

"Ein besonderes Problem ergibt sich aus der Frage, ob die Beschäftigungstherapie die Behandlung Alkoholabhängiger zu unterstützen vermag. Nach unseren Erfahrungen pflegt sie, namentlich von männlichen Alkoholkranken, als ein nicht ganz ernst zu nehmender Zeitvertreib angesehen zu werden, der entweder als überflüssig und langweilig empfunden wird oder ihnen auf bequeme, zu nichts verpflichtende Weise über die Dauer des Klinik- oder Anstaltsaufenthalts hinweghilft." (JANZ 1979, S. 15 f.) Stelle ich den hier dargelegten Erfahrungen meine eigenen gegenüber, so muß ich dieser extrem negativen Einstellung zur Beschäftigungstherapie innerhalb der Behandlung von Alkoholabhängigkeit teilweise widersprechen. Begründet ist dies in den Erfahrungen, die ich während meiner vierwöchigen Teilnahme an der Beschäftigungstherapie im Therapiezentrum Münzesheim hinsichtlich der Wirkung der Beschäftigungstherapie bei den einzelnen Patienten registrierte. Eine Gruppe empfand sie wie bei JANZ geschildert, eine andere Gruppe jedoch äußerte sich sehr positiv. Das hat seinen Grund meiner Meinung nach in der Mannigfaltigkeit menschlicher Neigungen und Bedürfnisse und deren ebenso breit gestreuten Befriedigung. Bedeutet für mich sportliche Betätigung eine sinnvolle Freizeitgestaltung und das Tonen eines Schäfers oder Flechten eines Korbes – Dinge, die ich während meines Praktikums in der Beschäftigungstherapie ausführte – eine Betätigung mit negativer Valenz, so ist dies bei einem anderen betroffenen Alkoholiker vielleicht genau umgekehrt. Deshalb äußerten viele Patienten in der Beschäftigungstherapie ihren Unmut über die von ihnen zu leistenden Arbeiten – einige entwickelten sogar Aggressionen angesichts einer aufgezwungenen, für sie uneinsichtigen Beschäftigung – andere jedoch erlangten bei schöpferisch-kreativem Gestalten eine Steigerung ihres Selbstwertgefühls, was im Hinblick auf das Richtziel 'Positive Selbstwertschätzung' – als übersituative Einstellung zu sich selbst – einen wichtigen Schritt unter dem Aspekt der Einstellung zur Freizeit darstellt.

Die Möglichkeit einer Steigerung des Selbstwertgefühls durch die Anregung der Gestaltungsfähigkeit und Kreativität zeigt auch FEUERLEIN (1975, S. 137) auf, und ANTONS (1976, S. 37) verweist zusätzlich auf eine mögliche positive Fremdbewertung für den Patienten: "Gerade im Therapiebeginn ist eine Steigerung des Selbstwertgefühls anhand selbst gestalteter Produkte wichtig; ferner ist es häufig ein neues Erlebnis für Angehörige, wenn der Patient eigene Werkstücke präsentiert und damit ein Stück Bewunderung erwirbt." Ferner können spätere Hobbys im Rahmen der Beschäftigungstherapie entwickelt werden und bestimmte Werkstücke als unbewußte Gestaltung von Bedürfnissen in den therapeutischen Prozeß mit einbezogen werden.

Abschließend zur Beschäftigungstherapie soll noch auf einen positiven Aspekt hingewiesen werden, der weder bei FEUERLEIN (1975) noch bei ANTONS (1976) berücksichtigt ist. Nämlich das Initiieren von gruppendynamischen Prozessen, wie es im Therapiezentrum Münzesheim dem Beschäftigungstherapeuten WILLI KOHL dadurch gelingt, daß er jede Gruppe selbständig ein Kinderbuch im Kartoffeldruckverfahren erarbeiten läßt. Hierbei laufen dann Prozesse wie 'Kooperation', 'Einanderhelfen', 'Annäherung von verschiedenen Standpunkten im Kompromiß' ab, die eine Verbindung der Beschäftigungstherapie zu den Grobzielen 'Soziale Reintegration' und 'Soziale Kompetenz' herstellen.

5.3. Musiktherapie

Hierbei muß zunächst konstatiert werden, daß Musiktherapie durch ausgebildete Musiktherapeuten im Therapiezentrum Münzesheim nicht durchgeführt wird. Dennoch sehe ich – neben den in der folgenden dargestellten "Musiktherapie durch nicht ausgebildete Gruppentherapeuten" nach Dr. SCHWARZ aufgezeigten Zielen – eine große Chance, daß Patienten ihre durch den Alkohol zugeschüttete Liebe zur Musik neu entdecken und sie in ihr Verhaltensrepertoir in der Freizeit aktiv integrieren.

5.3.1. Zielsetzung

Eingesprengte musiktherapeutische Veranstaltungen dienen der Auflockerung der Gruppentherapie. Als averbale Therapieform eignet sich die Musiktherapie besonders für Patienten mit Verbalisierungsschwierigkeiten, Gehemmte, Blinde u.s.w.. Musiktherapie aktiviert, fördert soziale Integration und trainiert die Konzentrationsfähigkeit, Geschicklichkeit, Behutsamkeit und Koordination, steigert Wahrnehmung, Sensibilität und Psychomotorik, fördert Kreativität, Kooperationsfähigkeit, Phantasie, Vorstellungsvermögen, ist geeignet Zwangsstrukturen abzubauen, die Stimmung zu heben und Isolation abzubauen.

5.3.2. Durchführung

Jeder Patient kann sich zu Anfang ein Orffsches Instrument aussuchen. Die Xylophone sollte man möglichst an musikalische Patienten ausgeben, weil sie sonst sehr stören. Der Therapeut nimmt sich auch ein Instrument. Nach einiger Zeit kann man die Instrumente tauschen, das fördert die Abwechslung. Alles verläuft spielerisch, keiner sollte sich genötigt fühlen. Weder die Patienten noch der Gruppentherapeut muß musikalisch sein.

Beispiele:

Vorstellen:
Jeder stellt sich mit seinem Instrument vor, indem er dabei Geräusche erzeugt, die er als typisch für sich ansieht.

Instrumenteraten:
Ein Patient schließt die Augen und versucht zu raten, welches Instrument von einem anderen Patienten der Gruppe gespielt wurde. Das Ratespiel wird um so spannender, je untypischer das erzeugte Geräusch für das jeweilige Instrument ist.

Musikalischer Dialog:
Die vorhandenen Patienten werden in zwei Gruppen aufgeteilt, beide Gruppen spielen jeweils kurz im Sinne von Frage und Antwort, so daß eine Art Dialog entsteht.

Erraten psychischer Zustände:
Einige Beispiele psychischer Zustände werden an die Tafel geschrieben, z.B. Trauer, Freude, Ärger, Wut, Haß, Lachen, Angst, Konflikt. Ein Patient geht hinaus und die Gruppe einigt sich auf einen psychischen Zustand, der mit den Instrumenten dargestellt wird. Der wieder hereingerufene Patient soll diesen dann erraten.

5.4. Freizeittherapie

Eine konzentrierte Freizeittherapie erfolgt innerhalb einer viertägigen Gruppenfreizeit außerhalb der Klinik in einem Blockhaus im Odenwald. Durch Wandern, Spiele und Sport wird das Erlebnis alternativer Freizeitgestaltung in einem in sich geschlossenen Zeitraum intensiviert. Ferner sind durch gemeinsames Einkaufengehen, Kochen u.s.w. eine Verstärkung der Gruppendynamik und Verbesserung auf der Beziehungsseite der Patienten untereinander und zum Therapeuten möglich.

6. Makrodidaktische Analyse des Grobziels 'Soziale Reintegration'

6.1. Aufschlüsselung des Grobziels 'Soziale Reintegration'

Ausgangspunkt ist hier die Tatsache, daß als Folge der krankhaften Abkapselung des Patienten im Alkohol eine meist starke soziale Isolation erfolgte, die sich oft in Arbeitslosigkeit und Straftaten unter Alkoholeinwirkung, wie z.B. Trunkenheitsfahrt, Vergewaltigung u.s.w. verstärkte. Mit den Methoden der 'Klinischen Sozialarbeit' und der 'Arbeitstherapie' gilt es nun, eine soziale Reintegration in die Wege zu leiten, mit dem Ziel der Wiedereinbettung des Patienten in für ihn positiv zu erlebende gesellschaftliche Bezüge, ohne die eine positive Selbstwertschätzung nicht etabliert werden kann.

6.2. Klinische Sozialarbeit

Entgegen den Gepflogenheiten anderer Fachkliniken – die mehr formalen Hilfen materieller Art der 'Klinischen Sozialarbeit' einem speziellen Sozialarbeiter zu übertragen, während der Gruppentherapeut sich ausschließlich auf die psychosoziale Hilfe der Gruppentherapie konzentriert – sind im Therapiezentrum Münzesheim beide Aufgabenbereiche im Gruppentherapeuten vereint. Ich sehe darin einen großen Vorteil, der in der Möglichkeit besteht, daß sich durch 'praktische Lebenshilfe' durch den Therapeuten eine Beziehung des Vertrauens zu dem Patienten entwickeln kann, was sich dann positiv in der Gruppentherapie auswirkt. Im Vordergrund dieser 'praktischen Lebenshilfe' steht jedoch nicht die reibungslose Klärung aller Schwierigkeiten durch den Gruppentherapeuten, sondern die Anleitung zur Selbsthilfe. Der Patient soll nicht in passiver Form sämtliche Probleme, die ihm im Zusammenhang mit seiner Abhängigkeit entstanden sind, vom Gruppentherapeuten aufarbeiten und bereinigen lassen. Deshalb wird von Seiten des Gruppentherapeuten versucht, den Patienten anzuleiten, seine z.B. rechtlichen Schwierigkeiten selber zu lösen. Er soll seine passive Versorgungshaltung aufgeben und schrittweise lernen, Verantwortung für sich zu übernehmen. An den Patienten werden also konkrete Forderungen gestellt, denen er früher ausgewichen war, die ihn jedoch immer tiefer in die Abhängigkeit gestürzt hatten.

Folgende Aufgaben der 'Klinischen Sozialarbeit' werden in diesem Sinne angegangen:

– Die Regelung von Kostenfragen, vor allem bei Sozialhilfeempfängern, für deren Behandlungskosten das örtliche Sozialamt zuständig ist.

– Die Beantragung von Bekleidungsbeihilfen oder Anträge zur Gewährung von

Taschengeld. Dies gilt vorrangig für Patienten, die Sozialhilfeempfänger sind oder die vor ihrer Behandlung ohne Einkommen waren und in der Klinik mit sehr wenig Geld auskommen müssen.

– Die Antragstellung auf Anerkennung der Schwerbehinderteneigenschaft. Anträge wie diese leitet der Gruppentherapeut an das Versorgungsamt weiter, das für den Wohnort des Patienten zuständig ist. Durch die Anerkennung als Schwerbehinderter ergibt sich für den Betroffenen die Möglichkeit, Vergünstigungen bei öffentlichen Bus- und Bahnbetrieben oder kulturellen Veranstaltungen in Anspruch zu nehmen.

– Die Aufarbeitung juristischer Probleme, wie Führerscheinentzug oder andere strafrechtliche Vorgänge. Der Gruppentherapeut begleitet den Patienten oft zu Verhandlungen und setzt sich mit seinem Rechtsanwalt in Verbindung.

– Die Schuldenregulierung. Hierbei geht es zunächst darum, die Höhe der Schulden in bezug zu den jeweiligen Gläubigern festzustellen. Viele Schulden lassen sich dadurch beseitigen, daß mit den Patienten ein Antrag auf Schuldenerlaß oder Schuldenreduzierung gestellt wird. Der günstigste Fall ergibt sich, wenn eine Bank als Gesamtschuldner auftritt und die Abwicklung der Zahlungen in eine Hand gelangt. Gelingt dies nicht, wird ein Schuldentilgungsplan erstellt und die Gläubiger werden angeschrieben. Ziel ist, daß der Patient bei der Entlassung aus der Klinik weiß, wie und in welcher Zeit er seine Schulden regulieren kann. Bei der Überprüfung ungerechtfertigt erscheinender Rechnungen erfolgt die Einschaltung der Gerichtshilfe des Amtsgerichts Bruchsal.

– Hilfe bei der Wohnungssuche. Diese wird insofern schwierig, wenn der Patient keine Arbeitsstelle nachweisen kann. Da es die Fürsorgepflicht verbietet einen Patienten, der keine Wohnung hat, quasi ins 'Nichts' zu entlassen, erfolgt die Vermittlung eines Platzes in einem Übergangswohnheim, z.B. im Wichernheim der Evang. Stadtmission Heidelberg.

6.3. Arbeitstherapie

6.3.1. Abgrenzung Beschäftigungstherapie-Arbeitstherapie

Eine Abgrenzung zwischen Beschäftigungstherapie und Arbeitstherapie wird durch die Gegenüberstellung der Definition von Beschäftigung und Arbeit ersichtlich. "Beschäftigung ist das aktive oder passive Verbringen der Freizeit, losgelöst von äußeren Verpflichtungen, auf das Erlangen innerer Befriedigung gerichtet, wobei die eigene Kreativität auf das Gebiet der Liebhaberei gelenkt wird." (AERNOUT 1981, S. 29) Demgegenüber ist Arbeit "eine körperliche und/oder geistige Anstrengung, die im Rahmen einer gesellschaftlich geregelten Bedarfsbefriedigung vorgenommen wird, aus der Rechte und Pflichten erwachsen, und die gleichzeitig die notwendigen Geldmittel einbringt, und wenn möglich, mehr." (ebd., S. 31) Was dieses letzte Wörtchen 'mehr' beinhalten kann, beschreibt DOLLHAUSEN (in: FICHTNER 1980, S. 78) im Vergleich zur Beschäftigungstherapie: "Beschäftigungstherapie versucht dem Patienten zu einer subjektiven, Arbeitstherapie dem Betroffenen zu einer objektiven Selbstbestätigung zu verhelfen. Erstere soll in möglichst unbelastendem, unverbindlichem Tätigsein erfahrbar, letztere durch das Produkt objektiv, und damit ein Teil der Wirklichkeit selbst, anschaulich werden."

6.3.2. Ziel der Arbeitstherapie

Stand in der 'Klinischen Sozialarbeit' das Grobziel 'Soziale Reintegration' in Relation zu einem größeren gesellschaftlichen Kontext – Wohnung, Schulden, rechtliche Probleme – so ist 'Soziale Reintegration' in der folgenden Zielerarbeitung der Arbeitstherapie von DOLLHAUSEN (ebd., S. 77) bezogen auf die kleine Arbeitsgruppe, dabei ausgerichtet auf die Stärkung des Selbstbewußtseins und damit auf das Richtziel 'Positive Selbstwertschätzung': "Ziel der Arbeitstherapie ist es, dem Rehabilitanden den Übergang vom Patienten zum mithandelnden Partner möglich zu machen. Dabei steht die Stärkung des Selbstbewußtseins des einzelnen, seine Person im Mittelpunkt des 'Miteinanderarbeitens'. Dieses soll dem Rehabilitanden ermöglichen, auf der einen Seite sich und seine Krankheit zu sehen und zu verstehen, gleichzeitig aber die Möglichkeiten nicht zu übersehen, die er mit seinen Kenntnissen und Fertigkeiten hat, gleich ob sie technischer oder sozialer Natur sind. In diesem Zusammenhang wird darauf geachtet, daß durch die Arbeit das Einordnen in die Gruppe, Kooperationsfähigkeit, die Möglichkeiten,... Frustrationen zu ertragen, die Fähigkeit zur Leistungssteigerung, der Arbeitsübersicht etc. gefördert werden. Die kommunikative Seite arbeitstherapeutischer Bemühungen wird somit sichtbar und damit der therapeutisch relevante Interaktionszusammenhang als notwendige Bedingung sinnvoller Arbeitstherapie."

6.3.3. Arbeitstraining

Auf meine Frage an Arbeitstherapeut KURT SCHWEDES – gelernter Schreinermeister, bei dem ich fünf Wochen vormittags mein Praktikum absolvierte – wie er die Aufgabe in seiner Schreinerei sähe, antwortete er: "Die Patienten sollen wieder arbeiten üben." In der Schreinerei besteht dieses Arbeitstraining darin, daß die Patienten unter Anleitung und Aufsicht – in Einzel- und Gruppenarbeit – Produkte wie Tische, Stühle, Schränke u.s.w. erstellen und damit u.a. Aufträge von Firmen erfüllen. Ähnliches gilt für die Schlosserei und die Gärtnerei, der noch ein Zoo angegliedert ist, in dem jeweils zwei Patienten für einen längeren Zeitraum die Tiere versorgen. Da auch ich dort einige Wochen halbtags eingesetzt war, konnte ich durch Gespräche feststellen, wie bei einigen Patienten durch das Tätigsein in der Natur mit den Tieren alte, durch den Alkohol überlagerte Einstellungen zu letzteren reaktiviert wurden, mit dem Ergebnis, daß einige Patienten für die Zeit nach der Therapie wieder die Aufzucht von Hasen, Hühnern u.s.w. planten. Ferner stellte ich während meines Aufenthalts im Arbeits- und Beschäftigungsbereich fest, daß viele Patienten die 'therapiefreie' Zeit nutzten, um ihrer Lieblingsbeschäftigung – z.B. Tonen von Vasen oder Schreinern von Schachfiguren – nachzugehen, was mich – da hier die Interdependenz zum Grobziel 'Alternative Freizeitgestaltung' deutlich wird – zu folgendem Exkurs veranlaßt.

Exkurs: Postulat einer 'homöostatischen' alternativen Freizeitgestaltung

Ausgangspunkt sei hier, daß im Therapiezentrum Münzesheim die Therapie nach einem festen Zeitplan erfolgt, der über die Spanne von sechs Monaten genaue Zeiten für die einzelnen Therapieformen festschreibt. Dabei sind – natürlich neben der Gruppentherapie und der im zweiten Monat beginnenden Arbeitstherapie – Beschäftigungs- und Bewegungs- bzw. Sporttherapie über den gesamten Zeitraum Pflichtveranstaltungen, wobei der Hauptschwerpunkt auf der Beschäftigungstherapie liegt. Letzteres hat, da – wie mehrfach angedeutet – jeder Mensch einen differenzierten Bedürfnishaushalt hat, den er zu befriedigen wünscht, zur Folge, daß es viele Patienten auf die Dauer als Zwang ansehen, nichtbefriedigende Arbeiten in der Beschäftigungstherapie auszuführen. Dies führt zu Frustrationen, also zur Nichtbefriedigung psychischer Bedürfnisse, die sich in Aggressionen entladen können. Ich habe miterlebt, wie ein Patient, für den das konzentrierte Flechten eines Korbes eine zu große nervliche Anspannung zur Folge hatte, das Werkstück einfach in die Ecke schleuderte. Im Gespräch sagte er mir wörtlich: "Das bringt mir hier keine Entspannung, sondern Anspannung!"

Mein Vorschlag zur Verbesserung ist folgender: Ausgehend von der individuellen Homöostasis eines Menschen, also der Tatsache, daß jeder Mensch ein nur ihm eigenes Potential an Bedürfnissen hat, die Spannung erzeugen, und Möglichkeiten zur Befriedigung, die entsprechende Entspannung ermöglichen, plädiere ich dafür, in den ersten Wochen Beschäftigungstherapie und Sporttherapie parallel laufen zu lassen als Pflichttherapie, möglichst ergänzt durch Musiktherapie. Dadurch hat jeder Patient die Möglichkeit, das für ihn adäquate, zum Alkohol alternative und zur Arbeit ausgleichende Freizeitverhalten kennenzulernen. Nach den ersten Wochen sollte jedoch jeder – entsprechend der von SCHNEIDER (1982, S. 83) geforderten Entwicklungsrichtung im Therapieverlauf: "Fremdkontrolle ✱ Selbstbestimmung" – die Möglichkeit erhalten, seine Freizeit eigenverantwortlich zu gestalten. Dies könnte in Neigungsgruppen verwirklicht werden, wie es auch schon in Schulen praktiziert wird. Voraussetzung wäre jedoch hierfür, daß als Alternative zur Beschäftigungstherapie eine echte Sporttherapie mit ausgebildeten Sporttherapeuten angeboten wird, um somit jedem Patienten die Möglichkeit zu geben, zu lernen, seine Freizeit eigenverantwortlich zu gestalten und nicht stundenlang täglich einer ungeliebten Tätigkeit nachgehen zu müssen, sei diese nun Werken oder Sport.

6.3.4. Arbeitsanamnese

Während der 'Dienstzeit' in der Arbeitstherapie wird mit jedem Patienten anhand eines Fragebogens eine Arbeitsanamnese durchgeführt. Verantwortlich dafür ist der

jeweilige Arbeitstherapeut. In Vertretung für Herrn SCHWEDES konnte ich ca. zehnmal eine Arbeitsanamnese durchführen, die sich auf folgende Hauptaspekte bezog:
- Arbeitslosigkeit bzw. Arbeitsstelle
- Rentenantrag
- Körperliche Beeinträchtigung am letzten Arbeitsplatz
- Minderung der Erwerbsfähigkeit
- Arbeitspapiere
- Schulbildung
- Berufsausbildung, Lehrberuf
- Weiterbildung, Umschulung
- Arbeitsstellen
- Gründe für Arbeitsplatzwechsel

An diesem Punkt ergab sich oft die Möglichkeit – da ja der Alkohol meistens eine Ursache für den Arbeitsplatzwechsel war – für ein vertiefendes, oft eine Stunde dauerndes Gespräch, das die Verstärkung der Motivation des Patienten für die Therapie als Ziel hatte.
- Krankenkasse
- Informationen über die letzte Arbeitsstelle
- Berufliche Ziele
- Erforderliche Rehabilitationsmaßnahmen
- Arbeitstherapiewunsch

Hier haben die Patienten folgende Einsatzorte zur Auswahl:
- Schreinerei
- Gärtnerei
- Zoo
- Schlosserei
- Druckerei, die der Schlosserei angegliedert ist
- Haustechnik

Die Wünsche der Patienten werden in der allwöchentlichen Fallbesprechung, an der alle therapeutischen Mitarbeiter teilnehmen, so gut es geht berücksichtigt.

6.3.5. Arbeitsplatzbeschaffung

Schon bei der Arbeitsanamnese wird jedem Patienten ein Termin für eine interne Arbeitsamtsberatung mitgeteilt. Hierzu kommt regelmäßig ein Rehabilitationsberater des Arbeitsamtes Karlsruhe ins Therapiezentrum Münzesheim. Er erhält eine vom zuständigen Arbeitstherapeuten erarbeitete, schriftliche 'Entscheidungshilfe für den Berater des Arbeitsamtes', die zu folgenden Aspekten Stellung nimmt:
- Jetzige Intelligenz (die nach dem RAVEN-Intelligenz-Test beurteilt wird)
- Körperliche Belastbarkeit
- Früheres Arbeitsverhalten

– Arbeitsverhalten im Therapiezentrum
– Unsere Vorstellungen über die zukünftigen beruflichen Möglichkeiten des Patienten

Als Unterstützung bei der Erstellung dieser Entscheidungshilfe dient dem Arbeitstherapeuten ein Beobachtungsbogen des Beschäftigungstherapeuten, der Stellung bezieht z.B. zu Arbeitstempo, Genauigkeit, Geschicklichkeit, Arbeiten unter Zeitdruck, fachliche Fähigkeiten. Ziel der internen Arbeitsamtsberatung ist – neben der Abklärung der beruflichen Möglichkeiten –, einen Vorstellungstermin an dem Arbeitsamt des zukünftigen Wohnortes des Patienten zwecks der beruflichen Reintegration zu erreichen, oder eine evtl. in Frage kommende Umschulung für eine berufliche Rehabilitation einzuleiten.

7. Makrodidaktische Analyse des Grobziels 'Soziale Kompetenz'

7.1. Aufschlüsselung des Grobziels 'Soziale Kompetenz'

Ausgangspunkt sei hier zunächst die Definition des Terminus 'soziale Kompetenz'.

7.1.1. Definition von 'soziale Kompetenz'

Etymologisch betrachtet stammt das Wort 'Kompetenz' aus dem Lateinischen und bedeutet 'Zuständigkeit'. In Relation zu 'sozial' sei es – im Sinne von NELLESSEN (in: HEINERTH 1979, S. 272) – als 'erworbene Fertigkeit' definiert. Unter 'sozial' selbst verstehe ich 'die Beziehungen des Individuums zu seiner Umwelt betreffend'. Zusammenfassend sehe ich 'soziale Kompetenz' als 'die erworbene Fertigkeit eines Individuums, mit der es sich in seinen Beziehungen zur Umwelt verhält'.

7.1.2. Konstitutive Merkmale sozialer Kompetenz

NELLESSEN (ebd.) benennt Intelligenz und Sensitivität – die ich kompatibel mit 'rationalem Ich' und 'emotionalem Ich' im Einstellungen/Selbstkonzept-Modell sehe – als konstitutive Merkmale sozialer Kompetenz, wobei die Intelligenz mit der Genauigkeit der Rollenübernahme (role-taking) korreliert und die Sensitivität sich auf diejenigen Merkmale bezieht, die zu entschlüsseln erlauben, wie der andere intern subjektiv wahrgenommene Realität strukturiert. In der Wechselwirkung beider Komponenten aktualisiert sich das Verhalten gegenüber der Umwelt. Letztere ist im 'Verlaufsmodell: Soziale Kompetenz' auf der nächsten Seite aufgegliedert in Organisation, Institution, Gruppe und Individuum, da sozial kompetentes Verhalten nicht nur an die unmittelbare Anwesenheit eines Interaktionspartners gebunden ist, sondem auch "nichtsprachliche Handlungsstrategien, wie schriftliche Äußerungen" (ebd., S. 271) umfaßt. Das verbale und nonverbale Verhalten zwischen Individuum und Umwelt sehe ich als dynamischen Prozeß, der unter fortlaufenden Rückkoppelungsmechanismen verläuft.

Abbildung 19: Verlaufsmodell: Soziale Kompetenz

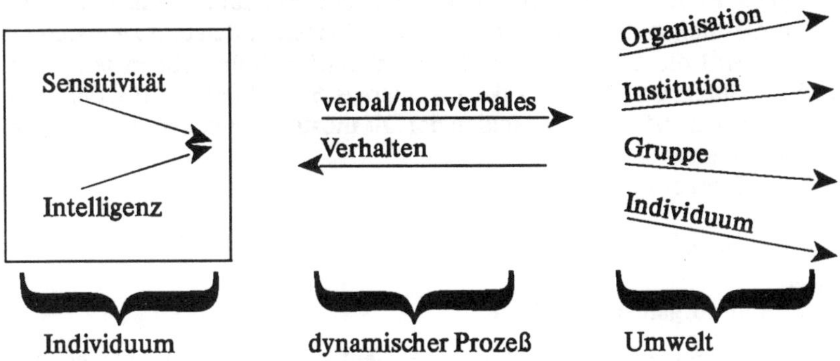

7.1.3. Training sozialer Kompetenz

Übertrage ich das eben aufgezeigte 'Verlaufsmodell: Soziale Kompetenz' auf das diagnostisch-prozessuale Modell auf Seite 54, so wird ersichtlich, daß die erworbenen Fertigkeiten, sich in den Beziehungen zur Umwelt zu verhalten, durch den Alkohol blockiert und dadurch auch verlernt wurden. Entsprechend dem prozessualen Modell einer integrativen Behandlung auf Seite 56 ergibt sich hieraus – zur Reaktivierung und Verbesserung der sozialen Fertigkeiten – als Grobziel das 'Training sozialer Kompetenz', welches Voraussetzung für die Erlangung des Richtziels 'Positive Selbstwertschätzung' ist. Letztere ist – begründet in der Ambivalenz des Menschen als 'soziales Individuum' – nur in der Interaktion mit der Umwelt, als übersituative Einstellung zu sich selbst aus der Summe von Selbst- und Fremdbewertung, zu erlangen. Da dieses Selbstkonzept also nur zu einem Teil vom Individuum selbst bestimmt ist, zum anderen von der Umwelt, stellt sich mir das Ziel des Trainings sozialer Kompetenz folgend dar: Die Befähigung für effektives, d.h. flexibles, situationsadäquates Verhalten, das den Bedürfnissen von Individuum und Interaktionspartner(n) gleichermaßen gerecht wird. Ich möchte dies als 'homöostatischen Kompromiß' bezeichnen, der in einer Wechselbeziehung des Gebens und Nehmens alle beteiligten Bedürfnishaushalte – relativ ausgleichend – optimal befriedigt.

Wurde unter dem Grobziel 'Soziale Reintegration' durch die Methode 'Klinische Sozialarbeit' versucht, die mehr formalrechtlichen Aspekte der Einstellungen der Patienten zu Organisationen und Institutionen aufzuarbeiten und zu reaktivieren, so geht es bei den folgenden Methoden zur Wiedererlangung sozialer Kompetenz – Diagnostik, Sondertherapie, Integrative Gruppentherapie, Angehörigenseminar,

Belastungstraining, Unterricht – vor allem um die psycho-soziale Einstellung zu sich selbst, zu den Angehörigen und den Personen des sozialen Umfelds, also um den intra- und interindividuellen Aspekt.

7.2. Diagnostik

Entsprechend den beiden diagnostischen Modellen auf Seite 54 und Seite 55 erfolgt bei der Diagnostik eine Analyse der Entwicklung der Einstellungen eines jeden Patienten zum Alkohol, zu Familie, Körper, Arbeit, Freizeit in Relation zu ersterem. Durchgeführt wird die Diagnostik im Therapiezentrum Münzesheim teils vom Gruppentherapeuten und teils von der psychologischen Abteilung, die mit zwei Dipl.-Psychologen besetzt ist. Als Medien der Diagnostik dienen den Psychologen folgende Testverfahren:
– RAVEN-Intelligenztest
– FPI
– Satzergänzungstest
– Baumtest
– Suchtest für hirnorganische Schäden

Die Gruppentherapeuten führen mit jedem Patienten anhand eines Fragebogens die Alkoholanamnese durch, bei der es um folgende Aspekte geht:
– Beginn des Alkoholmißbrauchs
– Frequenz des Alkoholmißbrauchs
– Konsum in den letzten zwei Jahren
– Trinkzeiten in den letzten zwei Jahren
– Rauschtrinken
– bevorzugtes Getränk
– tägliche Alkoholmenge (geschätzt)
– Trinkgeschwindigkeit
– Alkoholwirkung
– Trinkmotive
– Trinkorte
– Krankheitseinsicht
– Behandlungsmotivation

Mit jedem Patienten wird in einem Einzelgespräch, das entweder vom Gruppentherapeut oder von einem Psychologen geführt wird, ein Erhebungsbogen ausgefüllt, der sich nach folgenden Hauptgesichtspunkten gliedert:
– Familienvorgeschichte
– Soziale Entwicklung
– Beruf
– Ehe
– Kinder
– Lebensplanung
– Sexuelle Anamese
– Psychischer Befund

7.3. Sondertherapie

Ergeben die oben aufgezeigten diagnostischen Analysen bei einem Patienten Störungen, die – nach Auffassung von Gruppentherapeut und Psychologen – nicht innerhalb der Gruppentherapie behandelt werden können, so erhält der Patient von einem der beiden Psychologen Sondertherapie, z.B. bei Depressionen, Aggressionen, Stottern, Phobien, sexuellen Störungen, Nervosität, psychosomatischen Störungen, Zwängen. Die Methoden der Sondertherapie – so sagte mir der für sie zuständige Dipl.-Psychologe REINHARD KORN – sind vor allem die der Verhaltenstherapie – z.B. Systematische Desensibilisierung – und der Gesprächspsychotherapie nach ROGERS und TAUSCH. Bei den Tests stehen 'Das Emotionalitätsinventar' und 'Der Unsicherheitsfragebogen' von ULLRICH im Mittelpunkt und als Medien kommen das Bio-feed-back-Gerät und ein Tonband mit Entspannungsübungen zum Einsatz.

7.4. Integrative Gruppentherapie

Entsprechend meinem integrativen, im Selbstkonzept mündenden Ansatz müßte eine diesem adäquate Gruppentherapie konzipiert sein. Da es diese im Therapiezentrum Münzesheim nicht gibt, möchte ich sie theoretisch kurz aufzeigen, um ihr dann die Praxis gegenüberzustellen, die auch – jedoch in einem anderen Sinn – als integrative Gruppentherapie bezeichnet werden kann.

7.4.1. Theorie

Die Theorie einer 'integrativen Gruppentherapie' ist ausgerichtet auf das Richtziel 'Positive Selbstwertschätzung durch eigenverantwortliche Lebensbewältigung ohne Alkohol'. Ihr Grobziel ist das der 'Sozialen Kompetenz', ferner werden – da ich die Gruppentherapie als Katalysator für die anderen Therapieformen sehe – die entsprechenden Grobziele im 'Modell zur Interdependenz der Entscheidungsfelder einer integrativen Behandlung von Alkoholabhängigkeit' auf Seite 62 miteinbezogen. Die Inhalte der Gruppentherapie werden von den Feinzielen bedingt, auf die ich im IV. Kapitel 'Mikrodidaktische Umsetzung am Beispiel der Gruppentherapie' zurückkommen werde.

Die Methode einer integrativen Gruppentherapie wäre die einer Integration der bisher entwickelten Therapieformen im Sinne von BRENK-SCHULTE: "Integration bedeutet in diesem Zusammenhang, daß einzelne bewährte Elemente unterschiedlicher Therapieformen zu einer Gesamttherapie verschmolzen werden." (in: KUYPERS 1982, S. 19) Das von BRENK-SCHULTE (ebd.) im Rahmen des Forschungsprojekts 'Ambulante Therapie des Alkoholismus' – durchgeführt am Max-Planck-Institut für Psychiatrie München in der Psychiatrischen Poliklinik von FEUERLEIN – entwickelte integrative Therapiekonzept vereint Elemente aus
– Gesprächspsychotherapie,

– Gestalttherapie,
– Gruppendynamik,
– Psychodrama,
– therapeutischer Gemeinschaft,
– themenzentrierter Interaktion,
– Verhaltenstherapie und
– Psychoanalyse.

Im folgenden fasse ich – nach BRENK-SCHULTE (ebd., S. 19 ff.) – die wichtigsten Elemente einer integrativen Gruppentherapie aus den oben angeführten Therapieformen zusammen.

Aus der Gesprächspsychotherapie die drei Therapeutenvariablen:
– positive Wertschätzung,
– empathisches Verstehen,
– Kongruenz und Echtheit im Verhalten.

Diese – als Basis der therapeutischen Arbeit und als Grundvoraussetzung für ein Klima von Offenheit und Vertrauen – werden durch drei Variablen der Gestalttherapie ergänzt:
– Aktivität,
– Konfrontation,
– Selbsteinbringung.

Ferner aus der Gestalttherapie das zentrale Konzept der 'Bewußtheit' ('awareness'), das den Zustand des lebenden Organismus beschreibt, der mit sich und der Welt 'eins' ist, ohne 'Einschränkungen' und 'Blockierungen' lebt und somit 'ideales Selbst' und 'reales Selbst' zu Deckung zu bringen vermag, wobei als Voraussetzung das Sich-Setzen eines realistischen Anspruchsniveaus fungiert.

Aus der Gruppendynamik solche Übungen, die es ermöglichen, die Therapie als Prozeß zu verdeutlichen. An dieser Stelle möchte ich festhalten, daß in der Gruppendynamik die Legitimation der Tatsache zu sehen ist, daß die Gruppe in Theorie und Praxis als die beste Therapieform bei der Behandlung von Alkoholabhängigkeit angesehen wird: Indem die bei der Ursachenanalyse im II. Kapitel aufgezeigten gruppendynamischen Prozesse ('geselliger Zwang'), die beim 'Erlernen' des Alkoholtrinkens eine Rolle spielen, umgepolt und nun als Verstärkung beim 'Verlernen' eingesetzt werden.

Aus dem Psychodrama die Übernahme einer aktiven Rolle durch andere Mitglieder der Gruppe bei der Bearbeitung von Problemen, die der einzelne hat.

Aus der 'therapeutischen Gemeinschaft' Verfahrensweisen, die den einzelnen in die Lage versetzen sollen, ein Höchstmaß an sozialen Erfahrungen und Lernmöglichkeiten zu gewinnen.

Aus der 'themenzentrierten Interaktion' bestimmte Regeln, die die Interaktion in der Gruppe erleichtern.

Aus der Verhaltenstherapie Techniken, die das Einüben von Selbstkontrolle zum Inhalt haben.

Aus der Psychoanalyse Konzepte, um bestimmte Prozesse, z.B. Übertragung – Gegenübertragung, besser verstehen und einordnen zu können.

Abschließend konstatiert BRENK-SCHULTE, "daß das integrative Konzept noch kein fertiges Modell, sondern eine ständig überarbeitete, in der Entstehung begriffene – 'trial and error' unterworfene – neue Therapieform ist." (ebd., S. 32)

7.4.2. Praxis

Im 'Leitfaden' des Therapiezentrums Münzesheim versteht Dr. SCHWARZ unter der eine Seite umfassenden Rubrik "Aufgaben des Gruppentherapeuten" folgendes: "Die Arbeit aller Mitarbeiter steht unter dem Jakobuswort: 'Seid aber Täter des Wortes und nicht Hörer allein'. Damit ist zugleich ein wesentlicher Ansatz der Therapie beschrieben. Jeder Gruppentherapeut arbeitet im Prinzip selbständig und eigenverantwortlich. Die übrigen Mitarbeiter sind seine Ratgeber. Sie treffen jedoch im Regelfall keine Mitentscheidung für den anderen. Für einen reibungslosen therapeutischen Ablauf ist eine intensive Kommunikation zwischen allen Mitarbeitern des Hauses erforderlich. Die Mitarbeiter der verschiedenen Abteilungen arbeiten gleichrangig nebeneinander und miteinander. Jeder einzelne ist für die Therapie unverzichtbar." Es folgen einige Dienstanweisungen für die Therapie – z.B. über die eingehende und ausgehende Post – und der Verweis auf gesetzliche Bestimmungen, daß z.B. der leitende Arzt für die gesamte Therapie verantwortlich ist. Da jeder Gruppentherapeut 'im Prinzip selbständig und eigenverantwortlich arbeitet', gibt es im Therapiezentrum Münzesheim auch keine ausgearbeitete, umfassende Therapiekonzeption wie z.B. in der Fachklinik Furth im Wald (SCHNEIDER 1982). Gegen Ende meines Praktikums führte ich deshalb eine Befragung der Gruppentherapeuten durch bezüglich ihrer persönlichen Konzeption bzw. Methoden der Gruppentherapie. Hierbei wurden folgende Therapieformen genannt:

– Psychodrama,
– Gesprächspsychotherapie,
– Themenzentrierte Interaktion,
– Verhaltenstherapie,
– Psychoanalyse.

Die meisten Gruppentherapeuten nannten mehrere der angeführten Methoden, einer sprach von 'Mehrfachtherapie' im Sinne der in 7.4.1. aufgezeigten 'Integrativen Gruppentherapie' – und ein anderer sagte mir, daß er überhaupt kein Konzept habe, sondern "das Konzept bin ich!". Damit trifft er den Nagel auf den Kopf, denn ohne ein vom gesamten therapeutischen Team getragenes, einheitliches Konzept bleibt sich jeder selbst überlassen und bringt 'nur' sein persönliches Selbstkonzept in die therapeutische Beziehung ein. Ich schreibe 'nur' in Anführungszeichen, da dieses Selbstkonzept des Therapeuten – als Summe seiner Einstellungen in einem anderen Sinne auch ein integratives – natürlich der Dreh- und Angelpunkt seiner therapeutischen Interaktion mit den Patienten ist: "Der Therapeut ist das wichtigste Instrument der Therapie." (PETZOLD/BERGER in: PETZOLD 1977, S. 462) Doch sollte das Selbstkonzept des Gruppentherapeuten, im Sinne einer auch mit den anderen Therapieformen – Beschäftigungs-, Arbeits-, Sport-, Musiktherapie – interdisziplinären Kohärenz, durch eine einheitliche Konzeption – quasi als Korsett – gestützt werden.

7.5. Angehörigenseminar

7.5.1. Ziel

Als Ziel des Angehörigenseminars sehe ich zunächst die Abklärung der Beziehungen zwischen Patient und Angehörigen an. Diese kann einerseits das Ergebnis haben, daß durch den Alkohol die Beziehung so gestört ist, daß eine Reaktivierung unmöglich ist und die Trennung erfolgt. Andererseits, daß der Wille zum Neubeginn auf beiden Seiten da ist und das Angehörigenseminar – durch das Einbeziehen der Angehörigen in die Therapie – Hilfestellung leistet beim Wiedererlangen der sozialen Fertigkeiten, die für eine partnerschaftliche Beziehung notwendig sind.

7.5.2. Stufen der Aktivitäten

Die Aktivitäten des Angehörigenseminars lassen sich – nach Dipl.-Psychologe WERNER RUNG, der für dessen Organisation verantwortlich ist – in zwei Stufen unterteilen, die auf der nächsten Seite abgebildet sind. In Stufe 1 wird – ausgehend von den insgesamt fünf Zielgruppen – bei der Erarbeitung der Themen zunächst an der kognitiven Ebene angesetzt, während in Stufe 2 – hier erfolgt eine, wenn mögliche, Verbindung oder Erweiterung der Zielgruppen – sukzessiv die Handlungsebene eingeblendet werden soll. Da ich während meines Praktikums zweimal an einem Angehörigenseminar, das jeweils für drei Therapiegruppen von Donnerstag bis einschließlich Sonntag dauert, teilnahm – einmal an den Paargruppen, das anderemal am Kinderseminar – möchte ich zur Veranschaulichung des oben ausgeführten diese beiden Dimensionen kurz darstellen.

7.5.3. Paargruppen

Eine Paargruppe besteht aus den Patienten einer Therapiegruppe mit den jeweiligen Partnern. Ich nahm an der Paargruppe von Dipl.-Psychologin IRIS RAABE teil, der ich während meines Praktikums in der Gruppentherapie zugeteilt war. Die Paargruppen fanden zweimal statt, am Freitag- und Sonntagvormittag. Für die erste, eineinhalbstündige Sitzung hatte Frau RAABE 'Das helfende Gespräch' als Thema gewählt.

Abbildung 20: Stufen der Aktivitäten des Angehörigenseminars (nach Dipl.-Psychologe WERNER RUNG)

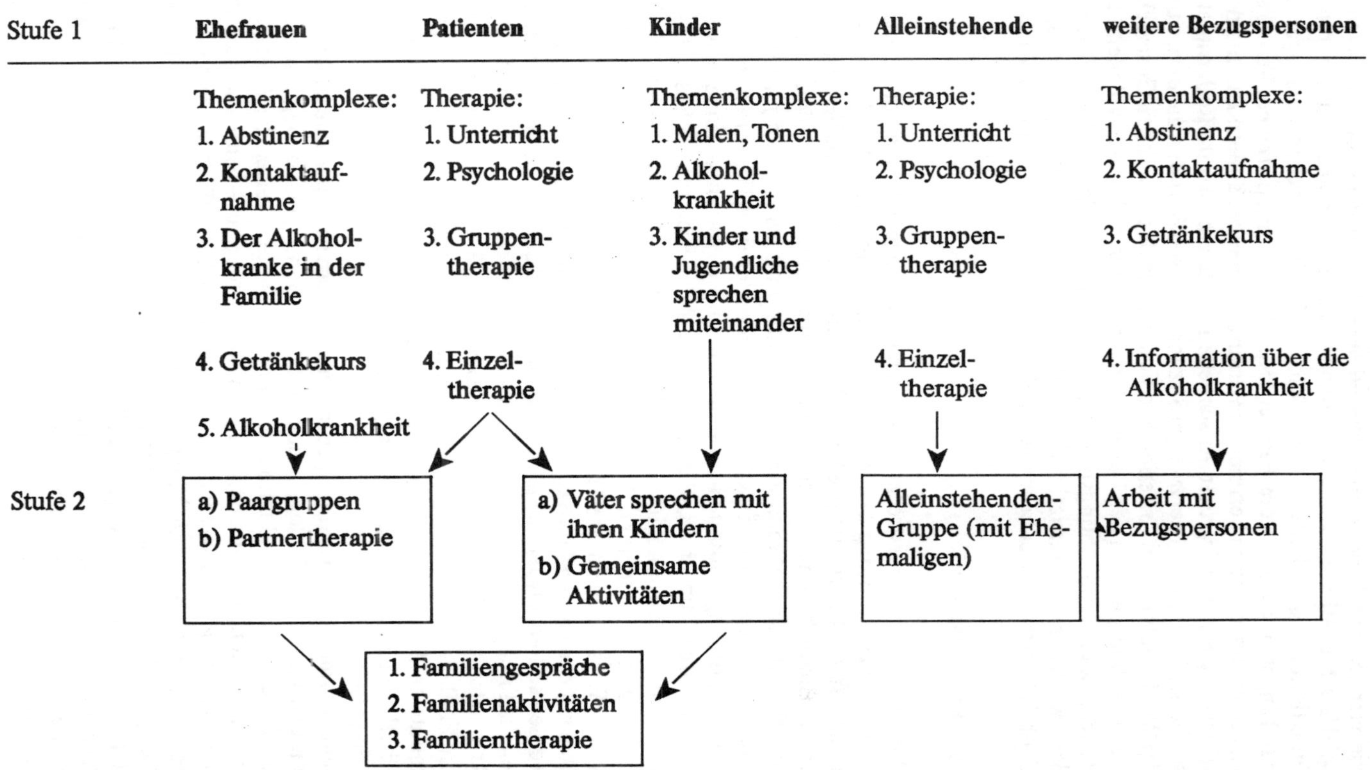

Sie bat mich, mit ihr den drei anwesenden Paaren ein 'helfendes Gespräch' im Rollenspiel als Modell vorzuführen. Anhand unseres Gesprächs wurden Kriterien und Funktionen des 'helfenden Gesprächs' in der Partnerschaft herausgearbeitet, wie z.B. Eingehen auf das vom Partner Gesagte, Verständnisfragen, Verbalisation von Gefühlen, die dadurch befreiende Wirkung für den sie äußernden und deren Wechselwirkung mit dem Partner. Anschließend übte ein Paar im Rollenspiel selbst ein 'helfendes Gespräch'. In der zweiten Sitzung, die zwei Stunden dauerte, wurde – nach der Wiederholung von Kriterien und Funktionen des 'helfenden Gesprächs' – letzteres im Rollenspiel von den beiden anderen Paaren geübt. Anschließend erfolgte im Rollenspiel ein Ablehnungstraining – näheres hierzu im IV. Kapitel – und abschließend wurden noch alternatives Freizeitverhalten, Konfliktlösungsstrategien und die Funktion von Gruppenbesuchen in der Zeit nach der Therapie diskutiert.

7.5.4. Kinderseminar

Das Kinderseminar erstreckt sich über alle vier Tage des Angehörigenseminars. Am Donnerstagnachmittag wurden die dreizehn anwesenden Kinder in zwei Gruppen aufgeteilt. Dipl.Psychologe RUNG führte mit den älteren die Veranstaltung 'Kinder und Jugendliche sprechen miteinander' unter dem Thema 'Alkohol und Familiensituation' durch, während eine Praktikantin und ich mit den jüngeren eine Spielgruppe bildeten. Anschließend fand ein gemeinsames Eselreiten im Zoo statt. Am Freitagvormittag führten die Praktikantin und ich mit allen Kindern zwei Veranstaltungen durch. Zunächst galt es, die Kinder in den Räumen der Beschäftigungstherapie zu motivieren, ein Bild zu dem Thema 'Was würdest Du gerne mit Deinem Vater zusammen unternehmen?' zu malen. Die zweite Veranstaltung stand unter dem Motto 'Wir spielen Theater'. Meine Kollegin übernahm die kleineren Kinder, und ich übte mit den älteren drei Sketche ein, die am Bunten Abend am Samstag aufgeführt werden sollten. Dabei ließ ich die 14jährigen Kinder selbständig die Inhalte erarbeiten, half nur dort, wo sie es von sich aus signalisierten, so z.B. bei der Auswahl der Requisiten und der Reihenfolge der Sketche im Sinne einer Spannungssteigerung. Am Freitagnachmittag beaufsichtigte meine Kollegin die kleineren Kinder, und ich konnte an der von Dipl.-Psychologe RUNG geleiteten Veranstaltung 'Kinder und Väter' teilnehmen. Ausgangspunkt waren hier die von den Kindern am Vormittag gemalten Bilder. Herr RUNG ließ zunächst die Kinder die von ihnen gewünschten gemeinsamen Unternehmungen mit ihren Vätern verbalisieren. Dadurch ergab sich mit den Vätern ein Dialog, in dem in der Alkoholkrankheit begründete, frühere – den Kindern unverständlich erschienene – Verhaltensweisen der Väter aufgearbeitet wurden, und neue – von den Kindern vorgeschlagene – gemeinsame Zukunftsperspektiven aufgezeigt werden konnten. Anschließend führten meine Kollegin und ich mit allen Kindern und Vätern in der Turnhalle Vertrauensspiele, Tauziehen und Ballspiele durch, was den Abschluß der direkten therapeutischen Intervention darstellte. Der Samstag stand ganz im Zeichen der Sketchproben für den Bunten Abend, der dann auch ein großer Erfolg für die Kinder wurde. Am Sonntagvormittag war ich mit den Kindern im Hallenbad, während meine Kollegin die Nichtschwimmer beaufsichtigte, und am Nachmittag unternahmen wir gemeinsam einen Spaziergang, auf dem ich noch einige intensive und – ohne den offiziellen therapeutischen Rahmen des Gruppenraumes – sehr impulsive Gespräche mit den Kindern über die Alkoholkrankheit ihrer Väter und den daraus resultierenden Beziehungsstörungen zwischen den Familienmitgliedern führen konnte.

7.6. Belastungstraining

Das Belastungstraining erfolgt zweimal an verlängerten Wochenenden, an denen die Patienten zu ihren Angehörigen bzw. an ihren Wohnort fahren. Es stellt eine Realitätserprobung dar, in der die Patienten ihre in der Therapie unter dem Schutz der Institution in Simulation erlernten, spezifischen Verhaltensmodifikationen und sozialen Fertigkeiten 'in vivo' erproben können und müssen, so z.B. Ablehnung alkoholischer Getränke beim Besuch einer Gaststätte, Vorstellung beim Arbeitsamt, Wohnungssuche, Abklärung familiärer Konflikte. In der Woche vor einem Belastungstraining erfolgt mit den Patienten im Rahmen der Gruppentherapie eine individuelle Vorbereitung auf die jeweiligen Aufgaben, die es zu bewältigen gilt. In der Woche danach werden die Erfahrungen ausgetauscht und daraus resultierende Probleme aufgearbeitet.

7.7. Unterricht

Ziel des Unterrichts, der in Form von Vorlesungen erfolgt, ist die Vermittlung von speziellem Wissen in allen Lebensbereichen. Er soll eine kognitive Umstrukturierung unterstützen, auf deren Fundament eine Einstellungs-, Selbstkonzept- und Verhaltensänderung in der Gruppentherapie erfolgen kann. Der Unterricht wird abwechselnd von Vertretern aus allen therapeutischen Bereichen erteilt. Im folgenden sollen zur Veranschaulichung jeweils einige Themen aufgezeigt werden.

Ärztlicher Bereich:
- Alkoholkrankheiten im ZNS
- Rauchen
- Empfängnisverhütung

Psychologischer Bereich:
- Partnerschaft
- Konflikte Vater – Kind
- Konfliktlösung

Gruppentherapeutischer Bereich:
- Phasen der Alkoholsucht
- Medikamente und Drogen
- Alkohol am Arbeitsplatz

Arbeitstherapeutischer Bereich:
– Arbeitssicherheit
– Werkstofflehre
– Nutzpflanzen und Heilpflanzen

Bewegungstherapeutischer Bereich:
– Hygiene
– Skelett, Muskeln, Nerven
– Kreislauf, Sport

Beschäftigungstherapeutischer Bereich:
– Tonen
– Flechten
– Batiken

7.8. Seelsorge

Als Ziel der Seelsorge im Therapiezentrum Münzesheim sehe ich die Möglichkeit eines Hilfsangebots an die Patienten, durch eine emotionale Beziehung zum Transzendentalen eine immanente Sinngebung zu finden, aus der die Kraft zur Trockenheit als Basis einer positiven Selbstwertschätzung geschöpft werden kann. Hierfür findet einmal wöchentlich in der Kapelle eine Andacht statt, die entweder vom ortsansässigen Pfarrer oder einem Therapeuten durchgeführt wird. Ferner besucht Pfarrer RAOUL JASSOY – einer der Geschäftsführer der Evang. Stadtmission Heidelberg e.V. und Mitbegründer des Therapiezentrums Münzesheim – regelmäßig die Einrichtung, um Abendmahl, Meditation und Gruppenstunden anzubieten.

8. Zusammenfassung

Ausgangspunkt der makrodidaktischen Erarbeitung der Entscheidungsfelder einer integrativen Behandlung von Alkoholabhängigkeit war die Entwicklung des Einstellungen/Selbstkonzept-Modells. Aus der Übertragung desselben auf die Alkoholabhängigkeit resultierten ein diagnostisch-prozessuales und ein diagnostisch-statisches Modell, aus denen sich – nach einer Abgrenzung der Begriffe 'Therapie' und 'Behandlung' – die entsprechenden Modelle für eine integrative Behandlung von Alkoholabhängigkeit ableiteten, ein prozessuales und ein statisches. Nach den Informationen über das Therapiezentrum Münzesheim wurde – anhand des Programms desselben – ein Modell zur Interdependenz der Entscheidungsfelder einer integrativen Behandlung von Alkoholabhängigkeit aufgezeigt. Als Richtziel darin wurde 'Positive Selbstwertschätzung durch eigenverantwortliche Lebensbewältigung ohne Alkohol' formuliert, aus dem sich die verschiedenen Grobziele ableiteten. Diese wurden einzeln makrodidaktisch analysiert, wobei zunächst eine Aufschlüsselung des jeweiligen Grobziels erfolgt, um anschließend die entsprechenden Inhalte, Methoden und Medien in ihrer Interdependenz aufzuzeigen, diese jedoch nicht nur innerhalb eines Grobziels, sondern auch in Relation zu den anderen Grobzielen. Beim Grobziel 'Körperliche Stabilisierung' lag der Schwerpunkt der Betrachtung auf der medizinischen Therapie, der Hydro-, Bewegungs- und Sporttherapie, beim Grobziel 'Alternative Entspannung' auf dem Autogenen Training und der Systematischen Desensibilisierung in Verbindung mit Entspannungstraining. Beim Grobziel 'Alternative Freizeitgestaltung' auf der Beschäftigungs-, Musik- und Freizeittherapie, beim Grobziel 'Soziale Reintegration' auf der Klinischen Sozialarbeit und der Arbeitstherapie – in diesen Abschnitt wurde als Exkurs das "Postulat einer 'homöostatischen' alternativen Freizeitgestaltung" involviert – und beim Grobziel 'Soziale Kompetenz' auf der Diagnostik, der Sondertherapie, der integrativen Gruppentherapie, dem Angehörigenseminar, dem Belastungstraining, dem Unterricht und der Seelsorge.

IV. Mikrodidaktische Umsetzung am Beispiel der Gruppentherapie

Hierzu vergegenwärtigen wir uns zunächst das lerntheoretisch-didaktische Modell nach HEIMANN/SCHULZ auf Seite 13. Habe ich in den zwei vorhergehenden Kapiteln versucht, die Bedingungsfelder von Alkoholabhängigkeit und deren Entscheidungsfelder einer integrativen Behandlung makrodidaktisch – also im 'großen Rahmen' einer übergeordneten Perspektive des Lehrens und Lernens – aufzuzeigen, so soll nun eine mikrodidaktische Umsetzung erfolgen. Letzteres stellt die Übertragung des Modells auf konkrete Therapiestunden dar – also eine praktische Anwendung im 'kleinen Rahmen' – mit dem Ziel einer optimalen Vorbereitung, Durchführung und Nachbereitung, wobei ich mich während meines Praktikums auf die Gruppentherapie als zukünftiges sozialarbeiterisches Berufsfeld konzentrierte. Deshalb werde ich zunächst – als Dokumentation der Praxis – die vier von mir mikrodidaktisch erarbeiteten und auch durchgeführten Gruppenstunden darstellen, um anschließend über die Möglichkeiten und Grenzen didaktischer Planung in der Behandlung von Alkoholabhängigkeit zu reflektieren.

Wie schon im letzten Kapitel erwähnt, war ich während meines Praktikums, das ich vom 1.9.1983 bis 15.1.1984 absolvierte, in der Gruppentherapie der Dipl.-Psychologin IRIS RAABE zugeteilt, deren kooperativer Einstellung ich es zu verdanken habe, daß es mir von der ersten Stunde an möglich war, mich aktiv in den Gruppenprozeß zu integrieren. Ich erlebte bei ihr die Endphase einer Gruppe, in der ich zwei Gruppenstunden durchführte, ebenso die Anfangsphase einer neuen Gruppe, in der ich auch zwei Stunden leitete.

1. Der 'Didaktische Raster'

Zur Vorbereitung meiner ersten Gruppenstunde entwickelte ich den auf der nächsten Seite abgebildeten 'Didaktischen Raster', der als Hilfe zur Planung, Durchführung und Nachbereitung einer jeden lernzielorientierten Unterrichts- und Gruppenstunde konzipiert ist. Er entstand, indem ich versuchte, die im I. Kapitel erarbeitete theoretische Grundlegung einer didaktischen Betrachtungsweise auf einer Seite komprimiert, in Gliederungspunkten zusammenzufassen, die im folgenden erläutert werden. Ausgangspunkt sind die Lernziele. Im Schulunterricht können sie einem Curriculum – eine nähere Begriffsbestimmung erfolgt in diesem Kapitel – als lernzielorientiertem Lehrplan entnommen werden. In der Gruppentherapie resultieren sie aus der Therapiekonzeption und deduzieren sich nach dem Abstraktionsniveau in Richtziel, Grobziel und Feinziele, die in kognitive, emotionale und pragmatische aufgegliedert werden können. Entsprechend dem Modell nach HEIMANN/

Abbildung 21: Didaktischer Raster

1 **Curriculum** (= lernzielorientierter Lehrplan) → **Lernziele**
Therapiekonzept → **Lernziele**
Richtziel:
Grobziel:
Feinziele:
kognitiv:

emotional:

pragmatisch:

2 **Anthropologische Voraussetzungen:**

3 **Soziokulturelle Voraussetzungen:**

4 **Inhalt:**
Sachanalyse:

Didaktische Reduktion: 4 Verständlichmacher

5 **Methode:**

Motivation:
"Tafelanschrift" → **Gliederung des Stundenverlaufs**

6 **Medien:**

7 **Durchführung**

8 **Lernzielkontrolle:** Überprüfung des Endverhaltens

9 **Nachbereitung:** Reflexion über Verlauf
↓
Planung für die nächste Stunde

SCHULZ sind die Bedingungsfelder 'Anthropologische Voraussetzungen' und 'Soziokulturelle Voraussetzungen' – in Relation zur Thematik – grundlegende Faktoren der Analyse. Beim Inhalt erfolgt zunächst die Sachanalyse, also die fachwissenschaftliche Erarbeitung, aus der dann mittels der vier Verständlichmacher – Einfachheit, Gliederung, Kürze, zusätzliche Stimulanz – die didaktische Reduktion als zielpersonangemessene Umsetzung resultiert, die sich in einer Gliederung des Stundenverlaufs manifestiert. Diese stellt z.B. als Tafelanschrift ein wichtiges Kriterium der Methode dar, ebenso der Einstieg in eine Stunde, also die Motivation. Es folgen im Raster die Festlegung der Medien, dann die Durchführung selbst. Die Lernzielkontrolle als Überprüfung des Endverhaltens kann in die Stunde involviert sein, aber auch extern in der nächsten stattfinden. Den Abschluß bildet die Nachbereitung als Reflexion über den Verlauf der Stunde, an die die Planung für die nächste Stunde anknüpft. Da mir Frau RAABE bei der Wahl des Themas meiner ersten Gruppenstunde freie Hand ließ und diese in die Schlußphase der ersten Gruppe fiel, wählte ich 'Ablehnung von Alkohol im Rollenspiel', da die Ablehnung von Alkohol eine fundamentale Voraussetzung für die Erhaltung der Abstinenz darstellt. Im folgenden soll nun exemplarisch die mikrodidaktische Erarbeitung und Durchführung dieser Stunde aufgezeigt werden.

2. Exemplarische Darstellung einer mikrodidaktisch erarbeiteten Gruppenstunde: Ablehnung von Alkohol im Rollenspiel

Die Darstellung erfolgt durch das Nachvollziehen der induktiven Erarbeitung des auf der nächsten Seite als Resultat erstellten Didaktischen Rasters der Gruppenstunde. Als Richtziel definierte ich damals Abstinenz, die ich als 'Lebensbewältigung ohne Alkohol' aktiv umschrieb. Nach der makrodidaktischen Erarbeitung der Entscheidungsfelder einer integrativen Behandlung von Alkoholabhängigkeit auf Seite 62 würde die Richtzielbeschreibung fortgeführt durch die zu erzielende 'Positive Selbstwertschätzung'. Als Grobziel der Gruppentherapie erschien dort (S. 62) 'Soziale Kompetenz', die sich in dieser Gruppenstunde in der Fertigkeit 'Alkohol ablehnen können' manifestierte. Nach dem Grobziel nun die Feinziele zu erarbeiten, ohne mich mit dem Inhalt der Stunde befaßt zu haben – also deduktiv vorzugehen – sah ich als zu theoretisch-abstrakt an. Deshalb wählte ich den induktiven Weg, indem ich mich zunächst mit dem Inhalt auseinandersetzte, wobei gleich bei der Definition desselben als 'Ablehnung von Alkohol im Rollenspiel' und der Methode 'Rollenspiel' die Interdependenz der einzelnen Elemente des Didaktischen Rasters – hier zwischen Grobziel, Inhalt und Methode – deutlich wurde. Bei der nun folgenden Sachanalyse, der fachwissenschaftlichen Erarbeitung, dienten mir BECKENBACHs "Rückfallprophylaxe bei Alkoholkranken durch Rollenspiel" (1980), WEINSCHENKs "Ablauf eines Rollenspiels" (1976) und das in dieser Arbeit entwickelte Einstellungen/Selbstkonzept-Modell als Grundlage.

Abbildung 22: Didaktischer Raster zur Gruppenstunde:
Ablehnung von Alkohol im Rollenspiel

1 **Curriculum** (= lernzielorientierter Lehrplan) ⟶ Lernziele
Therapiekonzept ⟶ Lernziele
Richtziel: Abstinenz ⟶ Lebensbewältigung ohne Alkohol
Grobziel: Alkohol ablehnen können
Feinziele:
kognitiv: Bedeutung des 1. Glases erkennen ⟶ Teufelskreis
Ablehnung des 1. Glases begründen
Aufforderung von außen/innen unterscheiden
Selbstkontrolltechnik verstehen

emotional: Konfrontation mit Alkohol simulativ erleben
und adäquat verarbeiten

pragmatisch: Alkohol ablehnen gegenüber Bekannten, Freunden u.s.w.
Selbstkontrolltechnik anwenden

2 **Anthropologische Voraussetzungen:**
Alkoholkrankheit ⟶ (2) Aufforderung von innen
Das 1. Glas ⟶ Motivation

3 **Soziokulturelle Voraussetzungen:**
Alkohol als gesellschaftlich anerkannte Droge ⟶ (1) Aufforderung von außen

4 **Inhalt:** Ablehnung von Alkohol im Rollenspiel

Sachanalyse:	BECKENBACHs „Rückfall-prophylaxe“	WEINSCHENKs „Rollenspiel“	Einstellungen/ Selbstkonzept-Modell

Didaktische Reduktion: 4 Verständlichmacher

5 **Methode:** Rollenspiel
Motivation: Das 1. Glas
"Tafelanschrift“ ⟶ **Gliederung des Stundenverlaufs**

6 **Medien:** Overhead-Projektor

7 **Durchführung**

8 **Lernzielkontrolle:** Überprüfung des Endverhaltens

9 **Nachbereitung:** Reflexion über Verlauf
↓
Planung für die nächste Stunde

2.1. Sachanalyse

Die Sachanalyse untergliedert sich in die Aspekte 'Rollenspiel' und 'Rückfallauslösende Verhaltensbereiche'.

2.1.1. Rollenspiel

2.1.1.1. Definition

BECKENBACH (1980, S. 68) geht davon aus, daß Rollenspiele und verwandte therapeutische Techniken heute bei fast allen Therapieformen benutzt werden, die neben einer Behandlung von Persönlichkeitsstörungen die unmittelbare Veränderung des realen Verhaltens anstreben. Dabei findet man in verhaltenstherapeutisch orientierter Literatur gewöhnlich die Bezeichnungen 'Verhaltensübung' und 'assertives Training', während der Begriff 'Rollenspiel' eher in Veröffentlichungen zum Psychodrama verwurzelt ist. Ungeachtet der verschiedenen Traditionen definiert BEKKENBACH (ebd.) Rollenspiel "als eine Technik zur Einübung neuer Verhaltensweisen für realistische, außerhalb einer therapeutischen Gruppe liegende Situationen."

2.1.1.2. Funktionen

Entgegen den freigespielten Szenen des Psychodramas – so BECKENBACH (ebd.) –, die auf das individuelle Erlebnisfeld des Patienten zugeschnitten sind, werden die simulierten Szenen eines Ablehnungstraining schon im voraus entworfen, um ganz bestimmte, vorher festgelegte Verhaltensweisen zu trainieren. Die Gefahr direktiver Methoden, nämlich der Persönlichkeit unangemessene Therapieziele aufzuzwingen, ist hier nicht gegeben, da alle Spielaktionen auf das Richtziel Abstinenz hinauslaufen. Die Funktion der Rollenspiele besteht demnach für den Patienten darin, ihn "auf realistische, mit hoher Wahrscheinlichkeit nach der Behandlung tatsächlich auftretende Rückfallsituationen vorzubereiten." (ebd.) Für den Therapeuten haben sie die Funktion "die Ausführung der angestrebten Verhaltensschritte besser zu überwachen, als wenn der Patient nur pauschal seine Absichten erklärt." (ebd.)

2.1.1.3. Phasen

Ergänzend zu den Ausführungen von BECKENBACH diente mir "Der Ablauf eines Rollenspiels" (WEINSCHENK 1976, S. 133), der auf der nächsten Seite die Phasen eines Rollenspiels verdeutlicht, als weitere Hilfe bei der Sachanalyse.

2.1.2. Rückfallauslösende Verhaltensbereiche

BECKENBACH (1980, S. 70 ff.) stellt folgende vier Verhaltensbereiche vor, die "das altgewohnte Trinkverhalten der Patienten nach der Behandlung am stärksten anzuregen pflegen." (ebd., S. 71)

Abbildung 23: Der Ablauf eines Rollenspiels (nach WEINSCHENK 1976, S. 133)

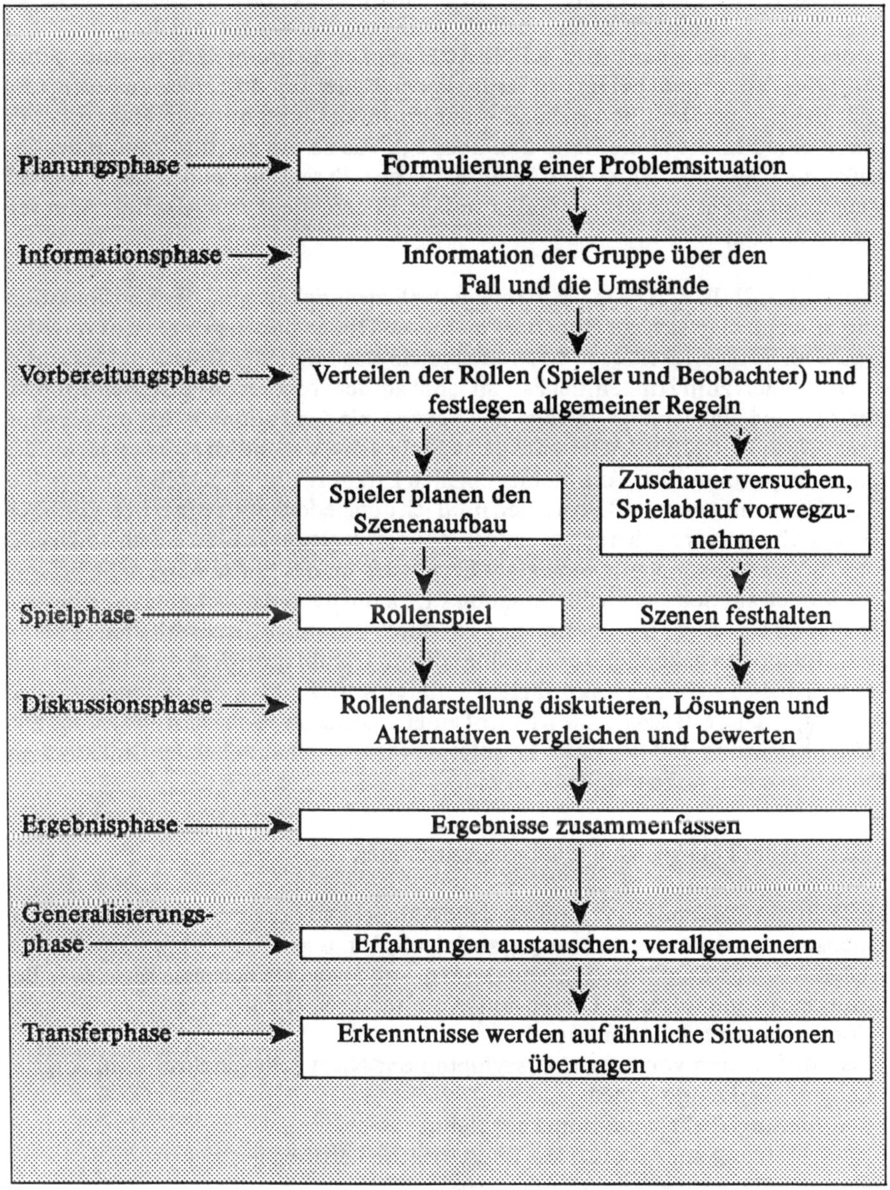

2.1.2.1. Alkohol-Konfrontationssituationen

BECKENBACH bietet hierzu das auf der nächsten Seite abgebildete "Dreidimensionale Schema zur Analyse von Alkohol-Konfrontationssituationen" (ebd., S. 70) an. Als Beispiel für die leichteste Alkoholkonfrontation bezeichnet er die Schwierigkeitsstufe 1.1.1., wobei die erste Ziffer für den Schwierigkeitsgrad auf der Handlungsskala steht, die zweite Ziffer für die Skala der Bezugsperson gilt und die dritte Ziffer für die Skala Konsequenz. BECKENBACH (ebd.) beschreibt dazu folgende Situation: "Der Patient geht bei sich zu Hause in den Keller, um dort etwas zu holen, und stößt dabei – für ihn überraschend – auf einen Restbestand Wein (Bier etc.). Er nimmt eine Flasche in die Hand und überlegt, was zu tun sei. Ihm kommt der Gedanke, die Flasche zu öffnen und daran zu riechen. Er sagt sich jedoch 'nein!', worauf er aufatmet und erleichtert den Keller verläßt. Er beschließt, den Alkohol später vernichten zu lassen."

Nach BECKENBACH (ebd., S. 71) steigt der Schwierigkeitsgrad der Konfrontation "immer, wenn man sich auf einer oder mehreren Dimensionen gemeinsam voranbewegt." Der Schwierigkeitsgrad 4.5.4. entspräche also folgender Situation: Der Vorgesetzte animiert zum Trinken, der Patient lehnt ab, der Vorgesetzte versucht ihn umzustimmen und als Handlung erfolgt das Bekenntnis des Patienten 'Ich bin alkoholkrank'. Nach BECKENBACH wäre diese Stufe 4.5.4. wesentlich schwieriger als die vorher dargestellte 1.1.1.. Aus meiner eigenen Erfahrung mit Rückfällen und vielen Gesprächen mit anderen Betroffenen muß ich dem jedoch widersprechen. Oft ist es weitaus schwieriger zu sich selbst einfach 'nein' zu sagen, als z.B. zu einem Vorgesetzten. Zur Veranschaulichung vergegenwärtigen wir uns das Einstellungen/Selbstkonzept-Modell auf Seite 45. In der Situation 1.1.1. kann beim Anblick eines Restbestandes Bier im Keller das im emotionalen Ich durch unzählige Trinkverhalten in ähnlichen Situationen gekoppelte und verinnerlichte Gefühl nach dem Alkohol so stark werden, daß es sich im Trinkverhalten – unter Ausschaltung des rationalen Ich – aktualisiert. Diese Tatsache, die ich nicht empirisch nachweisen kann, die jedoch aus meiner Erfahrung und der vieler Betroffener resultiert, nahm bei der Didaktischen Reduktion einen hohen Stellenwert ein.

2.1.2.2. Alkohol bei sozialen Spannungszuständen

BECKENBACH (ebd., S. 72) weist auf die Möglichkeit der Konstruktion eines dreidimensionalen Schemas zur Analyse sozialer Spannungszustände hin – ähnlich wie bei den Alkohol-Konfrontationssituationen – und zeigt als Beispiele für soziale Belastungszustände folgende Dimensionen auf (ebd., S. 72 f.):

- Konfrontation mit Behörden
- Das Auftauchen von Krankheitssymptomen: Nicht schwindelfrei sein, Ängste, Langeweile, Depressionen
- Beförderung/Gehaltserhöhung abgelehnt
- Zurücksetzung am Arbeitsplatz, übertarifliche Leistung gestrichen
- Verweis, Ablehnung bei Stellengesuche

Abbildung 24: Dreidimensionales Schema zur Analyse von Alkohol-Konfrontationssituationen (nach BECKENBACH 1980, S. 70)

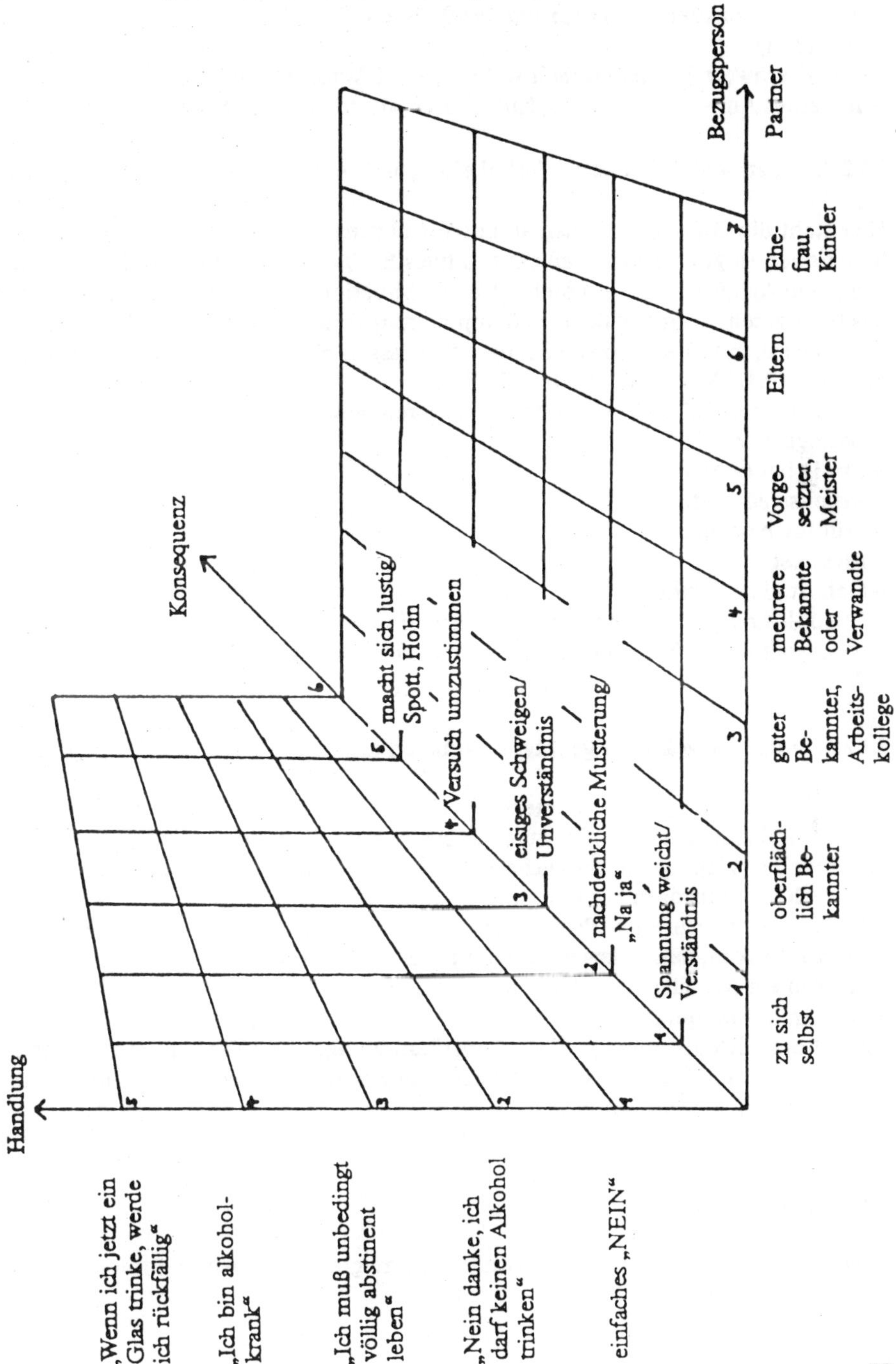

– Prüfung nicht bestanden, von einer Frau einen Korb bekommen
– Schulden können nicht bezahlt werden
– Entlassung
– Ehebruch der Frau, Seitensprung des Partners
– Scheidung
– Unfall/schwere Krankheit (selbst, Frau, Kind, Vater, Mutter)
– Tod eines Angehörigen (Frau, Kind, Vater, Mutter, Bruder, Schwester, Freund)

2.1.2.3. Situationen, in denen Alkohol eine positive Rolle spielt

Hier steht die Dimension 'Ausmaß der Verführung' im Mittelpunkt. Allen diesen Situationen ist gemeinsam, daß ein positives Ereignis eingetreten ist, das gewöhnlich einen Anlaß zum Feiern bietet. Welche Situation nun von einem Patienten als positiv angesehen wird, in der er den Impuls zum Trinken wahrscheinlich wieder verspüren wird, muß der Einzelfallanalyse überlassen bleiben. Als mögliche Situationen bietet BECKENBACH (ebd., S. 73) an:
– Besuch eines Fußballspiels, der eigene Verein gewinnt
– Lottogewinn
– Erfolg bei Frauen
– Arbeitsstelle gefunden
– Prüfung bestanden
– Richtfest
– Geburt eines Kindes
– Persönliche Feste wie Hochzeit, Konfirmation
– Veranstaltungen, bei denen Freibier ausgeschenkt wird
– Weinfeste mit kostenloser Weinprobe

2.1.2.4. Durch Gewohnheit geprägtes Trinkverhalten

In diesem Bereich spielt die Dimension 'Grad der Gewohnheit' die entscheidende Rolle, die wiederum in Relation zu einer bestimmten Situation bei jedem Patienten individuell ausgeprägt ist. Mögliche Situationen, die durch Gewohnheit geprägtes Trinkverhalten auslösen können, sind nach BECKENBACH (ebd.):
– Trinken beim Fernsehen, Position des Fernsehsessels, Stammplatz des Getränkes
– Freizeittrinken, beispielsweise an der Hausbar, beim Basteln oder Rätsellösen
– Trinken am Arbeitsplatz oder in der Kantine
– Trinken in Männergemeinschaften
– Alkohol als 'Medikament', z.B. zur Appetitanregung, für die Verdauung, zum Schlafen, zur Beruhigung, zur Kontakterleichterung, zum Abbau von Hemmungen, zur Verbesserung der Stimmung

2.2. Didaktische Reduktion

Nach der im vorhergehenden Abschnitt aufgezeigten Sachanalyse erfolgte die Didaktische Reduktion des Stundenverlaufs, die ich auf Overhead-Projektor-Folie festhielt. Eine Abschrift der Folie folgt auf der nächsten Seite. Bei der Medienwahl entschied ich mich aus methodischen Gründen für den Overhead-Projektor, da er durch die Möglichkeit der Abdecktechnik und des kontinuierlichen Blickkontakts mit den Patienten einen großen Vorteil gegenüber der Tafel besitzt. Bei der Gliederung des Stundenverlaufs waren mir Überlegungen zu den anthropologischen und soziokulturellen Voraussetzungen behilflich. Da der Alkohol eine gesellschaftlich anerkannte, also legale Droge ist, erfolgt demnach eine Aufforderung zum Trinken von außen, von der Gesellschaft. Somit hatte ich aus der Analyse der soziokulturellen Voraussetzungen den ersten Punkt meiner Gliederung '(1) Aufforderung von außen'.

Der zweite Punkt, '(2) Aufforderung von innen', ergab sich aus den anthropologischen Voraussetzungen, nämlich aus meiner und der Erfahrung der Gruppenmitglieder mit der Alkoholkrankheit: Daß das Verlangen nach Alkohol auch ohne Aufforderung von außen kommen kann. Ferner fiel mir bei den anthropologischen Voraussetzungen der Zugang zum Thema 'Ablehnung', also die Motivation, mit der Formulierung 'Das 1. Glas' ein, dessen Auswirkung im Teufelskreis des nicht mehr Aufhörenkönnens des Trinkens von Alkohol ja jeder in der Gruppe schon erlebt hatte. Der Pfeil von 'Das 1. Glas' zu 'Ablehnung' auf der Folie soll die Schlußfolgerung daraus, nämlich die Ablehnung des 1. Glases, visuell verstärken.

Nun hatte ich 'Das 1. Glas' als Motivation, das daraus resultierende Thema 'Ablehnung' und die beiden Gliederungspunkte 'Aufforderung von außen' und 'Aufforderung von innen'. Es galt im folgenden aus BECKENBACHs vier 'Rückfallauslösenden Verhaltensbereichen' die passenden Beispiele für meine Einteilung zu finden. Den Grund, aus dem ich BECKENBACHs Gliederung in die vier Bereiche bei der didaktischen Reduktion nicht übernahm, deutete ich in der Sachanalyse schon an: 'Aufforderung von innen' ist dort als leichteste Alkoholkonfrontationssituation mit dem Schwierigkeitsgrad 1.1.1. unter die 'Aufforderung von außen' subsummiert, was meiner Meinung nach der 'Alkoholiker-Realität' nicht entspricht. Nach dem Prinzip 'vom einfachsten zum schwierigsten' – vor allem in bezug zum Inhalt der 'Ablehnung' – kam ich zu folgender Auswahl von Situationen bei der 'Aufforderung von außen':

– oberflächlicher Bekannter
– alter Freund
– Vorgesetzter
– mehrere Freunde

Bei der 'Aufforderung von innen' stellten sich mir folgende Fragen: Wie kann ich den Vorgang dieses plötzlichen, auch ohne bewußt wahrgenommenen äußeren Reiz, aufkommenden Verlangens nach Alkohol veranschaulichen? Welche intraindividuelle Verhaltensmöglichkeit kann zur Bewältigung dieser Situationen als Selbstkontrolltechnik angeboten werden? Bei der Lösung dieser Fragen half mir die didaktische Reduktion des Einstellungen/Selbstkonzept-Modells von Seite 45, die ich unter den

Gliederungspunkt 'Aufforderung von innen' placierte: Das Gefühl verlangt nach Alkohol = Aufforderung von innen. Der Verstand sagt nein und aktiviert die Willenskraft – unter Verhinderung der Aktualisierung des Gefühls im Verhalten, verdeutlicht durch den unterbrochenen Pfeil – zum Stehenlassen des 1. Glases. Durch die farbige Gestaltung dieses vereinfachten Modells der Selbstkontrolltechnik konnte über den Medieneinsatz eine visuelle Verstärkung und Verdeutlichung des Inhalts erfolgen.

Die darunter angeordneten Beispiele entsprechen den vier Verhaltensbereichen von BECKENBACH, ohne daß die Reihenfolge eine generelle Abstufung der Schwierigkeit ausdrücken soll, welche immer – auch bei der 'Aufforderung von außen' – von mehreren Faktoren abhängt, z.B. von der momentanen psychischen Befindlichkeit und der damit zusammenhängenden Wirkung und Möglichkeit der Verarbeitung von Umweltreizen. Erst an dieser Stelle, also nach der Fertigstellung der Gliederung des Stundenverlaufs, erfolgte die Formulierung der Feinziele, wie sie im 'Didaktischen Raster zur Gruppenstunde' auf Seite 93 ersichtlich sind.

Abbildung 25: Abschrift der OHP-Folie zur Gruppenstunde
'Ablehnung von Alkohol im Rollenspiel'

Das 1. Glas
↓
Ablehnung

1. Aufforderung von außen: — **Ablehnung:**

– oberflächlicher Bekannter ⟶ Nein danke (ich trinke keinen Alkohol)
– alter Freund ⟶ Ich bin alkoholkrank ...
– Vorgesetzter ⟶ Wenn ich das 1. Glas trinke, werde ich rückfällig, arbeitsunfähig, ...
– Mehrere Freunde ⟶

2. Aufforderung von innen:

Gefühl verlangt nach Alkohol - - ->
Verstand sagt **nein** ⟶ Willenskraft ⟶ **Stehenlassen**

– zufällige Konfrontation:
  z.B. Alkohol im Geschenkkarton, Restbestand
– Gewohnheiten:
  z.B. Sportschau, Einkaufen
– positive Rolle:
  z.B. Prüfung bestanden
– soziale Spannungen:
  z.B. Scheidung, arbeitslos

2.3. Durchführung

Als oberstes Gebot für die Durchführung einer Gruppenstunde gilt für mich das Prinzip der optimalen Aktivität des Patienten, d.h. daß der Patient möglichst viel selbst erarbeitet und häufig agiert. Deshalb erschien als Motivation für die Gruppenstunde der stumme Impuls 'Das 1. Glas', durch den Overhead-Projektor an die Wand geworfen. Mittels der Abdecktechnik war der Rest der vorbereiteten Folie nicht sichtbar. Im freien Gruppengespräch wurde von den Patienten dessen Bedeutung für den Rückfall und den sich daraus entwickelnden Teufelskreis des nicht mehr Aufhörenkönnens des Trinkens von Alkohol erarbeitet.

Im gelenkten Gruppengespräch wurde die Relevanz der Ablehnung des 1. Glases als fundamentales Therapieziel definiert. 'Ablehnung' erschien als Thema der Gruppenstunde an der Wand. Auf meine Frage 'In welchen Situationen kann Ablehnung wichtig werden?' zählten die Patienten Aufforderungen zum Trinken von Nachbarn, Bekannten, Freunden u.s.w. auf, also 'Aufforderungen von außen', was an der Wand mittels OHP festgehalten wurde. Die Ablehnung 'Nein danke', evtl. mit dem Zusatz 'ich trinke keinen Alkohol' – auf die Aufforderung durch einen oberflächlichen Bekannten –, wurde von den Patienten formuliert und erschien ebenfalls an der Wand. Nun bat ich jeden Patienten, die Ablehnung im Rollenspiel zu trainieren, wobei ich die Funktion des Aufforderers übernahm. Für die unsicheren und gehemmten Patienten bot ich die Hilfe des Ablesens von der Wand an, was dann auch einige dankbar nutzten.

Als nächste Schwierigkeitsstufe erfolgte die Aufforderung durch einen alten Freund, der sich mit der Antwort 'Nein danke' nicht begnügte, sondern weiterhin zum Trinken animierte. Hier wurde auch der Part des Freundes im Rollenspiel durch einen Patienten ünernommen. Aufgabe des Ablehnenden war es, seine Alkoholkrankheit zu erklären, sich zu ihr zu bekennen. Nach jedem Rollenspiel gab es Rückmeldung durch die Gruppe, auch in bezug zu nonverbalen Verhaltenskomponenten wie z.B. Gestik, Mimik, Körperhaltung, Blickkontakt, Stimmqualität, Lautstärke und Sprechflüssigkeit.

Im Rollenspiel mit dem Vorgesetzten lag der Schwerpunkt der Übung in der Verdeutlichung der Arbeitsunfähigkeit als Folge eines Rückfalls. Bei der Aufforderung durch mehrere Freunde ging es darum, flexibles Ablehnungsverhalten zu trainieren, um dem 'geselligen Zwang' zu widerstehen.

Im gelenkten Gruppengespräch erfolgte dann die Erarbeitung der 'Aufforderung von innen', als Gegensatz zu außen. Das gefühlsmäßige Verlangen nach Alkohol wurde von den Patienten verbalisiert, als Zielverhalten auch das 'nein' des Verstandes, über den die Willenskraft zum Stehenlassen aktiviert werden kann. Als Hilfe zur Veranschaulichung dieser Selbstkontrolltechnik diente die schon beschriebene, vereinfachte Form des Einstellungen/Selbstkonzept-Modells. Nun wurden einige Situationen besprochen, in denen diese 'Aufforderung von innen' akut werden könnte. Jeder Patient steuerte ein Beispiel aus seiner Vorerfahrung bei. In diesem Zusammenhang wurde konstatiert, daß dieses Gefühl nach Alkohol auch ohne ersichtlichen äußeren Reiz kommen kann, einfach so, was oft rückfallauslösend gewesen sei.

Dies ergab die Möglichkeit, die Selbstkontrolltechnik nochmals zusammenfassend zu durchdenken und sie als Hilfe in kritischen Situationen zu verinnerlichen. Dabei nutzte ich die Gelegenheit, den Patienten spontan meine Verhaltensstrategie in kritischen Situationen darzulegen, die auf dem Postulat der neueren Selbstkonzeptforschung 'Kognitionen bedingen Emotionen' (siehe Seite 49) fundiert, wobei über die Modifikation von Kognitionen emotionale Zustände verändert werden sollen: In der Praxis stelle ich mir bei einer gefühlsmäßigen Versuchungssituation nach Alkohol konkret die als am schlimmsten erlebte Situation durch den Alkohol vor – bei mir war dies, als während eines Entzugs im Krankenhaus der Oszillograph Herzstillstand signalisierte, und ich haarscharf am Tod vorbeischlitterte –, um so über diese Kognition als Antipode zum emotionalen Verlangen nach Alkohol letzteres zu modifizieren, also mit Hilfe der kognitiv initiierten Anti-Emotion zu überwinden. Diese Möglichkeit der intraindividuellen Selbststeuerung wurde von einigen Patienten mit Begeisterung aufgenommen, so daß sie spontan ihre durch den Alkohol am negativsten erlebten Situationen in die Gruppe einbrachten und durch Imagination das verstandesmäßig verursachte Nacherleben des entsprechenden gefühlsmäßigen Zustandes für den Ernstfall trainierten.

Als Hilfe zur Internalisierung der Selbstkontrolltechnik war von mir noch folgendes Rollenspiel geplant: Ein Patient verbalisiert in einer konkreten Situation das Gefühl, das nach Alkohol verlangt, ein anderer verkörpert den Verstand, der argumentativ das 'nein' vertritt. Dazu kam es jedoch aus Zeitgründen nicht mehr. Diese Tatsache fand dann ihre Berücksichtigung in der 'Nachbereitung', d.h. sie wurde für die Planung der nächsten Stunde wichtig. Ein weiterer bedeutender Aspekt der 'Reflexion über den Verlauf' – Frau RAABE hatte der Stunde, unsichtbar für die Patienten, im Supervisionsraum hinter einem einseitig durchsichtigen Spiegel beigewohnt – war, daß ein Patient bei der Ablehnung gegenüber dem Vorgesetzten gesagt hatte 'Ich trinke zur Zeit keinen Alkohol', wobei er sich mit diesem 'zur Zeit' ein Hintertürchen für späteren Alkoholkonsum offengelassen hatte. Diese Problematik wurde dann in einem Einzelgespräch, das Frau RAABE mit dem Patienten führte, aufgearbeitet.

Zu Punkt 8 des Didaktischen Rasters – 'Lernzielkontrolle' – ist zu konstatieren, daß diese hier simulativ innerhalb der Gruppenstunde erfolgte. Als nächste Stufe der Schwierigkeit käme eine in vivo Übung in einem Lokal mit echten alkoholischen Getränken in Frage, und die wirkliche Überprüfung des Endverhaltens 'Ablehnung' führt jeder Patient für sich in der realen Versuchungssituation durch.

3. Skizzierung dreier Gruppenstunden

Da im vorhergehenden Abschnitt eine ausführliche, exemplarische Darstellung einer mikrodidaktisch erarbeiteten Gruppenstunde erfolgte, sollen bei den drei anderen Stunden Erläuterungen zur Durchführung anhand der Gliederung des Stundenverlaufs genügen.

3.1. Vorbereitung auf Angstsituationen

Die Gruppenstunde mit diesem Thema hielt ich ebenfalls in der Schlußphase der ersten Gruppe. Ausgangspunkt war – wie auf der nachgebildeten Folie, für die mir Abbildung 18 auf Seite 69 als Sachanalyse diente, ersichtlich – der Terminus 'Angst'. Dessen lateinische bzw. griechische Ursprungsbedeutungen 'Enge' und 'Würgen' motivierten einige Patienten zum körperlichen Nachempfinden von Angst in von ihnen aus eigener Erfahrung geschilderten Situationen.

Abbildung 26: Abschrift der OHP-Folie zur Gruppenstunde 'Vorbereitung auf Angstsituationen'

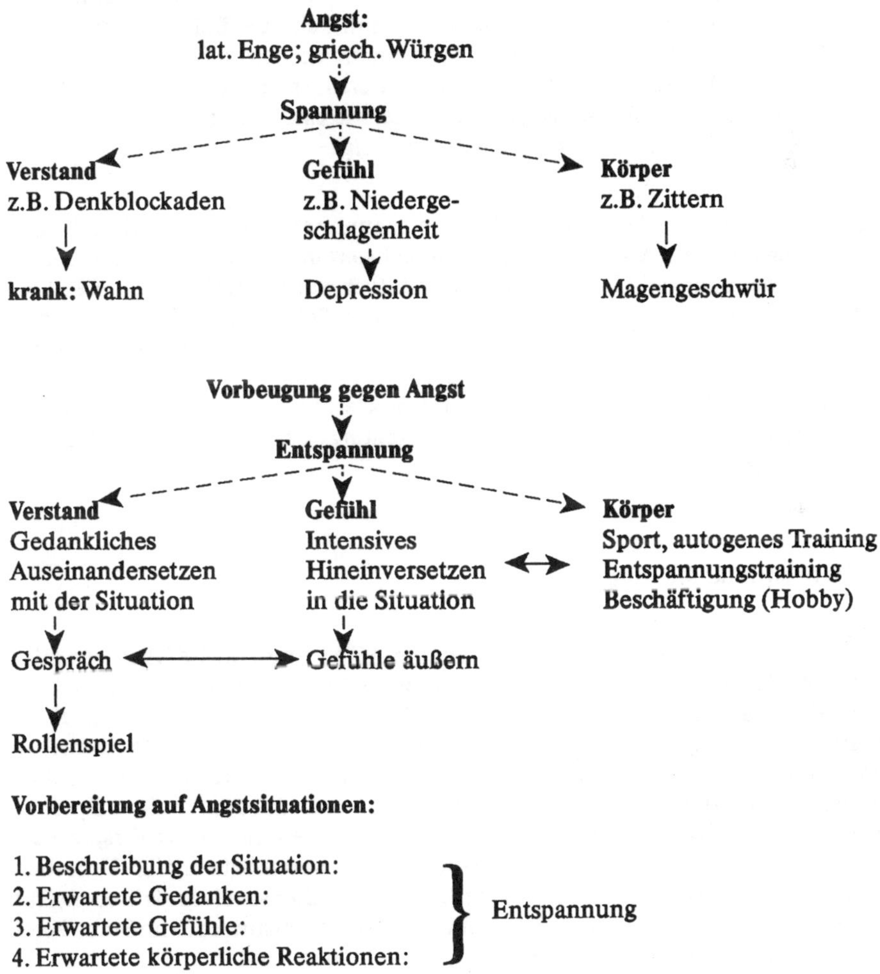

Als umfassender Begriff für die Auswirkung der Angst im Menschen wurde im gelenkten Gruppengespräch 'Spannung' erarbeitet. Gemäß der klassischen drei Dimensionen des Menschen – Verstand, Gefühl, Körper – sammelten die Patienten Symptome als Formen der Äußerung von Angst auf den drei Ebenen, so z.B. Denkblockaden (Verstand), Niedergeschlagenheit (Gefühl) und Zittern (Körper). In einem nächsten Schritt wurden krankhafte Verstärkungen der genannten Symptome – Wahn, Depression, Magengeschwür – erarbeitet und deren Interdependenz, z.B. in der psychosomatischen Krankheit Magengeschwür, aufgezeigt.

Im zweiten Teil der Gruppenstunde wurde – als alternativer Begriff zu 'Spannung' – 'Entspannung' als 'Vorbeugung gegen Angst' formuliert. Analog zur Analyse der Auswirkung von Spannung im Menschen wurden Möglichkeiten der Entspannung in den drei Dimensionen entwickelt: Zunächst beim Körper durch Sport, autogenes Training, Entspannungstraining und Hobby. Dann beim Gefühl durch die befreiende Wirkung mittels 'Gefühle äußern' nach einem intensiven Hineinversetzen in die Situation, wobei auf die Wechselwirkung zwischen entspanntem Körper und der Verarbeitung von Gefühlen eingegangen wurde, wie es z.B. beim Sport realisierbar ist oder bei der 'Systematischen Desensibilisierung'.

Beim Verstand wurde die Möglichkeit der Entspannung durch gedankliches Auseinandersetzen mit der Situation aufgezeigt, aktualisiert in einem Gespräch, wobei die Interdependenz zur gefühlsmäßigen Ebene deutlich wurde. Das Rollenspiel als konkrete Vorbereitung auf eine Angstsituation stand am Schluß dieser Gruppenstunde. Dabei erhielt zunächst jeder Patient die Aufgabe, sich intensiv in eine konkrete, für ihn Angst auslösende Situation hineinzuversetzen. Anschließend wurde vom Patienten die Situation, die erwarteten Gedanken, Gefühle und körperliche Reaktion beschrieben, und die Situation – z.B. ein Vorstellungsgespräch beim Arbeitgeber – konkret im Rollenspiel trainiert.

3.2. Motivation für die Gruppentherapie

Diese Stunde war die erste in der neuen Gruppe. Als Medium für die Gliederung des Stundenverlaufs diente mir diesmal aus methodischen Gründen eine vorbereitete Wandtafel – eine Abschift ist auf der nächsten Seite –, da diese zwecks Bezugnahme im späteren Therapieverlauf im Gruppenraum präsent bleiben sollte. Den Ausgangspunkt bildete die 'Gruppe', die sich durch das gemeinsame Problem 'Alkohol' zusammengefunden hatte. Als gemeinsames Ziel wurde das der 'Abstinenz' proklamiert. Auf dem Schritt dahin wurde das 'Gruppengeheimnis' – das Versprechen, nichts aus der Gruppe hinauszutragen – als wichtige Voraussetzung für 'Vertrauen und Offenheit' konstatiert, worauf wiederum die Verhaltensanalyse als 'Lebenslauf in bezug zu Alkohol' resultiert, auf der dann eine 'Verhaltenstherapie' im Sinne einer Verhaltensänderung durch Verhaltenstraining aufbauen kann.

Abbildung 27: Abschrift der Wandtafel zur Gruppenstunde
'Motivation für die Gruppentherapie'

Gruppe

↓

gemeinsames **Problem: Alkohol**

↓

gemeinsames **Ziel: Abstinenz**

↓

Gruppengeheimnis als Voraussetzung
für

↓

Vertrauen und Offenheit

↓

Verhaltensanalyse:
Lebenslauf in bezug zu Alkohol

↓

Verhaltenstherapie:
Individuelle Therapieziele

3.3 Einführung in die Verhaltensanalyse

Diese Stunde stellte die direkte Anschlußsitzung an die zuvor aufgezeigte dar. Auch hier wählte ich als Medium eine vorbereitete Wandtafel – abgebildet auf der nächsten Seite –, da diese als Strukturierungshilfe für die individuelle Verhaltensanalyse eines jeden Patienten in der Gruppe dienen sollte. Zunächst wurde die 'Verhaltensanalyse' wiederholend definiert als 'Lebenslauf in bezug zu Alkohol'. Auf der linken Seite der Wandtafel boten die Stichwörter Kindheit, Schule, Lehre, Beruf, Partnerschaft und Straftaten Anhaltspunkte für den jeweiligen Lebenslauf. Die Pfeile nach rechts sollen den Bezug zum Alkohol in der Verhaltensanalyse verdeutlichen, der unter den drei Aspekten 'erste Begegnung mit Alkohol', 'erster Vollrausch' und 'Kontrollverlust' konkretisiert wurde. Da auch Frau RAABE der Meinung war, daß es für die Gruppe vorteilhaft wäre, wenn ich – quasi als Modell – zunächst meine Verhaltensanalyse einbringen würde, tat ich dies, um anschließend mit Frau RAABE in den nächsten Stunden die Verhaltensanalysen der Patienten durchzuführen.

In einem nächsten Schritt sollten nun im Rahmen der Verhaltenstherapie für jeden Patienten seine individuellen Therapieziele erarbeitet werden, wobei es für die in der Verhaltensanalyse eruierten Funktionen des Alkohols adäquate Alternativen für die Bereiche Körper, Familie, Arbeit und Freizeit zu finden gilt, die dann in speziellen Übungsprogrammen (z.B. Selbstsicherheitstraining, Entspannung durch Waldlauf) angegangen werden.

Abbildung 28: Abschrift der Wandtafel zur Gruppenstunde
'Einführung in die Verhaltensanalyse'

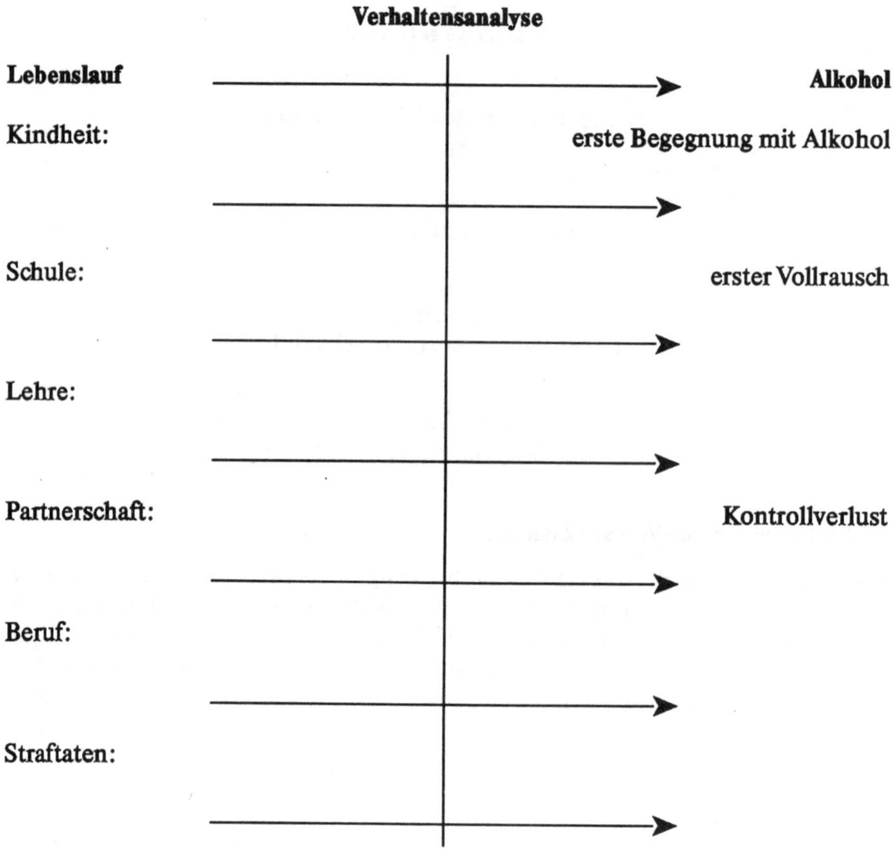

Nach der Darstellung mikrodidaktisch erarbeiteter Gruppenstunden, die ich als Dokumentation meiner Praxis im Therapiezentrum Münzesheim betrachte, sollen nun Möglichkeiten und Grenzen einer didaktischen Planung einer integrativen Behandlung von Alkoholabhängigkeit aufgezeigt werden.

4. Möglichkeiten und Grenzen der didaktischen Planung

4.1. Curricularer Aspekt einer didaktischen Konzeption

Gebrauchte ich bisher an verschiedenen Stellen meiner Arbeit den Terminus 'Curriculum', so definierte ich ihn als 'lernzielorientierten Lehrplan'. Letzteres bezeichnete ich als Arbeitsdefinition. Im folgenden soll 'Curriculum' näher bestimmt werden, zunächst als Begriff an sich, dann in Relation zur didaktischen Konzeption, um ihn schließlich in Beziehung zu setzen zu einer integrativen Behandlung von Alkoholabhängigkeit.

4.1.1. Terminus 'Curriculum'

WESTPHALEN (in: SCHMADERER 1977, S. 20) konstatiert, daß es 27 charakteristische Definitionen von Curriculum gibt, und daß der Begriff "weder in der angloamerikanischen Forschung, aus deren Bereich er stammt, noch in der deutschen Diskussion einheitlich verwendet" wird. Da sowohl er, als auch MÖLLER (1973, S. 27) folgende Definition – unter wissenschaftlichem Anspruch – als am meisten befriedigend bezeichnen, soll sie hier als Grundlage dienen: "Das Curriculum ist die Darstellung des Unterrichts über einen bestimmten Zeitraum als konsistentes System mit mehreren Bereichen zum Zwecke der Planung, der optimalen Realisierung und Erfolgskontrolle des Unterrichts."

4.1.2. Curriculum und didaktische Konzeption

Bei der Darstellung der verschiedenen Gruppen didaktischer Ansätze wies ich im I. Kapitel (S. 12) darauf hin, daß bei KICHERER (1980, S. 48) neben dem bildungs-, informations- und lerntheoretischen Ansatz noch ein vierter, der curriculare Ansatz erscheint. Letzterer gehört jedoch meiner Meinung nach nicht in eine Ebene mit den anderen drei Ansätzen, da diese sich in den systemimmanenten Methoden unterscheiden, während ein Curriculum eine übergeordnete Darstellung ist, 'über einen bestimmten Zeitraum', wobei die 'Konsistenz des Systems' bildungs-, informations- oder lerntheoretisch bestimmt sein kann. Bezogen auf das lerntheoretisch-didaktische Modell nach HEIMANN/SCHULZ auf Seite 13 stellt sich mir ein Curriculum als Weiterentwicklung dieses Modells dar, indem der Unterricht über einen bestimmten Zeitraum – und nicht nur für eine bestimmte Unterrichtsstunde – 'als konsistentes System' geplant wird, d.h. nach den Bedingungs- und Entscheidungsfeldern in ihrer Interdependenz.

Übertrage ich diesen Gedankengang auf meine didaktische Konzeption einer integrativen Behandlung von Alkoholabhängigkeit, so ergibt sich für mich als weiterführende Zielprojektion das Curriculum einer integrativen Behandlung von Alkoholabhängigkeit.

4.1.3. Curriculum einer integrativen Behandlung von Alkoholabhängigkeit als Zielprojektion

Ausgangspunkt sei das auf Seite 62 erarbeitete makrodidaktische Modell zur Interdependenz der Entscheidungsfelder einer integrativen Behandlung von Alkoholabhängigkeit. Ein Curriculum dieser didaktischen Konzeption ist dann folgendermaßen definiert, wobei ich die Curriculum-Definition aus 4.1.1. auf die Therapie übertrage: Das Curriculum ist die Darstellung der Therapie über einen bestimmten Zeitraum (im Therapiezentrum Mülzesheim ein halbes Jahr) als konsistentes System mit mehreren Bereichen zum Zwecke der Planung, der optimalen Realisierung und Erfolgskontrolle der Therapie. Um dies zu verwirklichen müßten die Bereiche der Therapie – also Gruppen-, Beschäftigungs-, Sporttherapie u.s.w. – interdisziplinär erarbeitet werden im Sinne eines konsistenten Systems, das dem des Modells nach HEIMANN/ SCHULZ entspräche. Als Ergebnis lägen mikrodidaktische Erarbeitungen – wie die exemplarische Erarbeitung der Gruppenstunde 'Ablehnung von Alkohol im Rollenspiel' – der Schwerpunktstunden aller Therapiebereiche vor, wobei die Katalysator-Funktion der Gruppentherapie im Verhältnis zu den anderen Therapiebereichen berücksichtigt wäre, alle ausgerichtet auf das Richtziel 'Positive Selbstwertschätzung durch eigenverantwortliche Lebensbewältigung ohne Alkohol'.

Habe ich soeben die Möglichkeiten einer didaktischen Planung im Curriculum aufgezeigt, so sollen nun die Grenzen fixiert werden.

4.2. 'Therapeutischer Raster' als Kriterium flexibler Anpassung

4.2.1. 'Störungen haben Vorrang'

Unbestritten der Notwendigkeit einer sorgfältigen Planung therapeutischen Geschehens mittels makrodidaktischer Konzeption, Curriculum und mikrodidaktischer Umsetzung sollte man sich jedoch meiner Meinung nach vor einer technokratischen Überplanung hüten, sondern – nach dem Postulat "Störungen haben Vorrang" (COHN 1975, S. 122) – flexibel genug sein, um in der Therapie in Spontaneität auf emotionale Bedürfnisse der Gruppenmitglieder einzugehen.

4.2.2. 'Therapeutischer Raster'

Das Kriterium flexibler Anpassung – ohne die Zielausgerichtetheit der therapeutischen Konzeption zu verlassen – wäre ein 'Therapeutischer Raster'. Ich verstehe darunter die Verinnerlichung der Therapieziele beim Therapeuten, die – im Hinterkopf gespeichert – bei einer entsprechenden 'Störung' abgerufen werden. Ich möchte dies durch zwei Beispiele aus der Praxis veranschaulichen. Beidemale hatten Frau RAABE und ich die Verhaltensanalyse eines Patienten eingeplant. Beim erstenmal bestand die 'Störung', die dann Vorrang hatte, darin, daß sich ein Patient am Beginn der Gruppenstunde – hier haben die Patienten immer die Möglichkeit akute Probleme anzusprechen – seinen Ärger darüber verbalisierte, daß in seinem Bett ein Kopfkeil fehlte. Diese Tatsache wurde thematisiert und aus dem Gruppengespräch ergab es sich, daß der Patient sein Bedürfnis dann im Plenum – der Vollversammlung aller Patienten und Mitarbeiter – mit Erfolg vorbrachte, was eine gute in vivo Übung zum Therapieziel 'Durchsetzungsvermögen in adäquater Form' darstellte.

Im zweiten Fall lag das Problem ähnlich. Ein Patient sah die Teilnahmepflicht an der Weihnachtsfeier nicht ein. Hier stand dann das Therapieziel 'Kompromiß zwischen Selbstbehauptung und sozialer Anpassung' – entsprechend dem im III. Kapitel formulierten 'homöostatischen Kompromiß' sozialer Kompetenz – im Mittelpunkt. Verwirklicht wurde es dadurch, daß der Patient mit Dr. SCHWARZ einen Termin ausmachte und dort als Kompromiß erreichte, daß er bei der Weihnachtsfeier nur eine Viertelstunde anwesend zu sein brauchte.

Das Ausnutzen solcher Live-Problem-Situationen stellt meiner Meinung nach ein wichtiges Potential dar, um Therapieziele lebensnah zu erarbeiten, da keine erdachte Motivation so stark sein kann, wie die in der aktuellen Situation vom Patienten empfundene. Voraussetzung ihrer Nutzung ist jedoch, daß die Therapieziele abrufbereit parat sind, um die entstandenen Energiemobilisierungsmechanismen beim Patienten als Motivation therapieadäquat zu kanalisieren.

5. Zusammenfassung

Ausgangspunkt der mikrodidaktischen Umsetzung war die Entwicklung eines 'Didaktischen Rasters', der entstand, indem die im I. Kapitel erarbeitete theoretische Grundlegung einer didaktischen Betrachtungsweise auf einer Seite in Gliederungspunkten zusammengefaßt wurde. Am Beispiel der Gruppentherapie als sozialarbeiterischem Berufsfeld wurde dessen praktische Anwendung aufgezeigt, indem exemplarisch anhand der Gruppenstunde 'Ablehnung von Alkohol im Rollenspiel' die induktive Erarbeitung des speziellen Didaktischen Rasters der Gruppenstunde nachvollzogen wurde. Nach der Skizzierung der Gruppenstunden 'Vorbereitung auf Angstsituationen', 'Motivation für die Gruppentherapie' und 'Einführung in die Verhaltensanalyse' wurde über Möglichkeiten und Grenzen didaktischer Planung in der Behandlung von Alkoholabhängigkeit reflektiert, wobei erstere sich im 'Curriculum einer integrativen Behandlung von Alkoholabhängigkeit', letztere im 'Therapeutischen Raster' als Kriterium flexibler Anpassung objektivierten.

V. Vorbeugung von Alkoholabhängigkeit unter didaktischer Perspektive

Wurde in den beiden vorhergehenden Kapiteln die Behandlung von Alkoholabhängigkeit unter didaktischer Perspektive – zunächst makrodidaktisch und dann mikrodidaktisch – aufgezeigt, so soll nun die Vorbeugung im Mittelpunkt stehen. Zwecks Einordnung derselben in meinem Gesamtkonzept der Alkoholproblematik vergegenwärtigen wir uns hierzu Abbildung 11 auf Seite 38: Setzt die Behandlung von Alkoholabhängigkeit erst im fortgeschrittenen Stadium ihres Entwicklungsprozesses ein, so sollte deren Prävention möglichst frühzeitig im Rahmen der Sozialisation beginnen, um der Ursächlichkeit der Notwendigkeit einer Behandlung prophylaktisch entgegenzuwirken. Ausgangspunkt sei zunächst die theoretische Darstellung einer makrodidaktischen Konzeption einer allgemeinen Drogenprävention, um anschließend aus der Praxis ein mikrodidaktisches Unterrichtsmodell zur Alkoholprävention in Schulen und die Auswertung einer das Unterrichtsmodell begleitenden empirischen Untersuchung aufzuzeigen.

1. Makrodidaktische Konzeption einer allgemeinen Drogenprävention

In den Jahren 1980, 1981 und 1982 sind mit Hilfe finanzieller Unterstützung der Bundeszentrale für gesundheitliche Aufklärung, Köln, vier Workshops zur Drogenprävention durchgeführt worden, an denen auf diesem Gebiet führende Wissenschaftler und Praktiker teilnahmen. Das Ergebnis dieser interdisziplinären Kooperation wurde als Standortbestimmung der Drogenprävention veröffentlicht (DEUTSCHE HAUPTSTELLE GEGEN DIE SUCHTGEFAHREN 1983), auf die sich folgende theoretischen Ausführungen beziehen. Sie stellen eine makrodidaktische Konzeption einer allgemeinen Drogenprävention dar, indem die Komponenten Verursachung – unter Berücksichtigung der Wechselwirkung von Person und Umwelt – und hieraus resultierenden Präventionsmöglichkeiten einschließlich des Behandlungsaspekts in ihrem interdependenten Funktionszusammenhang aus einer umfassenden Gesamtperspektive aufgezeigt werden.

1.1. Begriffsbestimmung Droge

Unter dem Begriff Drogen werden Stoffe zusammengefaßt, die im lebenden Organismus eine oder mehrere Funktionen zu ändern vermögen. Im engeren Sinne werden darunter Stoffe verstanden, die psychische und/oder körperliche Abhängigkeit erzeugen können. Dazu gehören die sogenannten illegalen Drogen, wie Haschisch, Heroin oder Kokain, aber auch die Alltagsdrogen Alkohol und Tabak sowie einige Gruppen von Medikamenten, wie Stimulantien, Schmerz-, Schlaf- und Beruhigungsmittel.

1.2. Begriffsbestimmung Prävention

Prävention im umfassenden Sinne zielt auf eine Verbesserung der persönlichen Lebensführung und der allgemeinen Lebensbedingungen ab. Ziel der Prävention im engeren Sinne ist die Verhütung süchtigen Verhaltens. Um dieses Ziel zu erreichen, müssen dem präventiv Handelnden geeignete Konzepte zur Verfügung stehen. In der Bezeichnung 'Prävention' ist der entscheidende Sachverhalt dem Wortsinne nach bereits enthalten. Prävention meint 'Zuvorkommen', 'Verhindern' bzw. 'Vorbeugen' eines unerwünschten Verhaltens. Daß Prävention eine Beziehung des Ursächlichen, des Wirkens von Kräften beinhaltet, ist hieraus unmittelbar ersichtlich. Gegen diese Kräfte sollen Gegenkräfte mobilisiert werden. Prävention setzt somit gründliche Kenntnis der möglichen Gründe von Abhängigkeit voraus. Prävention ist immer kausale Prävention, d.h. an ursächlichen Faktoren orientiert. Somit ergibt sich der Charakter einer bestimmten Handlung als Prävention nur aus der Stellung dieser Handlung in einem gegebenen Wirkungszusammenhang. Dieser ist durch Ursachen, Maßnahmen und Ziele umschrieben.

1.3. Allgemeine Konzepte der Prävention

1.3.1. Korrespondenz von Verursachung und Prävention

Bisherige Untersuchungen zur Suchtentwicklung kommen zu dem Ergebnis, daß nicht ein einzelner Faktor, sondern ein komplexes Bündel von Ursachen die Entwicklung einer Abhängigkeit bewirkt. Dementsprechend gibt es eine Vielzahl präventiver Maßnahmen. Im folgenden wird diese Vielfalt geordnet. Dabei werden
- bestimmte Dimensionen präventiver Arbeit beschrieben,
- entsprechende Maßnahmen begründet und
- die wechselseitige Bezogenheit von Maßnahmen belegt.

Präventive Maßnahmen sind nicht allein in konkreten Handlungssituationen aufeinander zu beziehen, sondern stehen auch gemäß den aufeinanderfolgenden Lebenszyklen einer Person in einer zeitlichen Abfolge zueinander. Dies ergibt sich aus der lebensgeschichtlichen Verknüpfung der Ursachen, die Abhängigkeit bewirken kann. Diesen Überlegungen liegt das Prinzip der Korrespondenz von Verursachung und Prävention zugrunde.

Aus dem Faktorenbündel, das zur Abhängigkeit führen kann, lassen sich zwei grundsätzliche Bereiche beschreiben:
- Faktoren, die in der Person des einzelnen liegen,
- Faktoren, die aus der Umwelt auf die Person einwirken.

Jedes Verhalten einer Person, so auch süchtiges Verhalten, ist durch Faktoren aus diesen beiden Bereichen bedingt Dabei bestehen zwischen diesen Faktoren mannigfache Wechselbeziehungen. In der Abbildung auf der nächsten Seite wird eine Zusammenstellung dieser Faktoren mit Beispielen vorgelegt. Innerhalb der Bereiche sind weitere Untergliederungen vorgenommen worden.

Abbildung 29: Mögliche Verursachung süchtigen Verhaltens (mit Beispielen)

		Kulturelles System	Physikalische Umwelt	Politisches System	
Faktoren in der Umwelt	Bildungssystem - Ausklammerung von gesundheitlicher Aufklärung	Sozialsystem - Arbeitslosigkeit - fehlende Perspektiven für Jugendliche	Gesundheitssystem - allgemeiner Glaube an Heilbarkeit aller Krankheiten	Wirtschaftssystem - positives Image von Alkohol in der Werbung - Alkoholindustrie	Rechtssystem - zu geringe bzw. zu hohe Strafen
	Freizeit - fehlende Angebote der Naherholung - Kommerzialisierung	Gemeinde - geringe Nachbarschaftshilfe	Schule - starke Belastung - kein Eingehen auf Probleme	Betrieb - sozialer Druck zum Alkoholkonsum	Fortbildung - Nichteinbeziehung von ausbildungsmäßig Unterprivilegierten
			Familie - wechselnder Erziehungsstil - keine Förderung der Selbstsicherheit		
Faktoren in der Person		Somatische Ebene - Verträglichkeit von Alkohol	Wissensebene - zu wenig Wissen über das Abhängigkeitspotential von Drogen - zu wenig Wissen über Früherkennungszeichen	Einstellungsebene - Alkohol wird als guter Problemlöser gesehen	

In diesem Zusammenhang ist die Feststellung wichtig, daß die Unterscheidung zwischen personenbezogenen und umweltbezogenen Faktoren jeweils Ansatzpunkte für die Ableitung präventiver Maßnahmen bietet. So können bestimmte Maßnahmen bei der einzelnen Person, andere Maßnahmen bei Umweltfaktoren ansetzen. Die auf die Person bezogenen Maßnahmen werden unter dem Begriff 'kommunikative Maßnahmen' zusammengefaßt. Diese sind ihrem Wesen nach Erziehung, Information und Aufklärung. Sie sollen den einzelnen in den Stand versetzen, z.B. im Umgang mit Drogen, jeweils die richtige Entscheidung zu treffen. Dazu müssen Sachkenntnisse vermittelt und vorbeugende Verhaltensmotivationen aufgebaut werden. Kommunikative Maßnahmen der Prävention suchen die Gegenkräfte des einzelnen gegen ein Abhängigwerden zu mobilisieren. Die Maßnahmegruppe der 'strukturellen Maßnahmen' setzt bei den Umweltfaktoren des süchtigen Verhaltens an. Mit Hilfe dieser Maßnahmen sollen bestimmte Lebensbereiche beeinflußt werden wie Familie und Schule, Arbeit und Freizeit. Durch eine Verbesserung der allgemeinen Lebensbedingungen in den genannten Bereichen erhofft man sich eine wirksame Vorbeugung sowohl bei Heranwachsenden als auch bei Erwachsenen. In der Abbildung unten sind diese Maßnahmegruppen den beiden grundlegenden Faktorenbereichen der Suchtentwicklung gegenübergestellt und in ihrer jeweiligen Bezogenheit auf Suchtverhalten charakterisiert. In dieser Darstellung wird die bereits angesprochene Korrespondenz von Verursachung und Prävention verdeutlicht.

Abbildung 30: Korrespondenz von Verursachung und Prävention

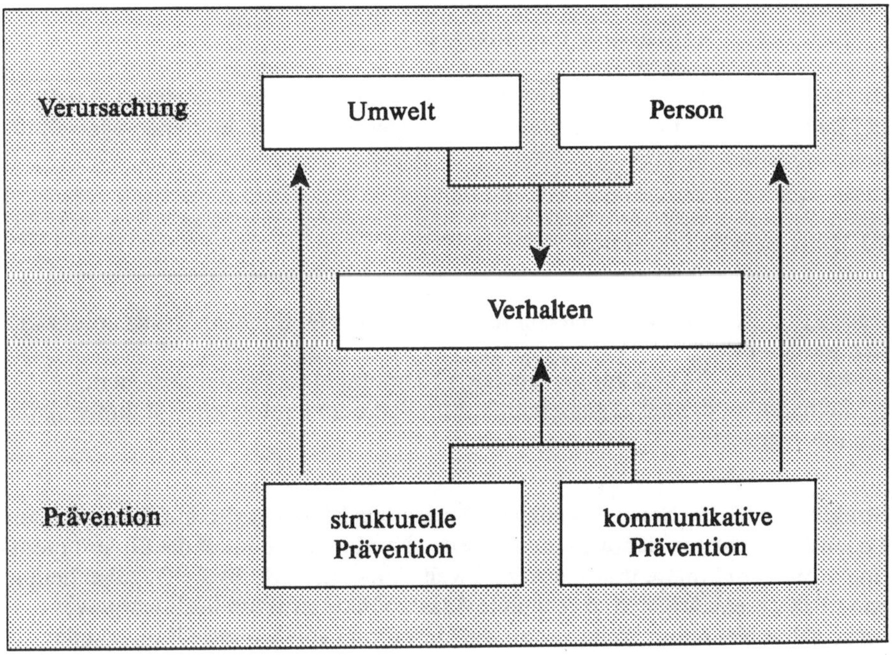

1.3.2. Kommunikative Prävention

Kommunikative Prävention findet auf drei Ebenen statt:
- Problematisierung,
- Information,
- Verhaltenshilfe.

Diese Maßnahmen kommunikativer Prävention zielen auf Faktorenbereiche, die in der Person liegen, ab, so die Einstellungen und das Wissen (vgl. Abbildung 29, unten). Man kann jedoch auch erkennen, daß durch kommunikative Prävention nicht alle Faktoren der Person erfaßt werden können, so z.B. nicht alle Faktoren des somatischen Bereichs. Maßnahmen der Problematisierung sollen bewußt machen, daß sich bestimmte Verhaltensweisen leicht zur Sucht verfestigen können. So kann in der Sekundärprävention den Suchtgefährdeten das Problem vermittelt werden, daß eine allgemeine Tendenz zu Fluchtverhalten und Resignation gegenüber den Anforderungen des Lebens in süchtiges Verhalten umschlagen kann. Bei der Information geht es in erster Linie um Wissensvermittlung. Hier werden z.B. die Ursachen des Drogenkonsums und allgemeine Zusammenhänge dargestellt, die Menschen veranlassen können, Zuflucht in Scheinlösungen zu suchen. Auf der Verhaltensebene liegen die Aufgaben kommunikativer Prävention bei der Vermittlung vorbeugender Verhaltensmolive bis hin zur Einübung von gesundheitsbezogenem Verhalten. Kommunikative Prävention kann weiter unterschieden werden nach dem jeweiligen Medium in:
- Maßnahmen der personalen Kommunikation;
- Maßnahmen der Massonkommunikation.

Bei der Beratung im persönlichen Gespräch ist die Person des Beraters das Medium, bei Rundfunksendungen oder Zeitungsanzeigen und -artikeln dienen Massenmedien als Mittler.

1.3.3. Strukturelle Prävention

Auch strukturelle Maßnahmen können nach ihrem intentionalen Ansatz unterschieden werden in:
- Maßnahmen, die sich auf den sozialen Nahraum einer Person beziehen;
- Maßnahmen, die bei allgemeinen kulturellen oder ökologischen Rahmenbedingungen ansetzen.

Strukturelle Maßnahmen des sozialen Nahraums beziehen sich auf die konkreten Lebensbedingungen des einzelnen in seiner Familie, wie z.B. auf die Einkommens- und Wohnverhältnisse und die Arbeitswelt. Aber auch schulische Gegebenheiten, wie z.B. Klassenstärken, sind geeignete Ansatzpunkte struktureller Suchtprävention im sozialen Nahraum. Weiter ist an die Gestaltung von Wohnsiedlungen oder die

Schaffung von Naherholungsmöglichkeiten zu denken.

Demgegenüber liegt der andere Ansatz bei den Institutionen als den allgemeinen Regelungsstrukturen unserer Gesellschaft. Strukturelle Prävention wird hier im Sinne einer ständigen Reform begriffen. In der Bundesrepublik Deutschland können gesellschaftliche Faktoren genannt werden, die Abhängigkeitsverhalten mit bewirken können. So begünstigt z.B. eine einseitig marktwirtschaftliche Ausrichtung der Wirtschaftsordnung eher das Gewinnstreben und somit den Konkurrenzdruck. Aber auch allgemeine Konsumnormen wie Trinksitten, die unabhängig von einer bestimmten Wirtschaftsordnung bestehen, sind hier zu nennen.

1.3.4 Korrespondenz kommunikativer und struktureller Prävention

Nichts wäre verfehlter als zu erwarten, daß einzelne Maßnahmen allein zum Erfolg führen. Hier ist es in der Vergangenheit oft zu Fehleinschätzungen gekommen. Nur in den seltensten Fällen hat eine einzelne Maßnahme einen direkten und von anderen präventiven Aktivitäten unabhängigen Zielbezug. Zwischen möglichen Maßnahmen besteht eine Vielzahl von Wechselwirkungen. Gemäß der stets vorgegebenen Bezogenheit von Person und Umwelt bedingen personorientierte kommunikative Prävention und umweltorientierte strukturelle Prävention sich gegenseitig.

1.3.4.1. Situationsspezifische Korrespondenz

In der Regel sollte eine Maßnahme nur durchgeführt werden, wenn hierfür institutionelle, methodische, finanzielle und personelle Grundlagen geschaffen worden sind. So ist z.B. die effektive Beratung von Drogengefährdeten nur denkbar, wenn vorher eine funktionierende Beratungsstelle mit geeigneten Beratern eingerichtet worden ist, was seinerseits vorherige Finanzierungsmaßnahmen voraussetzt. Hier liegt eine wechselseitige Verbundenheit kommunikativer und struktureller Maßnahmen in einer konkreten Anwendungssituation vor; in ein und derselben Anwendungssituation wird eine präventive Maßnahme durch eine andere abgesichert. Nicht nur die gegenseitige Abstützung von Maßnahmen ist zu berücksichtigen, kommunikative und strukturelle präventive Maßnahmen können sich in ihren Wirkungen gegenseitig beeinträchtigen oder gar aufheben. So wird beispielsweise die staatliche Aufklärungsbotschaft von der Gesundheitsschädlichkeit des Zigarettenrauchens durch die gleichzeitige Duldung der Zigarettenwerbung im Kino oder in Publikumszeitschriften in ihrer Glaubwürdigkeit relativiert.

1.3.4.2. Lebenszyklische Korrespondenzen

Zusätzlich zur situationsspezifischen Verbundenheit ist auch der ursächliche Zusammenhang von Faktoren der Suchtentwicklung im menschlichen Lebenslauf zu be-

rücksichtigen. Die Suchtentstehung ist ein Prozeß, der sich über einen längeren Zeitraum hinweg entwickelt. In den einzelnen Lebenszyklen einer Person können typische suchtfördernde Ursachen und Auslöser wirksam werden. Je früher ein solcher Prozeß beginnt, desto stärker sind generelle Faktoren der Entwicklung und Sozialisation im Spiel. Immer ist die jeweilige Zugehörigkeit einer Person zu einer gegebenen sozialen Umwelt bedeutsam. Ebenso sind die Übergänge von einer Lebenssituation in die andere zu berücksichtigen, so z.B. der Eintritt in den Kindergarten, aber auch Einschulung, Berufsausbildung bzw. Studium, Wehrdienst, Familiengründung oder Ausscheiden aus dem Erwerbsleben. Die lebensgeschichtliche Betrachtung einer Suchtentwicklung gibt auch Hinweise auf die wechselseitige Verbundenheit präventiver Strategien: Umfassende Prävention hat die Entwicklungsketten von Faktorenwirkungen in Rechnung zu stellen. Dies erfolgt durch eine angemessene Verknüpfung kommunikativer und struktureller präventiver Maßnahmen, eingepaßt in eine zeitlich aufeinanderfolgende Reihe, also in die gesamte menschliche Lebensspanne. Hierbei wird deutlich, daß Prävention sich nicht auf Kindheit und Jugendalter beschränken darf. Diese Überlegungen führen zu der wichtigen Unterscheidung zwischen
– tiefer liegenden Ursachen der Sucht
– und den situativen Auslösern.

In der präventiven Arbeit entspricht dies weitgehend der Unterscheidung zwischen Maßnahmen der
– primären Prävention
– und der sekundären Prävention.

Primäre Prävention ist ihrem Ansatz nach die in frühen Lebenszyklen einsetzende und langfristig angelegte Vorbeugung. Sekundäre Prävention setzt hingegen erst in der Situation akuter Suchtgefährdung ein. Primär- und Sekundärprävention unterscheiden sich daher wesentlich nach der Stellung der jeweiligen Zielgruppe im Lebenszyklus als dem zeitlichen Pfad der individuellen Persönlichkeits- und Sozialentwicklung.

Die Abbildung auf der nächsten Seite zeigt Beispiele und eine Maßnahmesystematik, die alle beschriebenen Untergliederungen berücksichtigt. Hierbei ist eine weitere Einteilung nach dem Drogenbezug präventiver Maßnahmen vorgenommen. Hiernach kann es sich um
– drogenspezifische und
– drogenunspezifische Maßnahmen handeln.

Diese unterscheiden sich in ihren Zielen. Während drogenspezifische Maßnahmen unmittelbar auf Veränderungen im Suchtbereich zielen, sind drogenunspezifische Maßnahmen breiter auf den ökologischen und soziokulturellen Bezug der Person angelegt. So kann die Vermittlung eines erhöhten Selbstwertgefühls und einer Fähigkeit zum eigenverantwortlichen Handeln drogenpräventive Wirkungen haben, ohne daß sich die Maßnahme in ihrem Zielbezug selbst direkt auf Drogen richtet.

Abbildung 31: Schema für Strategien und Maßnahmen angewandter Drogenprävention (mit Beispielen)

Drogenbezug / Art der Maßnahmen	Primärprävention		Sekundärprävention	
	drogenspezifisch	drogenunspezifisch	drogenspezifisch	drogenunspezifisch
Kommunikative Maßnahmen				
Massenkommunikation	Aufklärungsplakate	allgemeine Gesundheitstips im Kino	Film über einen drogengefährdeten Jugendlichen	Tips in Medien bei Gesundheitsproblemen
Personale Kommunikation	Rollenspiel im Unterricht (Drogenangebote ablehnen können)	Stärkung der Selbstsicherheit Förderung der Kommunikationsfähigkeit Identitätsfindung	„Therapeutische“ Gruppen für Gefährdete	Stärkung der Selbstsicherheit Förderung der Kommunikationsfähigkeit
Strukturelle Maßnahmen				
Sozialer Nahraum	Einführung der Drogenerziehung als Unterrichtsprinzip	Verbesserung der Wohn/Einkommenssituation von unterprivilegierten Fam.	Drogenberatungslehrer	Gründung von Initiativgruppen zur allgemeinen Selbsthilfe
Kulturelle ökologische Rahmenbedingungen	generelles Werbeverbot für Tabak und Alkoholika Betäubungsmittelgesetz	Reduzierung der Jugendarbeitslosigkeit	Erhöhung der Strafen für Händler illegaler Drogen	allgemeine Anlaufstellen für Gefährdete

1.3.5. Planung, Durchführung und Bewertung präventiver Maßnahmen

Zur Verbesserung der Wirksamkeit von Drogenprävention bedarf es nicht nur verstärkter Anstrengungen im konzeptionellen Bereich. Vielmehr sind zusätzlich detaillierte Überlegungen zu Planung, Durchführung und Bewertung der Maßnahmen notwendig. Gerade bei geringem Kenntnisstand über Drogenprävention ist eine sorgfältige Planung von Bedarf, Zielen, Zielgruppen und Maßnahmen notwendig. Oft wird jedoch zu unsystematisch geplant, so daß aus Erfahrungen wenig gelernt und kaum etwas in künftige Aktionen umgesetzt werden kann. Dies gilt auch für die Durchführung und Kontrolle laufender Maßnahmen. Zumeist fehlen Beobachtungs- und Korrekturinstrumente, um in der Durchführungsphase regulierend eingreifen zu können.

In der Regel fehlt das planerische Gesamtkonzept. Dies kann nur aufgrund einer sorgfältigen Analyse der ursächlichen Zusammenhänge entwickelt werden. Die jeweiligen Gegebenheiten sind in das konkrete Planungsvorhaben umzusetzen:

- Hierbei sind praktikable Ziele zu formulieren.
- Die geplanten präventiven Maßnahmen sind in ihrem Bezug zu den Zielen detailliert zu beschreiben.
- Weiter ist die Zielgruppe der Betroffenen unter Berücksichtigung der Teilnehmerinteressen, der Erreichbarkeit und vermutlicher Partizipation zu bestimmen.
- In der Planung sind ebenfalls die Kosten-Zeit-Vorstellungen der Zielerreichung zu beschreiben.
- Die Rahmenbedingungen, die bei der Durchführung der Maßnahmen zu beachten sind – z.B. konkurrierende Interessen –, müssen bereits in das Stadium der Planung einbezogen werden.
- Nebenwirkunyen der Prävention, insbesondere unerwünschte, sind zu ermitteln.

Sorgfältigste Planung nutzt aber wenig, wenn präventive Arbeit nicht plangerecht durchgeführt wird. Grundvoraussetzung ist die Sicherstellung eines ordnungsgemäßen Arbeitsablaufes. Dazu sollte eine Termin- und Kostenkontrolle vorgesehen werden. Hierbei kommt es nicht darauf an, ob diese Kontrollen vom präventiv Arbeitenden selbst oder von Außenstehenden vorgenommen werden. Die Ergebnisse einer solchen Programmüberwachung sind gegebenenfalls Anlaß, die Programmdurchführung zu korrigieren. Sollten sich Planungsvorgaben als unrealistisch erweisen, so können aus den Kontrollergebnissen möglicherweise schon während der Durchführungsphase Planungsrevisionen abgeleitet werden. Oft wird aus Unkenntnis eine Bewertung der Maßnahmen nicht oder nur unzureichend durchgeführt. Vielfach zieht man sich auf den falschen Standpunkt zurück, der Erfolg der Prävention sei ohnehin nicht nachzuweisen. Wenn präventive Maßnahmen aber wissenschaftlich gerechtfertigt werden sollen, müssen beobachtete Effekte entweder den ergriffenen präventiven Maßnahmen oder bestehenden Rahmenbedingungen eindeutig zugeordnet oder eventuell als reine Zufallswirkungen beschrieben werden können. Trotz der vielfach zu beobachtenden Skepsis gegenüber der Bewertung präventiver Maßnahmen gibt es eine Reihe von Verfahren, die eine solche Zuschreibung erlauben. Nicht zuletzt können Überlegungen zu Planung, Durchführung und Bewertung mit davorbewahren, gegenüber der Wirksamkeit der Drogenprävention unrealistische Erwartungen zu hegen.

1.4. Leitlinien der Prävention

In Abschnitt 1.3. sind Grundlagen für eine erfolgversprechende Prävention zusammengetragen worden. Bei der Bekämpfung süchtigen Verhaltens müssen demnach Zusammenhänge beachtet werden:
– von Ursache und präventiver Strategie,
– von Person und Umwelt,
– von Situation und Lebensgeschichte,
– von den verschiedenen Lebenszyklen,
– von kommunikativen und strukturellen präventiven Maßnahmen.

Die folgenden als Thesen formulierten Leitlinien sind an diesen Zusammenhängen orientiert.

1.4.1. Primäre Prävention

Prävention ist auch Gesellschaftspolitik.
Lange Zeit wurde süchtiges Verhalten als individuelles Versagensverhalten mißdeutet. Für das Entstehen eines Einzelverhaltens aber ist ein komplexes Ursachenbündel verantwortlich. Das Befinden von Menschen ist von individuellen und gesellschaftlichen Faktoren abhängig.

Prävention ist Gemeinschaftsaufgabe.
Immer wieder wird versucht, Prävention an Einzelpersonen zu delegieren. Adressaten präventiver Aktivitäten aber sind in erster Linie Entscheidungsträger und verantwortliche Bezugspersonen (z.B. Eltern), die ein Befindensklima wesentlich bestimmen. Die Herausbildung von Abwehrkräften ist ein subjektives und ein objektives Geschehen (Korrespondenz von Umwelt und Person).

Prävention fordert Zuständigkeiten.
Prävention ist eine gesellschaftliche Aufgabe, die ohne eine behördliche Zuständigkeit nicht auskommt. Die für die Daseinsfür- und -vorsorge verantwortlichen Stellen sind auch für die Organisation von Prävention zuständig.

Prävention fordert feste Organisation.
Zufälligkeiten bestimmen das Bild derzeitiger Prävention. Daher fordert Prävention das Zusammenwirken im engeren sozialen Nahraum. Diese Zusammenarbeit können örtliche Vorbeugekreise leisten (evtl. im Rahmen der psychosozialen Arbeitsgemeinschaften).

Prävention erfordert Systematik.
Einzelaktivitäten sind in aller Regel nicht verzahnt. Prävention erfordert jedoch die Aufeinanderfolge von präventiven Maßnahmen. Daher sind Vorbeugepläne zu erstellen (z.B. Mütterberatung, Kindergarten, Schule, Familienbildung).

Prävention ist spezifisch und unspezifisch auszurichten.
Häufig ist Prävention zu spezifisch, sie setzt sich bisweilen lediglich die Verhütung des sogenannten illegalen Rauschmittelkonsums zum Ziele. Die psychosozialen Aspekte einer spezifischen Gefahr sind mit zu berücksichtigen. Den psychosozialen Aspekten ist gleicher Rang wie den pharmakologischen einzuräumen.

Prävention ist langfristig anzulegen.
Zumeist ist Prävention einmalige und kurzatmige Aktion. Effektive Prävention bemüht sich ständig, Leben und Umwelt konstruktiv und gesundheitsgerecht zu gestalten. Besondere lebensbestimmende Ereignisse, besondere 'Knoten' der menschlichen Entwicklung sind exemplarisch zur Überprüfung zu nutzen (Geburt, Übergang in die Schule, Berufswahl, Konfirmation, Eheschließung, Krankheit, Pensionierung etc.).

Prävention darf nicht zu global ausgerichtet sein.
Oft betrachtet Prävention die Adressaten als eine undifferenzierte Gruppierung. Die Lebensgeschichte der Menschen führt aber zu unterschiedlicher Aufnahmefähigkeit von psychisch wirksamen und das Verhalten ändernden Darstellungen und Informationen. Massenkommunikation sollte daher immer die Möglichkeit personaler Anschlußkommunikation einbauen (Vertrauensverhältnis, Abbau von Stigmatisierung).

Prävention muß Beratung eröffnen.
Zumeist ist Prävention Sensibilisierung und Information. Der Gefährdungsgrad der Menschen ist zu verschiedenen Zeiten unterschiedlich ausgeprägt. Daher sind präventive Maßnahmen im Primärbereich immer auch mit sekundär-präventiven Angeboten zu koppeln (Verzeichnisse, Versorgungsüberprüfung).

Prävention kann von Betroffenen wirksam unterstützt werden.
Aufklärung und Information lassen oft Identifikation Gefährdeter mit Gefährdungssituationen nicht zu. Gefährdungsphasen des einzelnen sind jedoch nicht vorhersehbar. Daher kann die Lebensentwicklung und Suchtkarriere eines Ehemaligen kritische Phasen modellhaft näherbringen und den Zusammenhang mit der Lebensgeschichte des einzelnen aufzeigen.

1.4.2. Sekundäre Prävention

Im Fall der eingetretenen Suchterkrankung muß sich jeder zu seiner Krankheit bekennen dürfen.
Oft wird die Krankheit verdeckt. Dies verschlimmert und verlängert eine Suchtentwicklung. Die Auseinandersetzung mit der Krankheit muß offen erfolgen, dem Abhängigen müssen Identifikationsmöglichkeiten geboten werden. Das negative Bild des Suchtkranken in der Öffentlichkeit ist abzubauen.

Jeder Suchtkranke muß eine adäquate Hilfe bekommen.
Oft wird eine Krankheit zu lange von den falschen Stellen 'behandelt'. Abhilfe schafft hier eine verbesserte Zusammenarbeit und die gegenseitige Wertschätzung der therapeutischen und betreuenden Dienste.

Kein Suchtkranker ist allein zu behandeln.
Zu oft wird die Erkrankung als ein isoliert individuelles Leiden behandelt. In aller Regel stammt der Suchtkranke jedoch aus einem kranken sozialen System. Eltern, Partner, Ärzte, Psychologen, Sozialarbeiter oder Vorgesetzte sind in die Behandlung einzubeziehen.

Suchterkrankung ist nicht heilbar, sie ist nur zum Stillstand zu bringen.
Noch immer wird mißachtet, daß die Suchtkrankentherapie keine Behandlung ad integrum darstellt. Der Umgang mit der Bedingtheit der Heilung muß weitgehend erlernt werden. Das Lernen aus der Erkrankung ist nicht nur Rückfallprophylaxe, sondern immer auch Primärprävention.

Suchtbehandlung muß früher einsetzen.
Meist wird die Behandlung erst im fortgeschrittenen Stadium, häufig auch zu spät, begonnen. Zwischenzeitlich haben sich Schäden verfestigt, daher muß auf Frühbehandlung das Bemühen aller gerichtet sein.

Suchtbehandlung muß das Selbsthilfeprinzip in den Vordergrund stellen.
Heilung kann nicht von außen erwartet werden. Heilung bedeutet Stärkung der Selbstheilungskräfte. Daher sind Selbsthilfe und Selbsthilfeorganisationen entsprechend ihrer Bedeutung für die Suchtbekämpfung öffentlich zu fördern.

Suchtbehandlung muß effektiver werden.
Erfolge in der stationären und ambulanten Therapie werden oft wieder zunichte gemacht, da die krankheitsfördernden gesellschaftlichen Faktoren durch die Therapie nicht angegangen werden konnten. Dem Bereich der Sicherung des Therapieerfolgs muß öffentlich mehr Aufmerksamkeit geschenkt werden. Selbsthilfeorganisationsformen, die Arbeitslosigkeit, Wohnungsmangel und Ausbildungsdefizite überbrükken, sind auszubauen.

Die Förderung der Suchtbehandlung durch arbeitsrechtliche Maßnahmen ist zu intensivieren.
Die Mehrzahl der Suchtkranken befindet sich noch im Arbeitsprozeß. Aus Sorge vor Nachteilen am Arbeitsplatz wird jedoch eine notwendige Behandlung häufig aufgeschoben. Arbeitsrechtliche und disziplinarrechtliche Bestimmungen müssen wesentlich stärker als bisher zugunsten der Therapieförderung ausgelegt werden.

Die Vorstufe der Abhängigkeit, die Mißbrauchsebene, muß stärker problematisiert werden.
Alkohol, Medikamente und Drogen sind oft Ursachen für Unfälle, Straftaten, Krankheiten und Fehlzeiten. Auf Suchtstoffe als Auslöser süchtigen Verhaltens wird zu wenig geachtet. Dem Suchtstoffmißbrauch ist generell in den angesprochenen Bereichen mehr Aufmerksamkeit zu schenken.

Hilfen müssen bekannt sein und koordiniert werden.
Hilfsmöglichkeiten sind oft objektiv oder fahrlässig unbekannt. Viele könnten zur Bekanntheit und zur Koordinierung der Hilfen beitragen und den Zugang zur Hilfe verbessern. Es ist öffentlicher Auftrag, die Hilfen bekannt zu machen und die Kooperation und Koordination zu fördern.

1.5. Richtziel und Grobziele einer allgemeinen Drogenprävention

Hierzu vergegenwärtigen wir uns Abbildung 10 auf Seite 26, in der sechs Wege zum Drogengebrauch nach SILBEREISEN/KASTNER aufgezeigt werden. Aus ihren Ursachen lassen sich nun explizit Grobziele einer allgemeinen Drogenprävention ableiten, wobei ich als oberstes Ziel, also als Richtziel, nicht die totale Abstinenz, sondern den eigenverantwortlichen Umgang mit legalen Drogen sehe: "Es ist nämlich zu bedenken, daß sich Jugend in unserem Kulturkreis geradewegs als jener Abschnitt charakterisieren läßt, in dem der kontrollierte, verantwortliche Gebrauch von Drogen, vor allem in zeremoniellen und ritualisierten Zusammenhängen (vom Familienfest bis zum Abendmahl), erworben wird. Es kann also nicht Ziel der Prävention sein, eine so wichtige Kulturfertigkeit erst gar nicht erwerben zu lassen..., indem etwa der Anspruch auf vollständige Abstinenz oder Kontrolle durch den Gesetzgeber gesetzt wird." (SILBEREISEN/KASTNER in: OERTER 1985, S. 214)

In der Abbildung auf der nächsten Seite werden aus den Ursachen im Sechs-Wege-Modell von Seite 26 Grobziele einer allgemeinen Drogenprävention abgeleitet (nach SILBEREISEN/KASTNER in: ebd.), indem die einzelnen Funktionen des Drogengebrauchs durch Alternativen ersetzt werden:
1. Bei blockiertem Entwicklungsdruck darf Drogengebrauch nicht zum Ersatzziel werden, d.h. der Entwicklungsdruck muß anderweitigen Ausgleich erfahren.
2. Beim Streben nach Nonkonformität und daraus resultierender gewollter Normverletzung sollten andere, auch nonkonforme Aktivitäten unterstützt werden, die nicht das gleiche Gefährdungspotential enthalten, etwa Mitarbeit in alternativen Selbsthilfegruppen.

3. Bei Hilflosigkeit müssen durch den Aufbau sozialer Kompetenz andere Bewältigungsstrategien gefördert werden.
4. Bei Abstinenz als sozialem Hemmnis sollten die Zugangsmöglichkeiten zu Peergruppen erleichtert werden, etwa durch Bereitstellung altersspezifischer Freizeitorte.
5. Beim Bedürfnis nach positiver Selbstbewertung muß dem Jugendlichen die Entwicklung einer eigenen, jugendspezifischen Kultur mit persönlichem Stil ermöglicht werden.
6. Der Gebrauch legaler Drogen als Demonstration des Erwachsenseins muß von dieser appellativen Bindung gelöst werden.

Abbildung 32: Grobziele einer allgemeinen Drogenprävention (abgeleitet aus den Ursachen des Drogengebrauchs nach SILBEREISEN/KASTNER in: OERTER 1985, S. 214)

	URSACHE		GROBZIEL
(1)	Blockierter Entwicklungsdruck	→	Ermöglichung anderweitigen Ausgleichs
(2)	Streben nach Nonkonformität	→	Stützung nonkonformer Aktivitäten
(3)	Hilflosigkeit	→	Aufbau sozialer Kompetenz
(4)	Abstinenz als soziales Hemmnis	→	Erleichterung des Zugangs zu Peergruppen
(5)	Bedürfnis nach positiver Selbstbewertung	→	Förderung einer jugendspezifischen Kultur
(6)	Gebrauch legaler Drogen	→	Lösung von appellativer Bindung

2. Mikrodidaktisches Unterrichtsmodell zur Alkoholprävention in Schulen

Vor der Darstellung des Unterrichtsmodells sollen zunächst die Rahmenbedingungen für dessen Entstehung und praktische Durchführung, ferner für die begleitende empirische Untersuchung aufgezeigt werden.

Während eines Vorstellungsgesprächs bei Pfarrer RAOUL JASSOY, Geschäftsführer der Evang. Stadtmission Heidelberg e.V., schlug mir dieser angesichts der Tatsache, daß ich Lehrer und Sozialarbeiter bin – ferner die Krankheit Alkoholabhängigkeit aus eigener Erfahrung kenne – vor, im Rahmen einer Arbeitsbeschaffungsmaßnahme der Psychosozialen Beratungs- und Behandlungsstelle das Aufgabengebiet 'Suchtprophylaxe in Schulen' zu übernehmen. Ich nahm dankbar an und setzte mich sofort nach Dienstantritt im November 1985 mit dem für Gesundheitserziehung zuständigen Arzt vom Staatlichen Gesundheitsamt Heidelberg, Dr. MARTIN KLETT, in Verbindung. Dieser arrangierte ein Treffen mit Schulamtsdirektor HÜTTNER vom Staatlichen Schulamt Heidelberg, der mir vorschlug, ein neunzigminütiges Unterrichtsmodell zur Suchtprophylaxe am Beispiel der Alkohalprävention auszuarbeiten, das ich – auch schriftlich fixiert (siehe Anhang 1) – anläßlich einer Veranstaltung des Arbeitskreises Schule im Staatlichen Gesundheitsamt Heidelberg am 11.12.1985 erfolgreich vorstellte. Durch die Kontakte, die ich dort knüpfte, und durch die Unterstützung von Schulamtsdirektor HÜTTNER, der hundert Exemplare meines schriftlichen Angebots (Anhang 1) an die Haupt- und Realschulen im Rhein-Neckar-Kreis weiterleitete – ferner durch zwei Presseberichte (Anhang 2) –, gelang es, daß ich mein Unterrichtsmodell in Haupt-, Real-, Sonderschulen, Gymnasien, Jugendgruppen, Weiterbildungsveranstaltungen für Studenten, Lehrer und Sozialarbeiter, Arbeitskreisen u.s.w. durchführen konnte. Eine genaue Aufstellung hierüber ist in Anhang 3 ersichtlich. Auf Anregung von Dr. KLETT entwickelten wir – mit freundlicher Unterstützung von Prof. LÖWE von der Pädagogischen Hochschule Heidelberg und der Landesarbeitsgemeinschaft für Gesundheitserziehung Baden-Württemberg e.V. – einen Fragebogen (Anhang 4), den ich in einigen Klassen vor und nach dem Unterricht einsetzen konnte. Auf Einladung von Dr. KLETT war es mir möglich mein Unterrichtsmodell, verbunden mit der begleitenden empirischen Untersuchung, am Kongreß 'Prävention und Gesundheitserziehung' vom 23.-27. September 1986 an der Universität Bielefeld vorzustellen, was seinen Niederschlag in der Veröffentlichung "Alkoholprävention in der Schule" (SCHWARZKOPF u.a. in: LAASER u.a. 1987) fand.

In dem nun folgenden Unterrichtsmodell 'Entstehung, Vorbeugung und Behandlung von Alkoholabhängigkeit' habe ich versucht sachliche Informationen mit meinen persönlichen Erfahrungen zu veranschaulichen, um so den Schülern nicht nur reine Wissens-, sondern auch Erfahrungsvermittlung anzubieten, sie also nicht nur rational, sondern auch auf emotionaler Ebene anzusprechen. Es stellt die didaktische Reduktion meiner bisherigen wissenschaftlichen Erkenntnisse inklusive subjektiven Erlebens bezüglich der Alkoholproblematik dar. Zunächst sollen die Lernziele – differenziert in kognitive, emotionale und pragmatische – aufgezeigt werden, um anschließend nach einer Übersicht der Gliederung des Unterrichtsmodells dieses nach Inhalt, Methode und Medien ausführlich darzustellen.

2.1. Lernziele

2.1.1 Kognitive Lernziele

Die Schüler sollen
- für den Bereich Alkoholabhängigkeit wichtige Begriffe und Zustandsbilder kennenlernen.
- erkennen, daß Alkoholabhängigkeit eine Krankheit ist.
- die Wechselwirkung personinterner und personexterner Ursachen bei der Entstehung erkennen.
- Trinkmotive für auslösende Situationen erkennen.
- aus den Trinkmotiven sich ableitende suchtvorbeugende Verhaltenstips verstehen.
- zum Alkohol alternative Verhaltensstrategien erkennen.
- die Schwerpunkte bei der Behandlung kennenlernen.
- die Bereiche der Behandlung in einer Fachklinik kennenlernen.
- die Bedeutung der Ablehnung des ersten Glases Alkohol für die Alkoholkranken verstehen.

2.1.2. Emotionale Lernziele

Die Schüler sollen
- sich in den Teufelskreis der Alkoholkrankheit (Kontrollverlust) einfühlen können.
- in Vorurteilen begründete, negative Gefühle gegenüber Alkoholkranken abbauen.
- sensibel werden gegenüber eigenem Verhalten, das auf Abhängigkeiten hinweist.

2.1.3 Pragmatische Lernziele

Die Schüler sollen
- aus den Trinkmotiven suchtvorbeugende Verhaltenstips ableiten können.
- diese in der aktuellen Situation anwenden können, um bewußt eigenverantwortlich mit Alkohol umzugehen.
- zu Alkohol alternative Verhaltensstrategien anwenden konnen.
- sich nicht vorurteilsbeladen ablehnend gegenüber Alkoholkranken verhalten, sondern Hilfe anbieten.

2.2. Gliederung des Unterrichtsmodells

- Tonbildschau 'Die Story des Harry X'
- Begriffsbestimmungen
- Modell zur Entstehung von Alkoholabhängigkeit
- Suchtvorbeugende Verhaltenstips und alternative Verhaltensstrategien
- Modell zur Behandlung von Alkoholabhängigkeit mit der Therapiestunde 'Ablehnung des 1. Glases' einschließlich Lernzielkontrolle

2.3. Unterrichtsverlauf (Inhalt, Methode, Medien)

2.3.1. Tonbildschau 'Die Story des Harry X'

Vor der Tonbildschau stelle ich mich den Schülern vor. Ich erzähle, daß ich zunächst Lehrer an Grund- und Hauptschulen war und dann wegen Alkoholkrankheit aus dem Schuldienst entlassen wurde: "Um diese Alkoholkrankheit geht es nun in den folgenden 90 Minuten. Nach der Entlassung aus dem Schuldienst studierte ich Sozialarbeit und bin nun in einer 'psychosozialen Beratungsstelle' tätig, überwiegend mit suchtvorbeugendem Unterricht in Schulen. So eine Beratungsstelle wird auch gleich eine Rolle spielen und zwar in der Tonbildschau 'Die Story des Harry X' (Ministerium für Arbeit, Gesundheit und Sozialordnung Baden-Württemberg). Sie zeigt uns die Krankheitsgeschichte eines jugendlichen Alkoholikers". Ich sage den Schülern, daß sie mich nach der Diaserie dann zur Alkoholkrankheit fragen können, da ja der Harry selbst nicht da ist. Ferner weise ich daraufhin, daß die Geschichte authentisch ist, daß das also wirklich so erlebt wurde, nur sind die Namen verändert worden.

Diese 15 minütige audiovisuelle Einführung in die Problematik, die – da sie im Milieu der Jugendlichen handelt – diesen eine gute Möglichkeit der Identifikation, also des Sichhineinversetzens in die Situation, bietet, soll im folgenden durch die Bildbeschreibungen der 50 Dias und die entprechenden Texte des Tonbandes dargestellt werden.

1. Titel-Dia 'Die Story des Harry X'

2. Schriftbild
   Hergestellt im Auftrag des Ministeriums für Arbeit, Gesundheit und Sozialordnung Baden-Württemberg in Zusammenarbeit mit dem Bayerischen Staatsministerium für Arbeit und Sozialordnung. Wissenschaftliche Begleitung: Dr. med. DIETER ATHEN

3. Frank und Harry treffen sich auf abendlicher Straße und begrüßen sich freundschaftlich.

   Frank G.: Hey – wen sehe ich denn da? Harry, alte Flasche! Grüß Dich!
   Harry X: Hallo Frank. Immer noch der Alte!
   Frank G.: Wo hast du denn gesteckt? Ich hab' Dich ewig nicht gesehen!
   Harry X: Das ist eine lange Geschichte.
   Frank G.: Komm mit zu Evi. Da kannst Du deine Story ablassen.

4. Der 18 jährige Harry umringt von gleichaltrigen Jugendlichen in Evi's Bude.

   Frank G.: Kennt Ihr den Typ noch?
   Jugendliche (durcheinander rufend):
   Ich flipp aus: Harry-Boy

Mensch Harry, prima, Dich mal wiederzusehen.
Harry, grüß Dich. Ciau.

5. Evi, die Harry einen Drink anbieten will. Harry mit Abwehrgeste.

   Frank G.: Jetzt mal Ruhe, Leute. Evi – einen Begrüßungsdrink.
   Harry X: Für mich keinen Alkohol!
   Evi A.: Spinn' Dich aus! So was muß doch gefeiert werden.
   Harry X: Nein, ich hab' die Nase voll vom Alkohol. Für mich ist das kein Saft mehr.

6. Trinkende Jugendliche in einer Diskothek.

   Evi A.: So ein Schmarrn, in der Disco kommst Du sowieso nicht dran vorbei!

7. Jugendliche im Stadion.

   Frank G.: Und wenn Dein Verein gewonnen hat, muß das begossen werden.

8. Trinkende Jugendliche im Party-Umfeld.

   Evi A. (lachend): Und nach 'ner Niederlage muß man sich trösten...
   Frank G.: Und den Ärger runterspülen.
   Evi A.: Na, und so 'ne Privatfete ist doch lasch ohne Alkohol.

9. Harry beginnt seine Story zu erzählen.

   Harry X: Ihr wißt ja gar nicht, was draus werden kann! Ich hab' was durchgemacht. Wenn ich nur daran denke, wird mir heiß. Euch kann das genauso passieren.
   Evi A.: Ja, was war denn nun?
   Harry X: -key– ich erzähl's Euch.

10. Klassenfoto mit dem 13jährigen Harry.

    Harry X: Das war meine Klasse. Das Bild wurde in der Siebten gemacht. Die sind jetzt fast alle in der Kollegstufe. Was aber war inzwischen mit mir los? Damals hat es angefangen...

11. Familienszene im Wohnzimmer mit Gästen. Vater X hat den Arm um die Schultern seines Sohnes gelegt.

    Harry X: Mein Vater war so stolz auf mich. Wenn Besuch kam, wurde ich wie ein Wunderkind herumgezeigt. Mein Sohn, sagte er, der hat was drauf, der macht seinen Weg, der bringt's einmal weiter als ich.

12. Familie X beim Fernsehen mit Gläsern und Flaschen. Harry's jüngere Schwester schaut sich das Programm an.

Harry X: Mit seiner Angeberei hat mich mein Vater immer sehr genervt. Und Mutter war nicht anders. Reden konnte man mit ihnen sowieso nicht. Die waren abends so kaputt, daß sie nur noch ihre Ruhe und ihr Fernsehen haben wollten.

13. Harry beim Lernen.

Harry X: In Wirklichkeit bin ich mit dem Schulkram nicht ganz zurechtgekommen. Hab' manches nicht kapiert. Zuhause konnten sie mir nicht helfen. Die in der Schule wollte ich nicht fragen. Ich saß öfter ganz schön in der Tinte.

14. Harry an der elterlichen Hausbar aus einer Schnapsflasche trinkend.

Harry X: Damals – da war ich dreizehn – hab' ich mich zum ersten Mal aus Vaters Vorrat bedient, um meine Sorgen loszuwerden. Wie die im Fernsehen. "Gibt's Probleme, erst mal ein paar harte Drinks. Dann läuft die Sache." Am nächsten Morgen ging's mir hundsmiserabel. Aber was half's. Ich mußte wieder in die verdammte Schule.

15. Der 16jährige Harry mit Flasche und großem Trinkglas.

Harry X: Und so ging's Jahre weiter. Ich war allein. Nur die Flasche half. Ein großer Schluck reichte allerdings nicht mehr. Aber so'n Limoglas voll...
...dann konnte ich alles vergessen!

16. Harry in Großaufnahme.

Harry X: Aber das hab' ich mir nur eingebildet. In der Schule bin ich abgesackt. Hatte auch keine Lust mehr. Selbst die Leute aus meiner Klasse kotzten mich an.

17. Diskutierende Jugendliche auf dem Schulhof. Harry sitzt allein im Hintergrund; er wirkt unbeteiligt.

Petra R.: Wir wußten wirklich nicht, was mit Harry los war. Der wurde immer komischer. Machte nirgends mehr mit.
Klaus D.: Ja, selbst beim Fußball. Und da war er doch immer Spitze gewesen. Er ließ auch gar nicht mit sich reden...

18. Familienkrach wegen Harry.

Harry X: Mit sechzehn kam der große Krach! Miserable Papiere in der Schule. Vater stocksauer. Mutter heulte! Na ja. Sie waren eben beide furchtbar enttäuscht.

19. Harry beim Trinken in einer Diskothek.

Harry X: Das Theater zuhause hing mir zum Hals raus. Da bin ich eben abends in die Disco. Hab' einige Biere, ein paar Schnäpse geschluckt. Dann war mir wohler. Und Kumpels waren auch immer da, denen es genauso ging wie mir.

20. Petra und Klaus in der Diskothek. Harry sitzt mit Kumpanen an einem Tisch. Petra redet gerade auf ihn ein.

Klaus D.: Petra und ich haben den Harry einmal in der Disco gesehen. Der war ganz schön zu! Hat uns erst gar nicht bemerkt! Und die Typen, mit denen er zusammen war...
Petra R.: Ich hab' den Harry immer gut leiden können. Deshalb bin ich ja auch zu ihm hin. Wollte mit ihm reden. Mach 'ne Fliege, hat er bloß gesagt. Schwirr ab.

21. Harry mit Alkohol in der elterlichen Wohnung.

Harry X: Mir hat das alles gestunken! Die Pleiten in der Schule! Der Ärger mit meinen Eltern. Und dann noch die Petra auf "lieb". Sollten die sich doch schleichen! Ich hatte von allem die Nase voll. Vergessen konnte ich nur, wenn ich gebechert hatte.

22. Harry als Auszubildender in einer Druckerei.

Harry X: Schließlich hab' ich alles hingeknallt. Runter von der Schule. Weg von zuhause. Eigene Bude. Lehrling in einer Druckerei: Einfach neu anfangen; meine Eltern haben mich nicht mehr halten können.

23. Harry auf seiner Bude im Lehrlingsheim.

Harry X: Mußte mich ganz schön einschränken. Hatte ja auch nicht genug Scheine, um mir was Besonderes zu leisten, Alkohol zum Beispiel. Deshalb trank ich damals eine Zeitlang nicht so viel. Und mit der Lehre kam ich auch ganz gut hin.

24. Kellerbar mit tanzenden jungen Leuten, Petra und Harry im Mittelpunkt.

Petra R.: Eines Tages habe ich Harry zufällig wiedergesehen. Ich hab' mich echt gefreut und ihn zu meiner Geburtstagsparty eingeladen. Anfangs war alles o.k. Das Fest stieg in Vatis Kellerbar.

25. Petra, ihr Vater und der betrunkene Harry in der Kellerbar.

Petra R.: Leider hat es hinterher Krach gegeben. Wegen Harry. Der hatte sich irgendwann an Vatis Bar abgesetzt. Hat geschluckt und geschluckt und war nicht mehr vernehmungsfähig. Mein Vater war ganz schön sauer! Solche Freunde, hat er geschimpft, brauchst Du nicht mehr mitzubringen!

26. Harry erbricht sich auf der Toilette.

Harry X: Was bei Petra passiert ist, hab' ich erst später erfahren.

27. Harry – total verkatert in seinem Zimmer.

Harry X: Mir war am nächsten Tag hundsmiserabel, völlig k.o.! Ins Geschäft kam ich auch zu spät.

28. Harry – umgeben von Bier- und Schnapsflaschen vor dem Fernseher mit voll eingeschenktem Glas in der Hand.

Harry X: Bei meiner Firma verdiente ich jetzt nach und nach mehr. Konnte mir auch mehr leisten. Hab' ich auch getan. Nach Feierabend. Da war ich ganz zufrieden, allein mit meiner Flasche. Hatte damals null Ahnung, daß ich damit nicht mehr aufhören könnte.

29. Harry beim Frühstücken und den Vorbereitungen für die Brotzeit im Betrieb. Er wirkt angewidert.

Harry X: Zuerst hab' ich nur nach Feierabend getrunken. Dann brauchte ich auch schon in der Früh' eine Stärkung, damit meine Hände nicht mehr zitterten und ich ruhiger wurde. Damals habe ich auch angefangen, mir "Stoff" für die Mittagspause mitzunehmen. Flüssigen, mit Prozenten – versteht sich.

30. Harry mit Kollegen während einer Pause. Sie wenden sich von Harry ab, der versteckt trinkt.

Harry X: Den Kollegen in der Firma ist meine "Brotzeit" anfangs gar nicht aufgefallen. Die haben doch auch schon mal was getrunken. Erst als sie gemerkt haben, daß ich jeden Tag was dabei hatte, wurden sie stutzig, setzten sich ab.

31. Harry stark betrunken vor einem Kiosk in der Bahnhofshalle.

Harry X: Die Wochenenden gehörten nun meinem liebsten Hobby. Ich ließ mich einfach vollaufen. Hab' auch andere eingeladen, wenn ich Moos hatte... Oft wußte ich gar nicht, wie ich danach in meine Bude gekommen bin.

32. Klaus bemüht sich mit einem Freund, den betrunkenen Harry heimzubringen.

Klaus D.: Einmal hab' ich den Harry wiedergetroffen. Der lag völlig blau auf 'ner Bank. Wir haben ihn hochgezogen und nach Hause gebracht. Das war ein Stück Arbeit! Der konnte sich kaum noch auf den Beinen halten.

33. Harry total erledigt im Bett liegend.

Harry X: Montags morgen war ich dann meistens noch kaputt. War mir auch egal! – Damals. Wenn überhaupt, ließ ich mich erst so gegen Mittag im Betrieb sehen.

34. Harrys Meister in Großaufnahme.

Harrys Meister: Tja – der Harry – der ist nicht dumm. Kapiert schnell. War auch anfangs nicht ungeschickt und kein Faulenzer. Aber jetzt? Da gibt's nichts daran zu deuteln, der ist ein richtiger Trinker. Sowas habe ich seinerzeit selbst durchgemacht. Ohne Hilfe hätte ich's nicht geschafft. Drum weiß ich: Dem Harry bleibt nur eine Chance: Er muß in Behandlung.

35. Harry schläft im Berufsschulunterricht.

Harry X: Auch in der Berufsschule – zu Anfang kein Problem – lief nichts mehr. Ich war einfach zu schlapp, zu fahrig. Im Unterricht bin ich öfter eingepennt. Der Lehrer machte schließlich eine Meldung an meinen Betrieb – so eine Sauerei!

36. Harry "am Boden zerstört" mit dem Setzkasten.

Harry X: Erst haben die mich verwarnt. Dann hat der Chef gedroht. Bald darauf ist's passiert. Ich hatte zuviel getankt. Mit dem vollen Setzkasten bin ich gestolpert und hingefallen. Der Buchstabensalat, den ich angerichtet hatte, kostete den Betrieb 'ne Menge Geld. Mich kostete er den Arbeitsplatz. Ich flog raus. War mir auch wurscht!

37. Harrys Meister mit dem völlig lethargischen Harry auf dem Weg zur Beratungsstelle.

Harrys Meister: Es kam so, wie ich's befürchtet hatte. Zuschau'n, wie er vor die Hunde geht, konnte ich nicht. Nein, wirklich nicht. Drum hab' ich ihn jetzt gepackt und bin mit ihm zur Beratungsstelle.

38. Harry vor der Psychosozialen Beratungsstelle; er wirkt nachdenklich.

Harry X: Komisch: Ich war wirklich nicht scharf darauf gewesen, dahin zu gehen. "Weiß der Himmel, was die Typen da drinnen mit dir anstellen", hab ich mir gedacht. "Die dreh'n dich vielleicht durch die Mangel. Man kennt das ja." Aber dann kam alles ganz anders.

39. Harry im Einzelgespräch mit der Sozialarbeiterin Margit.

Harry X: Da war die Margit. War mir sofort sympathisch. Sie hat mir eine Tasse Tee eingeschenkt. Und mit einem Mal hab' ichs Reden angefangen. Hab' ihr meine ganze Misere erzählt. Sie hat mir nur zugehört, hat mich nie unterbrochen und mir auch keine Vorwürfe gemacht.
Margit F., Sozialarbeiterin: Wie oft er eigentlich da war, weiß ich auswendig nicht mehr. Dauernd hat er angerufen. Bei mir im Büro und in der Wohnung. Oft wegen Lappalien. Weil er wen brauchte, mit dem er reden konnte. Wenn's ihm schlecht ging, ist er einfach hereingeschneit, ohne Anmeldung. Einer von uns war ja immer da für die, die wieder einmal umgefallen waren, trotz aller Vorsätze.

40. Margit in der Psychiatrischen Klinik vor dem Stationseingang.

Margit F., Sozialarbeiterin: Soviel wir uns auch mit ihm abgegeben haben – mit ambulater Behandlung ging's nicht mehr. Er konnte mit dem Trinken einfach nicht mehr aufhören. Nach einiger Zeit hat er das endlich eingesehen. Er selbst wollte ins Krankenhaus, auch wegen seiner Leber. Ich habe ihn hinbegleitet.

41. Harry liegt im Krankenbett auf der Entziehungsstation; er wird gerade vom Arzt untersucht.

Harry X: In der Klinik wurde ich entgiftet. Mann – oh Mann, das hat geschlaucht. Doch ich hab's geschafft. Danach kam ich wegen der Nachbehandlung in eine Spezialeinrichtung für Alkoholkranke. Ja, ich hatte inzwischen kapiert, daß ich krank bin, alkoholkrank.

42. Harry mit einem Betreuer bei der Beschäftigungstherapie.

Harry X: In der Beschäftigungstherapie, in Gesprächen mit den Betreuern ist mir das klar geworden.

43. Harry während der Gruppentherapie.

Harry X: Aber auch in der Unterhaltung mit anderen, denen es genauso ging wie mir. Eines weiß ich jetzt ganz sicher: Probleme, ob in der Schule, zuhause oder im Betrieb, kann man nicht im Alkohol ertränken. Man muß sie selber lösen.

44. Harry mit der Sozialarbeiterin Margit im Garten des Rehabilitationszentrums. Sie betrachten Harrys Zeichnungen.

Harry X: Während der ganzen Therapie hat mich die Margit von der Beratungsstelle nicht im Stich gelassen. Immer wieder ist sie gekommen. Hat die Zeichnungen angeschaut, die ich dort gemacht habe. Hat mir Mut gemacht und auch darüber gesprochen, was wird – nach meiner Entlassung.

45. Sozialarbeiterin Margit in Großaufnahme.

Margit F., Sozialarbeiterin: Nach 4 Monaten Behandlung war Harry so weit, daß er alleine ausgehen durfte. Bis jetzt ist er "trocken" geblieben. Aber wird er später draußen durchhalten? Wenn er fast an jeder Ecke an einem Wirtshaus vorbei muß? Wenn ihn Plakate mit "gehaltvollen" Flaschen anlachen? Wenn ihn Freunde oder Kollegen mit dem "Stoff" begrüßen. Das Beste wird sein, er schließt sich einer Selbsthilfegruppe an. Am Beispiel Ehemaliger wird er sicher Halt finden. Ich kenn' schon einen, der ihn mitnimmt zu einem "Ehemaligen-Treff". Und für Krisen sind wir von der Beratungsstelle ja auch noch da.

46. Harry wieder in der Gruppe seiner Freunde, denen er seine Geschichte erzählt hat.

Harry X: Heute ist es mir sonnenklar: Ich darf nie mehr auch nur den kleinsten Schluck Alkohol anrühren. Ich will trocken bleiben! Das muß ich schaffen – ein Leben lang.

47. Verwahrloster Alkoholiker auf einer Parkbank liegend.

Harry X: Wenn ich wieder trinke, könnte es mir so gehen wie dem da in der Gosse! Erst kaputt, dann tot. Tja – so ist das!

48. Harry setzt sich mit seinen Freunden heftig auseinander.

Evi A.: Bloß wegen 'ner kleinen Feier?
Frank G.: Bloß wegen einem Begrüßungsschluck?
Harry X: Alkoholkranke vertragen keinen Alkohol mehr. Und wenn es nur einmal ein kleines Glas ist. Seit der Therapie kenne ich genug Kumpels, die das versucht haben. Eine Zeitlang ging's fast. Doch bald haben sie genauso gezwitschert wie zuvor. Waren wieder dauernd voll. Der ganze Zirkus ging von vorne los.

49. Harry noch mehr in den Vordergrund gerückt, zieht das Fazit aus seiner Story.

Harry X: Ich hab' noch mal Glück gehabt! Wenn der Meister und die Margit nicht gewesen wären, hätte es schlimm ausgehen können. Mir reicht es, ich rühr' nichts mehr an. Versteht Ihr mich jetzt? Keiner weiß, ob's ihn nicht trifft. Denkt doch mal darüber nach!

50. Schriftbild: Suchtberatungsstellen gibt es an vielen Orten. Nähere Auskünfte erteilen die Gesundheitsämter, Jugend- und Sozialämter, die Verbände der freien Wohlfahrtspflege sowie die Erziehungs- und Jugendberatungsstellen.

Nach Beendigung der Diaserie ist das Verhalten der Klassen sehr unterschiedlich, was bedingt ist durch die Arbeitsform, an die die Schüler gewöhnt sind. In ungefähr der Hälfte der Klassen entsteht sofort – oft auch ohne daß ich die Schüler auffordere, Fragen zu stellen oder sich zum Geschehenen zu äußern – ein lebhaftes Gespräch, in dessen Verlauf ich dann auf die Fragen der Schüler eingehe – z.B. "Wie haben Sie es geschafft aufzuhören?", "Was passiert, wenn Sie aus versehen Alkohol trinken?" – und meine Gliederung des Unterrichtsverlaufs umstelle. In der anderen Hälfte der Klassen herrscht zunächst Schweigen und ich beginne dann – mit Hilfe der auf der nächsten Seite als Abschrift abgebildeten Tageslichtprojektorfolie, die eine Zusammenfassung der sozialwissenschaftlichen Begriffsbestimmungen aus Abschnitt 3.5.2. des II. Kapitels darstellt – wichtige Begriffe aus dem Drogenbereich zu erläutern. Zuvor äußere ich jedoch die Bitte, sofort dazwischenzufragen, wenn etwas unklar ist.

2.3.2. Begriffsbestimmungen zu den im Rahmen der Alkoholkrankheit auftretenden Zustandsbildern

Bei der Auswahl und Reihenfolge der Begriffe ging ich nach dem Prinzip 'vom Allgemeinen zum Speziellen' vor. Mittels der Abdecktechnik am Tageslichtprojektor erscheint zunächst nur die Definition von 'Droge': "Droge ist eine Substanz, die in die natürlichen Abläufe des Körpers eingreift und vor allem unsere Gefühle und Wahr-

Abbildung 33: Abschrift der Tageslichtprojektorfolie:

Begriffsbestimmungen

DROGE:
Droge ist eine Substanz, die in die natürlichen Abläufe des Körpers eingreift und vor allem unsere Gefühle und Wahrnehmungen beeinflußt.

SUCHT:
Sucht – als Oberbegriff für ein durch eine abnorme Verhaltensweise charakterisiertes psychopathologisches Phänomen – ist **unabhängig von eingenommenen Drogen** (z.B. Spielsucht)

Abhängigkeit = Suchtbegriff in Verbindung mit Drogen

ABHÄNGIGKEIT:
Abhängigkeit ist ein Zustand von Mißbehagen und Beschwerden, der durch den Entzug einer Droge bei einem Individuum hervorgerufen wird, das diese Droge längere Zeit konsumiert hat.

ALKOHOLABHÄNGIGKEIT ALS KRANKHEIT:
wurde durch ein Urteil des BSG im Sinne der RVO anerkannt:
„Alkoholabhängigkeit, auch wenn sie noch keine Geisteskrankheit im engeren Sinne darstellt und auch noch keine körperlichen Beschwerden hervorgerufen hat, jedoch bereits zum **Verlust der Selbstkontrolle** geführt hat." (Urteil vom 18.6.68)

KONTROLLVERLUST:
Kontrollverlust liegt dann vor, wenn es dem einzelnen **aus eigener Kraft nicht mehr gelingt**, den Alkoholkonsum zu unterbrechen.

nehmungen beeinflußt." Nachdem die Begriffsbestimmung vorgelesen wurde, nennen Schüler Drogen aus ihrem Erfahrungsbereich und schildern, wie dadurch – meistens kommt Alkohol als Beispiel – ihre Gefühle und Wahrnehmungen beeinflußt wurden. Ich ergänze dann, daß auch das Koffein im Cola und Kaffee, das Nikotin im Tabak und das Tein im Tee hinzugezählt werden müssen. Kommen die Schüler an dieser Stelle selbst nicht auf die 'illegalen Drogen', so führe ich sie hier auch nicht hin, da dies an späterer Stelle besser paßt.

Beim Begriff 'Sucht' bleibt die in Gedankenstrichen stehende Erklärung "als Oberbegriff für ein durch eine abnorme Verhaltensweise charakterisiertes psychopathologisches Phänomen" in Schulklassen und Jugendgruppen durch einen Papierstreifen abgedeckt, da es hier Verständnisschwierigkeiten geben würde. In Weiterbildungsveranstaltungen für Studenten, Lehrer und Sozialarbeiter wurde sie natürlich mit einbezogen. Für die Schüler erscheint also: "Sucht als Oberbegriff ist unabhängig von eingenommenen Drogen (z.B. Spielsucht)". Die Schüler nennen nun einige andere Suchtbeispiele, die nichts mit Drogen zu tun haben – z.B. Fernseh-, Computer-, Videosucht – und ich ergänze dies mit der Erläuterung der 'Arbeitssucht', was immer zu einer gewissen Auflockerung führt, da sich dies die Mehrzahl der Schüler kaum vorstellen kann. Nun erfahren die Schüler, daß sich die Weltgesundheitsorganisation 1964 entschlossen hat, den Suchtbegriff in Verbindung mit Drogen durch den Begriff der Abhängigkeit zu ersetzen. Bevor dann die Definition von 'Abhängigkeit' erscheint, motiviere ich die Schüler zu größerer Aufmerksamkeit, indem ich erkläre, daß sich nach der Begriffsbestimmung jeder selbst testen kann, ob er schon von einer Droge abhängig ist oder zur Abhängigkeit neigt.

Nun erfolgt die Begriffserläuterung: "Abhängigkeit ist ein Zustand von Mißbehagen und Beschwerden, der durch den Entzug einer Droge bei einem Individuum hervorgerufen wird, das diese Droge längere Zeit konsumiert hat." An dieser Stelle bringe ich zum erstenmal meine eigenen Erfahrungen zur Veranschaulichung ein: "Ich hatte längere Zeit größere Mengen Alkohol konsumiert – warum, dazu später – und eines morgens, bevor ich zum Unterricht in die Schule ging, kam das große Zittern. Ich wußte mir nicht anders zu helfen, als mich mit Bier und Schnaps zu beruhigen, denn so zitternd konnte ich nicht vor die Klasse treten, da hätten alle gelacht. Ich sagte mir aber, daß das so nicht weitergeht mit dem Trinken und nahm mir vor, heute Mittag nichts mehr zu trinken, also den 'Entzug' zu beginnen. Doch da kamen 'Mißbehagen und Beschwerden', beim Alkoholentzug starkes Zittern, Schwindelgefühl, Magenkrämpfe und Schweißausbrüche – und ich mußte einfach weitertrinken, um mich wieder besser zu fühlen."

Auf die Frage, wie sich nun jeder testen könne, ob er schon zur Abhängigkeit von einem Suchtmittel neige, erklären die Schüler immer, daß sie versuchen werden, z.B. die Zigarette wegfallen zu lassen und sich selbst im Hinblick auf Entzugserscheinungen zu beobachten. Treten diese auf, so rate ich den Schülern, das Suchtmittel möglichst ganz wegzulassen, bevor eine tiefergehende Abhängigkeit eintritt.

Nun verweise ich auf Harry in der Diaserie, der im Krankenhaus und in einer Spezialeinrichtung war. Damit die Kosten hierfür von den gesetzlichen Krankenkassen übernommen werden, mußte die Alkoholabhängigkeit als Krankheit anerkannt werden. Dies geschah durch folgendes Urteil vom 18.6.1968 des BSG (Bundessozialgerichts) im Sinne der RVO (Reichsversicherungsordnung), das ich auszugsweise auf Folie geschrieben habe, weil es noch Wichtiges über die Alkoholabhängigkeit aussagt.

Der Urteilstext wird nun sukzessive erarbeitet. Zunächst erscheint nur: "Alkoholabhängigkeit, auch wenn sie noch keine Geisteskrankheit im engeren Sinne darstellt." Meine Frage an die Klasse: "Was hat wohl der Alkohol mit Geisteskrankheit zu tun?" In den meisten Klassen kommt von einigen Schülern nun, daß Alkohol im Übermaß und über lange Zeit die Gehirnzellen abtötet, diese sich auch nicht wieder regenerieren und irgendwann sich dann der Wahnsinn einstellen kann. Ich ergänze, daß solche Patienten, die nicht mehr für sich selbst verantwortlich sein können, entmündigt werden und in einer geschlossenen, psychiatrischen Klinik verwahrt werden müssen. Jetzt erscheint die Fortsetzung des Urteilstextes: "und auch noch keine körperlichen Beschwerden hervorgerufen hat." Meine Frage an die Klasse: "Eine körperliche Beschwerde hat uns der Harry in der Diaserie genannt, deretwegen er auch ins Krankenhaus gegangen ist?" In fast allen Klassen konnten sich einige Schüler erinnern, daß es seine Leber war. "Was hat nun aber die Leber mit dem Alkohol zu tun?" frage ich und die Schüler wissen in den meisten Fällen, daß die Leber den Alkohol abbaut und bei zuviel Alkohol das nicht mehr schafft. Ich ergänze dann, daß sich beim Alkoholmißbrauch zunächst eine Fettleber bilden kann, die sich aber bei Alkoholverzicht und viel Sport wieder erholt, was ich aus eigener Erfahrung weiß. Schlimmer ist es bei der Leberzirrhose, der Schrumpfleber, die oft zum Tod führt, sich auch nicht mehr erholt und der Patient nur mit strenger Diät am Leben bleibt. Ich fasse dann am Tageslichtprojektor zusammen: "Alkoholabhängigkeit wird also als Krankheit anerkannt, auch wenn sie noch keine Geisteskrankheit im engeren Sinne darstellt und auch noch keine körperlichen Beschwerden hervorgerufen hat," – jetzt erscheint der letzte Teil des Urteils – "jedoch bereits zum Verlust der Selbstkontrolle geführt hat. Dieser Kontrollverlust liegt dann vor," – hier nehme ich das Abdeckblatt ganz vom Tageslichtprojektor – "wenn es dem einzelnen aus eigener Kraft nicht mehr gelingt, den Alkoholkonsum zu unterbrechen."

An dieser Stelle veranschauliche ich diese Begriffe wieder durch meine eigenen Erfahrungen: "Ich habe Euch ja vorhin schon erzählt, wie eines morgens vor dem Unterricht das große Zittern kam, ich dann trinken mußte und mittags aufhören wollte. Die Entzugserscheinungen waren dann so stark, daß ich immer weitertrinken mußte, obwohl ich es nicht mehr wollte, ich also ohne fremde Hilfe nicht mehr aufhören konnte. Dies ging soweit, daß ich schließlich nichts mehr essen konnte und ganz am Schluß auch der Alkohol nicht mehr im Magen blieb. Früher sind Menschen dabei oft gestorben, ich konnte mir auch alleine nicht mehr helfen und mußte ins Krankenhaus gebracht werden. Wie nun dort die Behandlung aussieht, wollen wir uns später anschauen. Zunächst soll erstmal geklärt werden, wie es überhaupt zur Alkoholkrankheit kommen kann. Ich habe hierfür ein Modell vorbereitet, das wir uns jetzt am Tageslichtprojektor anschauen."

2.3.3. Modell zur Entstehung von Alkoholabhängigkeit

Anhand des auf der nächsten Seite als Abschrift der Folie abgebildeten Modells – es entstand als Modifikation von Abbildung 11 auf Seite 38 – wird mittels der Abdecktechnik der Entwicklungsprozeß der Alkoholabhängigkeit sukzessive erarbeitet.

"Ausgangspunkt ist die 'Droge Alkohol', zu der jeder von uns als 'Persönlichkeit' eine 'persönliche Beziehung' eingeht. Dies ist so, weil der Alkohol in unserem 'sozialen Umfeld' als 'legales Genuß- und Rauschmittel' angesehen wird. Was bedeutet dieses 'legal'?" In den meisten Fällen ist die Bedeutung bekannt als 'gesetzlich erlaubt'. "Was ist nun das Gegenteil von legalen Drogen?" In ungefähr der Hälfte der Klassen kommt hier die richtige Antwort: Illegale Drogen, gesetzlich verbotene, wie z.B. Heroin, LSD, Kokain, Crack u.s.w. Auch daß Hasch als Einstiegsdroge zu den 'harten Sachen' dient ist fast immer bekannt, dagegen meist überhaupt nicht der Grund, warum die oben angeführten harten Drogen verboten sind. Nur in wenigen Klassen kam die richtige Antwort, daß nämlich hierbei schon geringe Mengen zur Abhängigkeit führen. Beinahe immer wurde jedoch in diesem Zusammenhang die Frage gestellt, warum dann nicht auch Alkohol als Droge verboten wird? Meine Antwort hierauf: "Weil beim Alkohol nach einmaligem Konsum noch keine Abhängigkeit entsteht, sondern der Entwicklungsprozeß dorthin beim Erwachsenen unter bestimmten Bedingungen ca. 10 Jahre dauert, beim Jugendlichen jedoch sehr viel kürzere Zeit. Diese Bedingungen, die zur Alkoholkrankheit führen können, wollen wir uns jetzt am Tageslichtprojektor näher betrachten. (Es wird nun bis einschließlich 'auslösende Situationen' aufgeblendet.)

Während der 'Sozialisation', also dem Hineinwachsen des Einzelmenschen in die Gesellschaft (Familie, Kindergarten, Schule, Beruf) gibt es für jeden 'auslösende Situationen' für das Trinken von Alkohol und damit vielleicht auch für die Alkoholabhängigkeit. Hierbei wirken immer zwei Ursachen zusammen, eine 'personinterne', die in der eigenen Persönlichkeit liegt, und eine 'personexterne', die sich in äußeren Einflüssen des sozialen Umfelds manifestiert. Um diese sehr theoretische Aussage zu veranschaulichen möchte ich die für mich auslösende Situation zum Trinken von Alkohol und damit auch für die Alkoholkrankheit erzählen. Ich ging in Bayern ins Gymnasium und da dort Bier als Nahrungsmittel angesehen wird, ist es üblich, mindestens einmal eine Brauereibesichtigung durchzuführen. An einem Wandertag war dies also der krönende Abschluß. Nachdem uns der Braumeister alles gezeigt hatte, lud er uns in den Bierkeller zur Bierprobe ein. Es war schon ein großes Holzfaß vorbereitet, und jeder erhielt eine Maß, also einen Liter Bier. Einer der ältesten in der Klasse hatte schon viel Erfahrung im Biertrinken und gab damit an, daß er die Maß auf einen Zug austrinken könne. Danach fragte er uns herausfordernd, wer das auch schaffen würde? Ich war mit 15 Jahren der jüngste in der Klasse und hatte bisher nur mal am Bierglas meines Vaters genippt, jedoch nie viel davon getrunken, weil es mir zu bitter war. Jedoch besaß ich eine gewisse 'Disposition' (Tageslichtprojektor), also eine Veranlagung, die in meiner Person lag, gern große Flüssigkeitsmengen, so z.B. Limo, Milch, Apfelsaft nach dem Sport zu trinken, ohne daß dies meinem Magen schadete. Deshalb wußte ich, daß ich den Liter schaffen würde und setzte den Krug

Abbildung 34: Abschrift der Tageslichtprojektorfolie:
Modell zur Entstehung von Alkoholabhängigkeit

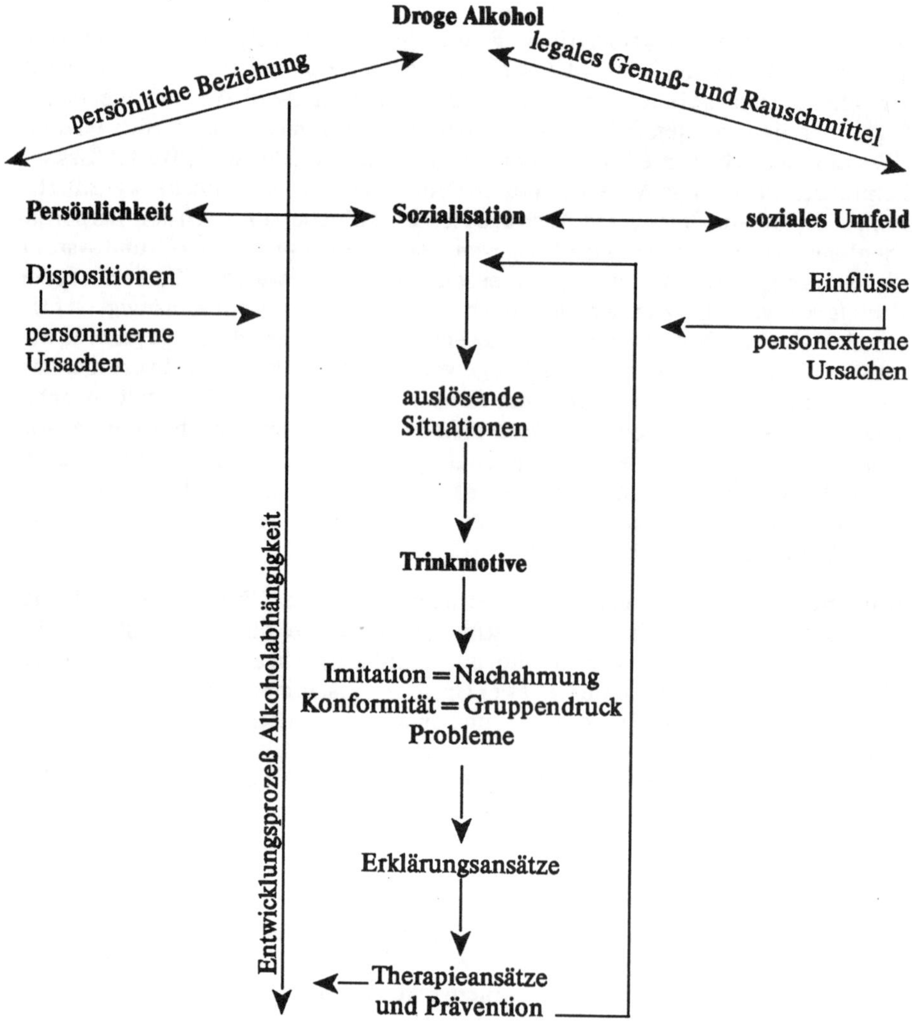

an. Auf einen Zug leerte ich ihn und nun kam die Reaktion: Von außen, dem sozialen Umfeld, meiner Klasse und dem Lehrer Beifall – und von innen fühlte ich mich emotional richtig entspannt und high, so daß ich noch etliche Maßen trank, ohne daß mir schlecht wurde. Am anderen Tag nach Schulschluß forderte mich dann die Clique der Biertrinker auf, mit zum Frühschoppen ins Wirtshaus zu gehen, da ich ja jetzt als 'gestandener bayerischer Mann' zu ihnen gehöre, was ich auch gerne tat. Anders war es bei einem Klassenkameraden, wie dieser mir später erzählte. Er hatte nur eine Maß Bier in der Brauerei getrunken, jedoch wurde es ihm daraufhin so schlecht, daß er wochenlang kein Bier mehr anrührte. Mir aber bekam es zunächst gut und so trank ich täglich Bier, ohne jedoch schon alkoholkrank zu sein.

Um den Entwicklungsprozeß dorthin zu verstehen, müssen wir uns die Trinkmotive anschauen, die zum Trinken von Alkohol führen. Diese treffen nicht nur auf mich zu, sondern auf jede Entwicklung hin zur Alkoholkrankheit, wie es wissenschaftlich erforscht wurde. Als erstes Trinkmotiv (am Tageslichtprojektor eingeblendet) haben wir die Imitation oder Nachahmung. Wie Ihr wißt, ahmte ich meinen älteren Klassenkameraden in der Brauerei nach. Habt Ihr mal etwas ähnliches erlebt?" Die Schüler berichten jetzt über eigene Erfahrungen, z.B. Imitation der Eltern und Einflüsse aus der Werbung und dem Fernsehen. Ein Schüler trank z.B. seinen ersten Whisky, als er alleine zuhause die Fernsehserie Dallas sah und er immer, wenn sich J.R. einen Whisky einschenkte, an der Hausbar des Vaters bediente.

"Das zweite Trinkmotiv besteht in der Konformität, also dem Gruppendruck. Wer könnte das erklären?" Es werden nun Erfahrungen der Schüler geschildert, wie sie durch den Druck der Clique Dinge taten, die sie alleine nicht durchgeführt hätten, und dies nicht nur bezogen auf Drogen (z.B. die erste Zigarette in der Clique), sondern auch z.B. als Mutprobe etwas aus einem Supermarkt stehlen.

"Nun, durch Nachahmung oder Gruppendruck kommt bestimmt jeder mal zum Alkoholtrinken, nur führen diese Trinkmotive selten zur Alkoholkrankheit. Hauptursache hierfür liegt im Problemtrinken, was ich Euch wieder durch meine Erfahrungen veranschaulichen will. Vom 15. bis 19. Lebensjahr trank ich aus Lebensfreude Alkohol, ich hatte eine Freundin und fühlte mich in meiner Klassengemeinschaft sehr wohl, hatte kaum Probleme. Das wurde anders, als ich mit 19 Jahren von zuhause wegging, in cinc Großstadt zum Studium. Die Eltern, die Freundin und die Klassenkameraden waren weg und ich fühlte mich unter den Tausenden von Studenten sehr allein. Hier kam nun ein entscheidender Einschnitt in meiner Beziehung zum Alkohol. Da ich ja wußte, daß ich mich nach dem Genuß von Bier wohl und entspannt fühlte, ging ich zum erstenmal allein in eine Kneipe, trank etliche Biere, um mich aufzuheitern. Dies – so weiß ich heute – war der eigentliche Einstieg in die Alkoholabhängigkeit. Dann bei immer kleineren Problemen – z.B. Angst vor dem Zahnarzt, Referat an der Universität – trank ich immer mehr Alkohol, auch Wein und Schnaps, weil dies schneller wirkte als Bier. Das Lehrerexamen kam auf mich zu und mit Alkohol als Beruhigungs- und Aufputschmittel schaffte ich die Prüfungen ausgezeichnet, was mir nochmals bestätigte, wie toll doch der Alkohol ist, bis – ja bis eines morgens dann vor dem Unterricht das große Zittern kam. Nachdem ich jahrelang gefühlsmäßig vom Alkohol abhängig gewesen war, ging dies nun auch in eine körperliche Abhängigkeit über, d.h. ohne Alkohol kamen die Entzugserscheinungen und ich konnte alleine nicht mehr aufhören, hatte also den Kontrollverlust. Es gibt nun verschiedene 'Erklärungsansätze', warum dies bei einem Menschen eintritt, bei einem anderen nicht, jedoch ist noch keine Erklärung wissenschaftlich vollkommen abgesichert, vor allem was die Tatsache betrifft, daß dieser Kontrollverlust nicht mehr verlernt werden kann, d.h. wenn ich nach einem Entzug im Krankenhaus Alkohol trinke, kommt der Kontrollverlust in kürzester Zeit wieder zurück. Das konnte ich am Anfang gar nicht glauben, aber heute nach ca. 20 Aufenthalten im Krankenhaus akzeptiere ich es. Bei diesem Prozeß, seine Krankheit anzunehmen, versuchen die 'Therapieansätze' (Tageslichtprojektor) zu helfen, die jedoch sehr spät im 'Entwicklungsprozeß Alkoholabhängigkeit' einsetzen. Wichtiger für Euch heute jedoch ist die 'Prävention', also die Vorbeugung, die sehr früh in der Sozialisation einsetzen sollte, damit Ihr nicht alkoholkrank werdet. Was jeder dabei tun kann, wollen wir uns jetzt mal überlegen!"

2.3.4. Erarbeitung suchtvorbeugender Verhaltenstips und alternativer Verhaltensstrategien

"Betrachtet Euch bitte nochmal die drei Trinkmotive Nachahmung, Gruppendruck und Probleme. Wenn ich nun die mögliche Verursachung einer Erkrankung kenne, so kann ich hieraus suchtvorbeugende Verhaltenstips ableiten, damit ich nicht alkoholkrank werde. Wie könnte so ein Tip bei dem ersten Trinkmotiv lauten?" In Klassen, die an Gruppenarbeit gewöhnt sind, diskutieren die Schüler in dieser Form miteinander, ansonsten im Unterrichtsgespräch, bis wir uns darauf einigen, keinen Alkohol zu trinken, nur um jemanden zu imitieren, sei dies nun ein Familienmitglied, ein Freund, ein Idol oder jemand aus der Werbung. Suchtvorbeugender Verhaltenstip Nr. 1 erscheint nun am Tageslichtprojektor. Die entsprechende Folie ist auf der nächsten Seite als Abschrift abgebildet.

"Betrachten wir uns jetzt das 2. Trinkmotiv, den Gruppendruck. Wie könnte man hier einen suchtvorbeugenden Verhaltenstip formulieren?" Nach kurzem Gespräch steht die Formulierung des 2. Tips, nämlich keinen Alkohol aus Konformität zu trinken. Nachdem die Schüler einige Erfahrungen aus ihrer Clique erzählt haben, wo es zum Gruppendruck kommen könnte – z.B. Feiern, Ausflüge, Disco u.s.w. – versuche ich noch einen zweiten Aspekt zu erarbeiten. "Wichtig ist es also, wenn man selbst keinen Alkohol trinken will, nein zu sagen, dem Gruppendruck zu widerstehen. Was kann aber jeder noch tun, um erst gar keinen Gruppendruck aufkommen zu lassen?" An dieser Stelle erfolgte bisher immer die Antwort, daß man selbst auch keinen Druck auf jemanden ausüben sollte, der nicht Alkohol trinken will.

Nachdem auch der 3. Verhaltenstip durch die Schüler erarbeitet, formuliert wurde und am Tageslichtprojektor erscheint, verweilen wir hier etwas länger, weil er der wichtigste ist. "Ich habe hier bei 'Probleme' in Klammern 'Ängste, Konflikte, Spannungen' geschrieben. Wer könnte hierfür Beispiele nennen, die vielleicht zum Alkoholtrinken führen?" Es werden nun erdachte, aber auch selbst erfahrene Situationen geschildert, z.B. Angst mit einem schlechten Zeugnis nachhause zu kommen, Konflikte mit Freund/Freundin, Spannungen mit den Eltern oder Lehrern. Auf meine Frage "Was passiert nun, wenn einer z.B. Prüfungsangst hat und Alkohol trinkt?" erarbeiten die Schüler, daß dadurch das Problem zwar kurz verschwindet, verdrängt wird, hinterher aber um so größer ist, da ja Zeit fürs Lernen verloren wurde. Deshalb meine Frage: "Was kann man denn tun, wenn man ein Problem hat, aber keinen Alkohol trinken will?" Es werden nun die zwei wesentlichen alternativen Verhaltensstrategien von den Schülern erarbeitet. Nämlich zunächst einmal mit einem Menschen, zu dem man Vertrauen hat, sprechen, seine Nöte darstellen, was zunächst seelisch erleichtert, aber vielleicht auch ein Hilfsangebot eröffnet. Zum anderen, daß man dann selbst aktiv etwas unternehmen, das Problem anpacken muß, z.B. bei Prüfungsangst lieber etwas lernen, was die Angst reduziert – wobei eine gewisse Anspannung auch positiv für eine gute Leistung ist –, oder bei Liebeskummer die Aussprache mit dem Freund oder der Freundin suchen, als Alkohol zu trinken. Abschließend haben die Schüler wieder, wie beim Schluß jedes Abschnitts des Unterrichts, die Möglichkeit Fragen zu stellen oder sich zu äußern.

Abbildung 35: Abschrift der Tageslichtprojektorfolie:

Suchtvorbeugende Verhaltenstips

1. Trinke keinen Alkohol,
   um jemanden **zu imitieren (nachzuahmen).**

2. Trinke keinen Alkohol
   aus Konformität (Gruppendruck).

3. Trinke keinen Alkohol,
   um **Probleme (Ängste, Konflikte, Spannungen) zu verdrängen.**

2.3.5. Modell zur Behandlung von Alkoholabhängigkeit

2.3.5.1. Therapiekette

Abbildung 36: Abschrift der Tageslichtprojektorfolie:

Modell zur Behandlung von Alkoholabhängigkeit (Therapiekette)

Entgiftung ⟶	**Fachklinik** ⟶	**Nachsorge**
↓	↓	↓
bis zu 14 Tage, mit Hilfe von Medikamenten im Krankenhaus	Überblick	Besuch von Gruppenstunden und Beratungsstellen

Als Ausgangspunkt erscheint hier neben der Überschrift zunächst nur die Therapiekette 'Entgiftung, Fachklinik, Nachsorge' auf der auf der vorhergehenden Seite abgebildeten Tageslichtprojektorfolie, um die darunter stehenden Erläuterungen sukzessive folgen zu lassen, wobei der 'Überblick' unter 'Fachklinik' auf die nächste Folie verweist. Was die Entgiftung – die bis zu 14 Tage dauern kann – betrifft, so erinnern sich viele Schüler, daß Harry in der Diaserie deshalb im Krankenhaus gewesen war. Ich erläutere, daß hierbei den Patienten durch Medikamente geholfen wird, den Entzug zu lindern, weise aber auch darauf hin, daß die Gefahr einer Suchtverlagerung vom Alkohol zu Tabletten gegeben ist. Ferner spreche ich spätestens an dieser Stelle – meist wird jedoch die Problematik schon viel eher von den Schülern eingebracht – die Tatsache an, daß Verlauf und Behandlung der Medikamentenabhängigkeit ähnlich der der Alkoholkrankheit sind. Bevor nun näher auf die 3-6 monatige Behandlung in der Fachklinik eingegangen wird, hebe ich die Bedeutung der Nachsorge hervor, die beinhaltet, daß es für den trockenen Alkoholkranken wichtig ist, nach erfolgreicher Therapie Gruppenabende zu besuchen, um bei Mitbetroffenen Aussprache und Hilfe zu erfahren, ferner bei Problemen die Beratungsstelle aufzusuchen, um auch dort über Schwierigkeiten zu sprechen, um zu Lösungen ohne Alkohol zu gelangen.

2.3.5.2. Motivation

Voraussetzung für eine erfolgreiche Behandlung in einer Fachklinik ist die Motivation, also die Krankheitseinsicht und der feste Wille der Betroffenen, mit dem Alkoholtrinken für immer Schluß zu machen. Aus eigener Erfahrung veranschauliche ich den Schülern dies folgendermaßen: "Ich habe zwei solche Langzeittherapien in Fachkliniken mitgemacht, wobei die erste erfolglos war. Ich war damals schon einige Jahre im Schuldienst, als morgens das große Zittern kam, ich zwar aufhören wollte, aber nicht konnte. Durch den Kontrollverlust wurde es immer schlimmer, bis ich eines Tages so betrunken in die Schule kam, daß ich nicht mehr die Treppe hinaufgehen konnte. Der Rektor schickte mich mit einem Taxi heim und später mußte ich mich beim Amtsarzt melden. Dieser sagte mir, daß ich alkoholkrank sei und eine Therapie mitmachen müsse, sonst droht die Entlassung. Auch meine erste Ehefrau stellte mich vor die Entscheidung: Entweder Behandlung oder Scheidung. Obwohl ich damals noch nicht so weit war, daß ich mir eingestehen konnte alkoholkrank zu sein, ging ich wegen des äußeren Drucks in die Fachklinik. Ohne den festen Willen, wirklich aufzuhören, kam kurz nach Beendigung der Behandlung der Rückfall, also das erste Glas Alkohol und innerhalb kürzester Zeit der Kontrollverlust. Ich fuhr mit meinem Auto in eine Polizeikontrolle und das Ergebnis der Blutprobe war 3,2 Promille. Dies wurde dem Schulamt gemeldet und ich entlassen. Danach ließ sich meine Frau scheiden und ich trank durch die sich für mich ins Unendliche vergrößernden Probleme immer mehr. Meine Eltern und auch manchmal völlig fremde Menschen mußten mich häufig ins Krankenhaus zur Entgiftung bringen. Dies ging immer so weiter, bis – ja, bis ich an dem Punkt angelangt war, an dem i c h selbst zu mir sagte, jetzt ist Schluß mit dem Alkohol! Dies bezeichnet man als den persönlichen Tiefpunkt in der Karriere eines Alkoholkranken, der bei mir folgendermaßen aussah: Es war ungefähr die zwanzigste Entgiftung im Krankenhaus. Da mein Kreislauf schon sehr geschwächt war, hatte man mich an ein Gerät angeschlossen, das den Herzschlag anzeigte und immer tüt-tüt-tüt machte. Ich hatte sehr starke Entzugserscheinungen, Zittern, Magenkrämpfe, auch schon Wahnvorstellungen (Delirium) und auf einmal hörte ich nicht mehr tüt-tüt-tüt, sondern ein langgezogenes tüüüüt. Ich wußte, daß dies Herzstillstand bedeutete, sofort kamen Schwestern und Ärzte gerannt und ich kämpfte mit ihnen zusammen um mein Leben. In diesem Kampf, das war vor 9 Jahren, habe ich mir geschworen, wenn ich es überlebe, dann nie mehr einen Tropfen Alkohol! Ich habe überlebt, dann noch erfolgreich eine Therapie mitgemacht, und seitdem bin ich trocken. Dieser Tiefpunkt muß jedoch nicht immer so haarscharf am Tode vorbeiführen wie bei mir. In einem anderen Fall hat schon das Lachen der kleinen Tochter eines Alkoholkranken genügt. Auch dieser bekam morgens das große Zittern, so daß er beim Frühstück Kaffee auf sein Hemd schüttete. Hierüber brach seine kleine Tochter in Lachen aus, was ihn gefühlsmäßig so sehr traf, daß er sich entschloß zur Entgiftung ins Krankenhaus zu gehen und anschließend zur Therapie in die Fachklinik. Ihr seht, dieser persönliche Tiefpunkt, der die Wende bedeutet, kann individuell ganz verschieden sein, nur erreichen ihn manche leider nie und landen dann irgendwann entweder in einer geschlossenen psychiatrischen Anstalt oder auf dem Friedhof. Wie nun aber eine solche Langzeitbehandlung aussieht, das wollen wir uns jetzt anhand eines Modells im Überblick ansehen."

2.3.5.3. Überblick

Abbildung 37: Abschrift der Tageslichtprojektorfolie:

Modell zur Behandlung von Alkoholabhängigkeit (Überblick Fachklinik)

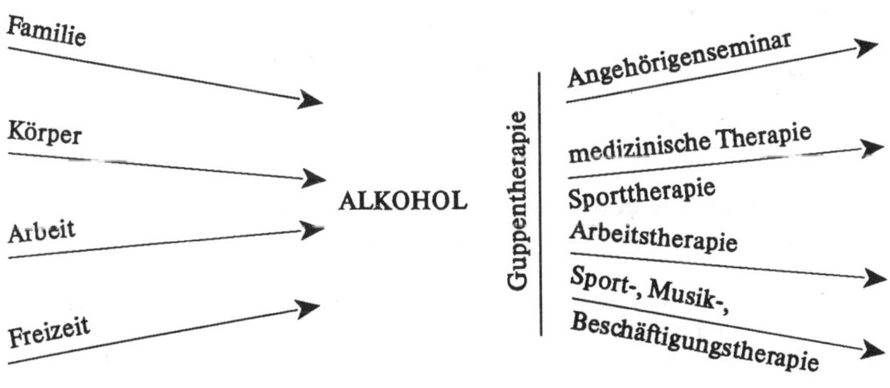

Am Tageslichtprojektor (siehe Folie letzte Seite, die als didaktische Reduktion von Abbildung 15 auf Seite 56 entstand) werden nun die vier in verschiedenen Farben geschriebenen Lebensbereiche bis zu den Pfeilenden, also ohne 'Alkohol' aufgeblendet. Bei der Beantwortung meiner Frage "Wie wirkt sich der Alkohol beim Alkoholkranken in den vier Bereichen aus?" erzählen die Schüler aufgrund eigener Erfahrung oder beziehen sich auf Harry in der Diaserie. Was die Auswirkungen auf die Familie betrifft, so werden chaotische Zustände geschildert, z.B. Verwahrlosung durch die alkoholkranke Mutter, Schläge des Vaters, Hilflosigkeit der Kinder, Unverständnis bei Verwandten.

Beim Körper wiederholen die Schüler, was im Verlaufe des Unterrichts schon angesprochen wurde, also z.B. Leberschädigung, Kreislaufschwäche, Vergiftung, Verweigerung der Nahrungsaufnahme und damit allgemeine Schwächung.

Was die Arbeit betrifft, so wird auf Harry verwiesen, der entlassen wurde, wie ja auch ich selbst, nur deute ich in diesem Zusammenhang darauf hin, daß es nicht jedesmal mit der Entlassung enden muß, es jedoch immer Probleme am Arbeitsplatz gibt.

Bei der Freizeit beziehen die Schüler sich wieder auf Harry, der sie nur mit Trinken verbrachte, am Bahnhof, in Discos und zuhause. Hieran knüpft sich sehr gut meine Frage an: "Auf was deuten denn nun die Pfeile aller Bereiche, was ist der absolute Mittelpunkt im Leben eines Alkoholkranken?" Natürlich kommt als Antwort "Alkohol", was jetzt auch am Tageslichtprojektor aufgeblendet wird.

"Der Alkohol beherrscht also alle Lebensbereiche. Aufgabe der Fachklinik ist es nun, diesen Alkohol für immer zu streichen. (An dieser Stelle lege ich ein auf einem Folienstück vorbereitetes Kreuz –X– auf den 'Alkohol', um die Streichung auch visuell zu verdeutlichen.) Durch den Wegfall des Alkohols entsteht nun jedoch ein Vakuum, ein Freiraum, in den hinein etwas anstelle des Alkohols gesetzt werden muß. Das ist als erstes die Gruppentherapie (wird am Tageslichtprojektor aufgeblendet), bei der sich 10-15 Patientinnen und Patienten mit einem oder zwei Therapeuten regelmäßig treffen, um Rückschau zu halten, wie es früher bei jedem mit dem Trinken gelaufen ist, aber auch – was noch viel wichtiger ist – nach vorne zu schauen, was jeder tun kann, um nicht wieder rückfällig zu werden. Wir werden uns nach diesem Überblick so eine Therapiestunde dann genauer anschauen.

Neben der Gruppentherapie gibt es für den Bereich der Familie das Angehörigenseminar. (Wird am Tageslichtprojektor aufgeblendet.) Warum wird es wohl wichtig sein, die Familienmitglieder an mehreren Wochenenden mit in die Behandlung einzubeziehen?" Hier antworten die Schüler vor allem, daß sie den Betroffenen nach der Therapie helfen können, das erste Glas Alkohol stehen zu lassen, aber auch, daß Schuldzuweisungen ungerecht wären, da der oder die Betroffene ja nicht aus lauter Spaß soviel getrunken hat, sicher auch sogar aufhören wollte, aber ohne fremde Hilfe nicht konnte, also krank ist.

"Für den Körper gibt es nun die medizinische Therapie und die Sporttherapie. Wie können diese helfen?" Die Schüler äußern, daß durch die Medizin z.B. die Leber und der Kreislauf Unterstützung erfahren und daß durch den Sport der Körper wieder gekräftigt und fit wird. Ich ergänze, daß der Sport noch eine andere Funktion hat, die jeder auch selbst ausprobieren kann: "Stellt Euch vor, Ihr habt vor etwas große Angst, z.B. vor einer Prüfung, oder Ihr seid sehr wütend. Habt Ihr nun einen Lieblingssport, z.B. Schwimmen oder Waldlauf, so schwimmt oder rennt dann mal ganz wild und Ihr werdet merken, wie sich die körperliche Anspannung und die dann folgende Entspannung auch auf Euer Gefühl und Eueren Verstand entspannend und beruhigend auswirkt. Diese Tatsache wird in der Sporttherapie bewußt eingesetzt, um Anspannungen, deretwegen ja früher oft getrunken wurde, auf natürliche Weise zu entspannen.

Im nächsten Bereich, der Arbeitstherapie, kommt es darauf an, in Schlosserei oder Schreinerei, die der Fachklinik angegliedert sind, wieder regelmäßig arbeiten zu lernen. Außerdem wird durch die Arbeit in der Gruppe und das Gefühl, wieder etwas leisten zu können, das Selbstwertgefühl jedes einzelnen gesteigert.

Schließlich gibt es für die Freizeit die Sport-, Musik- und Beschäftigungstherapie. Die Sporttherapie haben wir schon besprochen. In der Musiktherapie kann jeder lernen ein Musikinstrument zu spielen, oder auch nur einfach Musik hören, egal ob Rock, Pop, Klassik oder Volksmusik. In der Beschäftigungstherapie hat man die Möglichkeit, ein neues Hobby zu lernen oder ein altes wiederzuentdecken, z.B. Tonwerken, Basteln, Stricken oder Weben. Warum wird es wohl wichtig sein, daß jeder in diesen Therapiebereichen etwas findet, was ihm Spaß bereitet?" Die Schüler verbalisieren jetzt noch einmal, daß durch den Wegfall des Alkohols vor allem in der Freizeit ein Vakuum entsteht, für das sich jeder eine sinnvolle, zum Alkohol alternative und zur Arbeit ausgleichende Beschäftigung suchen muß, die ihm auch Spaß bereitet.

2.3.5.4. Therapiestunde 'Das 1. Glas' mit Lernzielkontrolle

Anhand der Therapiestunde 'Das 1. Glas', die in Abschnitt 2 des IV. Kapitels als 'Ablehnung von Alkohol im Rollenspiel' ausführlich dargestellt wurde, können sich dic Schüler einen Einblick in die Gruppentherapie verschaffen, gleichzeitig dient sie auch einer Wiederholung wichtiger Kriterien der Alkoholkrankheit und somit auch einer gewissen Lernzielkontrolle.

"Stellt Euch vor, eine Therapiegruppe wird in ein paar Tagen nach mehrmonatigem Aufenthalt in der Fachklinik entlassen. Eine der letzten Gruppenstunden hat nun das Thema 'Das 1. Glas', gemeint ist natürlich mit Alkohol. (Nur die Überschrift der auf Seite 100 abgebildeten Tageslichtprojektorfolie wird aufgeblendet.) Warum wird eine Therapiestunde mit diesem Thema so sehr wichtig sein für die Betroffenen?" Im freien Unterrichtsgespräch erarbeiten die Schüler nun nochmals die Tatsache, daß mit diesem 1. Glas der Teufelskreis des Kontrollverlusts wieder beginnt, die Betroffenen also aus eigener Kraft nicht mehr aufhören können zu trinken. Zur Veranschaulichung und Vertiefung bringe ich den Vergleich mit einem Computer: "Stellt Euch vor, daß in einem Computer ein Programm eingespeichert wurde, das man nicht mehr löschen kann und das man durch einen Knopfdruck von außen zum Ablauf bringt. Dieses Programm ist der Zwang, nach dem 1. Glas weitertrinken zu müssen und der Knopfdruck, der dies auslöst, ist das 1. Glas Alkohol, das ein Alkoholkranker trinkt. Er selbst kann das Programm, wie der Computer, alleine nicht stoppen, nur von außen durch fremde Hilfe kann es zum Stillstand gebracht werden. Deshalb ist ein Alkoholkranker auch nie geheilt, so daß er wieder kontrolliert trinken kann, sondern er kann seine Krankheit lediglich zum Stillstand bringen." Auf meine Frage "Wie könnte man nun das Ziel dieser Gruppenstunde mit dem Thema 'Das 1. Glas' formulieren?" wird mit "nicht trinken", "stehenlassen" oder "ablehnen" geantwortet. 'Ablehnung' erscheint nun am Tageslichtprojektor und ich erkläre, daß es zwei Möglichkeiten einer Aufforderung zum Trinken von Alkohol gibt:

"Als erstes eine Aufforderung von außen. Das kann ein 'oberflächlicher Bekannter' sein (wird am Tageslichtprojektor eingeblendet), den ich – bedingt durch die mehrmonatige Therapie – lange nicht getroffen habe. Zum Beispiel ein Nachbar, der mich zu einem Bier einlädt. Diese Situation wird nun von den Patienten im Rollenspiel durchgeführt. Einer übernimmt die Funktion des Nachbarn, der zum Trinken animiert, ein anderer spielt sich selbst, der ablehnt und 'Nein danke' sagt. Das ist deshalb so wichtig, weil er sich ja früher immer gefreut hat, wenn ihn einer zum Bier eingeladen hat. Dieses 'Nein danke' bedarf eigentlich keiner Begründung, denn jeder – auch Ihr, wenn Ihr in Euerer Clique zum Trinken aufgefordert werdet – hat das Recht nein zu sagen. Für den Alkoholkranken ist es gut 'ich trinke keinen Alkohol' noch hinzuzufügen, um das Anbieten weiterer alkoholischer Getränke von vornherein zu unterbinden. Treffe ich nun einen alten Freund, zu dem ich eine vertrauensvolle Beziehung habe, und dieser bietet mir Alkohol an, so werde ich ihm – ähnlich wie ich es Euch geschildert habe – von meinem Krankheitsverlauf erzählen. Ein wirklich guter Freund wird es dann in Zukunft unterlassen, mich zum Trinken zu animieren, denn er möchte mich das nächstemal wohl kaum im Krankenhaus oder auf dem Friedhof besuchen. Schwierig kann es auch werden, wenn z.B. ein Vorgesetzter in der Firma Geburtstag feiert und allen Mitarbeitern ein Glas Sekt anbietet. Hier hat es sich in der Praxis als nützlich erwiesen, wenn die Betroffenen darauf hinweisen, daß sie bei Alkoholgenuß arbeitsunfähig werden, was ja ein Chef möglichst verhindern will. Noch gefährlicher kann es werden, wenn mehrere Freunde zum Trinken auffordern. Was entsteht nämlich dann für den Betroffenen?" An dieser Stelle erarbeiten die Schüler nochmals die Funktion und Gefährlichkeit des Gruppendrucks und die Bedeutung für den Alkoholkranken, diesem Druck zu widerstehen.

"Alle diese 'Aufforderungen von außen' werden nun im abwechselnden Rollenspiel durchtrainiert. Jedoch gibt es auch noch eine andere Aufforderung, die nicht von außen kommt, sondern – ?" Hier kommen immer einige Schüler auf die 'Aufforderung von innen' und im gelenkten Unterrichtsgespräch auch darauf, daß diese vom 'Gefühl' der Betroffenen ausgeht. "Es gibt also Situationen, in denen einfach so das Gefühl nach Alkohol verlangt (wird am Tageslichtprojektor eingeblendet), ohne ersichtlichen äußeren Anlaß. Nur darf der Alkoholkranke diesem Gefühl nicht nachgeben, weshalb ich die grüne Linie mit Unterbrechungen gezeichnet habe. Wie kann er nun diesem Gefühl nach Alkohol widerstehen, was hat der Mensch noch neben seinem Gefühl?" Als Antwort hierauf kommt durch die Schüler immer, daß er noch seinen Verstand hat und seine Willenskraft. Am Tageslichtprojektor erscheint nun die nächste Zeile: "Sein Verstand muß also nein sagen und dadurch die Willenskraft aktivieren, um das 1. Glas stehenzulassen! Auch das wird versucht, in der Gruppentherapie zu trainieren, indem sich jeder bei verschlossenen Augen die schlimmste Situation, die er mit dem Alkohol erlebt hat, vorstellt und diese dann auch in der Gruppe erzählt, ich z.B. von meinem kurzfristigen Herzstillstand im Entzug. Nun versucht sich jeder seine Situation ganz fest einzuprägen. Später, wenn das Gefühl nach Alkohol verlangt, hilft ihm dies, sich bewußt daran erinnern zu können, um so dem nach Alkohol verlangenden Gefühl ein negatives Gefühl gegenüberzustellen, das es dann dem Verstand ermöglicht, nein zu sagen und den Alkohol stehen zu lassen.

Es gibt nun bestimmte Situationen nach der Therapie, in denen dieses Gefühl nach Alkohol sicher auftauchen wird. Diese werden auch in der Gruppe durchgespielt. So z.B. eine zufällige Konfrontation mit dem Alkohol in einem Geschenkkarton oder beim Entdecken eines Restbestandes im Keller, im Kleiderschrank u.s.w., den sich der Alkoholkranke als Vorrat angelegt hatte. Ferner bei bestimmten Gewohnheiten, z.B. immer bei der Sportschau Bier und Schnaps zu trinken oder beim Einkaufen. Bei Männern z.B. wenn sie früh am Kiosk immer zur Zeitung einen Flachmann Schnaps kauften, oder bei Frauen, die mit ihren Einkaufswagen im Supermarkt schon automatisch an den Regalen mit Likör oder Wein anhielten. Außerdem in Situationen, in denen der Alkohol eine positive Rolle spielte, z.B. bei bestandener Prüfung, Hochzeit, Feiern u.s.w. und vor allem aber bei Problemen, sozialen Spannungen wie Scheidung oder Arbeitslosigkeit. In allen diesen Situationen wurde Alkohol getrunken und wenn sie wieder aktuell sein werden, wird auch das Gefühl des Alkoholkranken danach verlangen. Dann muß er seinen Verstand einsetzen, um das 1. Glas stehenzulassen, denn schafft er dies nicht, wird also die grüne Linie anstelle der roten (am Tageslichtprojektor) realisiert, beginnt der Teufelskreis des Kontrollverlusts von vorne."

Zum Abschluß der Doppelstunde, die immer mit dem Einverständnis der Schüler ohne Kurzpause durchgeführt wurde, komme ich dann nochmal auf die vorbeugenden Verhaltenstips zurück, die ja helfen sollen, die Alkoholkrankheit zu verhindern. Jeder Schüler erhält ein Merkblatt mit den Verhaltenstips (Anhang 5), auf dem auch meine Anschrift mit Telefonnummer stehen, falls jemand einmal Hilfe durch eine Beratungsstelle benötigen sollte. Schließlich bleiben meistens noch einige Minuten für Fragen und Äußerungen der Schüler. In diesem Zusammenhang wird dann auch auf das Problem eingegangen, wann denn nun Alkohol gefahrlos getrunken werden kann. Meine Antwort lautet dann: Nur Alkohol zu trinken, wenn man sich wohl fühlt, also aus Lebensfreude und auch dann nur in geringen Mengen und nie, wenn man sich durch Probleme in Spannungszuständen befindet. Nicht selten bespreche ich dann noch in der anschließenden Pause Einzelfragen von Schülern und auch Lehrern oder vereinbare bei tiefergehenden Problemen einen Beratungstermin.

3. Auswertung einer das Unterrichtsmodell begleitenden empirischen Untersuchung

3.1. Ziel der Befragung

Wie schon bei der Darstellung der Rahmenbedingungen erwähnt entwickelten wir auf Anregung von Dr. KLETT vom Staatlichen Gesundheitsamt Heidelberg einen Fragebogen, den ich mit Genehmigung des Staatlichen Schulamtes Heidelberg in einigen Klassen von Haupt- und Realschulen im Rhein-Neckar-Kreis vor und nach dem Unterricht einsetzen konnte. Auf Intervention des Schulamtes mußten wir jedoch kurzfristig einige, nach Auffassung des Schulamtes zu sehr die Intimsphäre der Familie tangierende Fragen weglassen, wie es in Anhang 4 ersichtlich ist, indem die originären ersten beiden Seiten durch die zwei folgenden ersetzt wurden. Nichtsdestotrotz blieb unser Ziel – neben einer Evaluation des Unterrichtsmodells – durch die Fragebogenaktion – gemäß dem lerntheoretisch-didaktischen Modell nach HEIMANN/SCHULZ auf Seite 13 – die Bedingungsfelder der anthropologischen und soziokulturellen Voraussetzungen bei den Schülern in Relation zu Alkohol und Drogen zu analysieren, um hierdurch zukünftige Möglichkeiten für die Entscheidungsfelder Intention, Inhalt, Methode und Medien einer umfassenderen Drogenprävention zu eröffnen.

3.2. Altersverteilung

Es wurden insgesamt 96 Mädchen und Jungen im Alter von 12 bis 17 Jahren befragt, deren Altersverteilung in Abbildung 38 auf dieser Seite ersichtlich ist.

Abbildung 38: Altersverteilung

Alter	Gesamt	Mädchen	Jungen
unter 13 Jahre	5	4	1
14 Jahre	29	13	16
15 Jahre	40	18	22
16 Jahre	20	9	11
17 Jahre	2	2	–
N=	96	46	50
Mittelwert	14.83	14.8	14.86

3.3. Das Erhebungsinstrument

Das Erhebungsinstrument sollte speziell Aufschluß über folgende Bereiche geben:
- wann und wo Jugendliche mit Alkohol in Kontakt kommen,
- welches Wissen sie über die Wirkungen von Alkohol haben,
- wie sie den Gebrauch und Mißbrauch von Alkohol bewerten,
- welche prophylaktischen Maßnahmen sie akzeptieren,
- welche Kenntnisse sie über die Wirkungen von Alkohol bei gleichzeitiger Einnahme von anderen Drogen haben,
- und welches Wissen sie generell von gesetzlich verbotenen Drogen haben.

Zu diesen einzelnen Themenbereichen wurden den Schülern 29 Fragen vorgelegt, die sie auf unterschiedliche Weise zu beantworten hatten. So sollten die Jugendlichen entweder die richtige Antwort unter mehreren Antwortvorgaben herausfinden (multiple-choice-Verfahren) oder eine Aussage anhand einer Skala von 1-5 bewerten (1= ganz richtig, 2= überwiegend richtig, 3= weiß nicht, 4= überwiegend falsch, 5= ganz falsch) oder aber einfach die Antwortkategorie wählen, die auf die eigene Person am ehesten zutrifft.

Die nachfolgenden Abschnitte stellen die Auswertung der empirischen Befragung dar, wobei zunächst auf die Beziehung der Jugendlichen zum Alkohol eingegangen wird – differenziert in ihr Verhalten im sozialen Kontext, ihre Kenntnisse zum Thema Alkohol und über Alkoholmißbrauch –, um anschließend Unterschiede ihrer Einschätzungen zum Thema Alkohol vor und nach der Unterrichtseinheit aufzuzeigen und abschließend ihr allgemeines Wissen über Drogen zu konstatieren.

3.4. Alkohol im Blickpunkt von Jugendlichen

3.4.1. Verhalten der Jugendlichen im sozialen Kontext

Als die beiden bedeutendsten sozialen Lebensbereiche von Jugendlichen gelten die Familie und die peer-group. Man geht davon aus, daß mit zunehmendem Alter die Bedeutung der Familie abnimmt, während die der Gleichaltrigengruppe (Clique) zunimmt. Bei der generellen Bedeutung der Familie als Vorbild ist anzunehmen, daß auch Trinkgewohnheiten, bzw. der Umgang mit Alkohol bereits im elterlichen Haushalt vorgelebt werden, daß aber erste eigene Erfahrungen mit Alkohol vermutlich erst zu einem Zeitpunkt erfolgen, in dem die Clique bereits an Bedeutung gewonnen hat. Es wurde daher sowohl nach den Alkoholbeständen in der Familie als auch nach den Trinkgewohnheiten innerhalb der Clique gefragt. Die folgende Abbildung zeigt den Bestand alkoholischer Getränke in den elterlichen Haushalten.

Abbildung 39: Alkoholische Getränke im Haushalt der Herkunftsfamilie (absolute Zahlen)

	immer	gelegentl.	nie
Bier	50	31	11
Wein	50	33	9
Schnaps	24	38	27
N=		96	

Überraschenderweise ist in nur drei Haushalten überhaupt kein Alkohol vorhanden, während in fast allen Familien Bier und Wein offenbar regelmäßig vorhanden und, was noch wichtiger ist, den Jugendlichen auch zugänglich sind. Harte alkoholische Getränke finden sich dagegen in wesentlich weniger Haushalten. Das deutet darauf hin, daß Bier und Wein deutlich anders bewertet werden als Schnäpse, sie gehören zu den alltäglichen Alkoholika, während hochprozentige Getränke eher zu den Ausnahmen zählen. Zwar kann man daraus keineswegs auf den alltäglichen Genuß von Alkohol im Elternhaus schließen, wohl aber, daß Jugendliche früh die Alltäglichkeit von Alkohol und – wahrscheinlich – auch den Umgang mit ihm erfahren. Das Vorbild des Elternhauses wird bestärkt durch die Angaben, in welchem sozialen Rahmen die Jugendlichen zum erstenmal Alkohol genossen haben. Entgegen der Annahme, daß dies erst in einem Alter geschieht, in dem die Clique an Relevanz gewonnen hat, zeigt sich, daß der Erstkontakt bei fast allen nicht in der Clique sondern in der Familie erfolgte (18 : 55). Nach den vorliegenden Daten kann die Clique bei den ersten Erfahrungen mit Alkohol gar nicht die angenommene Bedeutung haben, da der erste Kontakt mit Alkohol bereits in einem Alter erfolgt, in dem normalerweise die Bedeutung der Gleichaltrigen hinter der der Familie zurücksteht.

Abbildung 40: Zeitpunkt des ersten Kontakts mit Alkohol

Alter	Gesamt	Mädchen	Jungen
6 Jahre	1	–	1
7 Jahre	2	–	2
8 Jahre	–	–	–
9 Jahre	4	–	4
10 Jahre	11	6	5
11 Jahre	4	–	4
12 Jahre	18	10	8
13 Jahre	28	18	10
14 Jahre	10	3	7
15 Jahre	4	1	3
Missings	14	8	6
Mittelwert	12.07	12.39	11.79
N=	96	46	50

Wie die Abbildung 40 eindrücklich zeigt, findet der erste Kontakt mit Alkohol relativ früh und zwar im Elternhaus statt. Ebenfalls wird deutlich, daß der Unterschied zwischen Mädchen und Jungen hinsichtlich des Zeitpunkts des ersten Probierens groß ist. Jungen starten viel früher, einige bereits im Alter unter 10 Jahren. Was die Abbildung auch zeigt, ist, daß der erste Kontakt im Alter von 10 Jahren ansteigt: im Alter bis einschließlich 10 Jahre hatten fast 30 % der Jungen schon Alkohol getrunken. Dagegen prbierten 13 % der Mädchen das erstemal Alkohol im Alter von 10 Jahren. Zum Zeitpunkt der Befragung hatten alle Jugendlichen bereits Erfahrungen mit Alkohol gemacht. Von den befragten Jugendlichen sind nur etwa 39 % in einer festen Clique, von diesen 37 Jugendlichen aber trinken fast 80 % in der Clique gelegentlich Alkohol und etwa 62 % in der Familie. Jugendliche, die nicht einer Clique angehören, trinken offenbar generell seltener. Man sollte hier der Clique nicht den Status der Verführungsinstanz zuweisen, man kann vielmehr annehmen, daß hier bereits allgemein gültige Verhaltensweisen gelebt werden, nämlich Geselligkeit mit Alkoholkonsum zu verknüpfen. Die gesellige Funktion von Alkohol wird weiterhin deutlich, wenn man betrachtet, daß kaum ein befragter Jugendlicher alleine Alkohol konsumiert.

3.4.2. Kenntnisse der Jugendlichen zum Thema Alkohol

Ein Hauptinteresse der Befragung war, die Kenntnisse bzw. die Unkenntnisse der Jugendlichen hinsichtlich der allgemeinen Wirkungen und speziell der körperlichen Auswirkungen von Alkohol näher zu bestimmen. Es zeigt sich hierbei, daß die Schüler im Alter von 12-17 Jahren bereits allgemein gute Grundkenntnisse über die physiologischen Auswirkungen von Alkohol erworben haben. So wissen 73 %, daß Alkohol unmittelbar nach der Aufnahme in den Blutkreislauf gelangt, und immerhin 68 %, daß die gleichzeitige Einnahme von Medikamenten die Wirkung verstärkt. Auch können die Jugendlichen die Wirkung von Alkohol sehr realistisch einschätzen, da sie, wie in Abschnitt 3.4.1. gezeigt wurde, vor dem Befragungszeitpunkt bereits selbst Erfahrungen mit alkoholischen Getränken gemacht hatten.

Abbildung 41: Wirkungen von Alkohol (in %)

Item	richtig	falsch	weiß n.
– regen die Stimmung an	69.8	7.3	19.8
– hemmen das kritische Einschätzungsvermögen	60.4	9.4	27.1
– wirken entspannend	18.7	34.4	43.8
– man fühlt sich stark	46.9	29.2	20.8
– machen taumelig	81.2	5.2	9.4
– schränken das Wahrnehmungsvermögen ein	67.7	9.4	19.8
– machen gereizt	59.4	16.7	19.8
– Hemmungen werden abgebaut	61.4	7.3	28.1
N=	96	46	50

Restprozente = fehlende Angaben

Die Jugendlichen zeigen eine allgemein gute Kenntnis über die Wirkung von Alkohol. Das Item 'macht taumelig' (81.2 %) läßt vermuten, daß sie auch die Wirkung einer größeren Menge Alkohol bereits selbst erfahren haben. Obwohl fast 70 % der Heranwachsenden die einschränkende Wirkung alkoholischer Getränke auf das Wahrnehmungsvermögen und das kritische Einschätzungsvermögen bekannt ist, sehen ebenso viele die stimmungsanregende Wirkung von Alkohol. Unsicherheit herrscht darüber, ob der Alkohol entspannend wirkt oder Hemmungen abbaut. Ein disperates Bild entsteht bei der Einschätzung, ob Alkohol 'stark mache' oder nicht; 47 % bejahen, 30 % verneinen und 31 % sind sich darüber im Unklaren. Mädchen und Jungen scheinen die Wirkung von Alkohol sehr unterschiedlich einzuschätzen. Dies deutet sowohl auf einen unterschiedlichen Gebrauch als auch auf den Konsum unterschiedlicher Mengen alkoholischer Getränke hin. So nehmen mehr Mädchen an, daß Alkohol die Stimmung anrege. Jungen dagegen sehen mehr die problematischen Wirkungen des Alkohols (hemmen das kritische Einschätzungsvermögen; schränken das Wahrnehmungsvermögen ein; machen gereizt; baue Hemmungen ab). Dies wird daran liegen, daß Jungen mehr Erfahrung mit Alkohol haben als Mädchen und von daher die negativen Eigenschaften von Alkohol besser einschätzen können als diese. Der Eindruck wird durch die von Mädchen häufig benutzte Antwortkategorie 'weiß nicht' bestätigt. Ein großer Unterschied besteht hinsichtlich dem Item 'Alkohol mache stark': 14 % mehr Jungen stimmen dieser Aussage zu.

In der folgenden Abbildung ist eine Unterteilung in einige Untergruppen vorgenommen worden:
- Zugehörigkeit bzw. Nicht-Zugehörigkeit zu einer Clique
- früher (bis einschließlich 10 Jahre) bzw. späterer (über 10 Jahre) Erstkontakt mit Alkohol
- Elterliche Haushalte, in denen die drei Alkoholika Bier, Wein und Schnaps entweder immer oder nie/gelegentlich vorhanden sind.

Abbildung 42: Unterteilung in Untergruppen

	Gesamt	Mädchen	Jungen
Nichtmitglieder	50	25	25
Cliquenmitglieder	37	17	20
Erstkontakt Alkohol bis 10 Jahre	18	6	12
Erstkontakt Alkohol > 10 Jahre	64	32	32
Familie mit selten Alkohol	34	17	17
Familie mit Alkohol	18	6	12

Viele der nachfolgenden Fragen wurden anhand dieser Untergruppen differenziert und nach unterschiedlichem Antwortverhalten interpretiert. So auch in der nachfolgenden Abbildung

Abbildung 43: Wirkungen von Alkohol getrennt nach Cliquenzugehörigkeit, erster Kontakt mit Alkohol und Alkohol im elterlichen Haushalt (in %).*

1 = keine Zugehörigkeit zu einer Clique
2 = Zugehörigkeit zu einer Clique
3 = Erstkontakt mit Alkohol im Alter bis einschließlich 10 Jahre
4 = Erstkontakt mit Alkohol im Alter ab 10 Jahre
5 = Familien, die nie oder nur gelegentlich Alkohol im Haus haben
6 = Familien, die ständig Alkohol im Haus haben

*Hierbei wurden die Antwortkategorien „ganz richtig" und „überwiegend richtig" zusammengefaßt.

Item	1	2	3	4	5	6
– regen die Stimmung an	68.0	81.1	95.5	68.8	61.7	82.3
– hemmen kritisches Einschätzungsvermögen	62.0	62.1	77.7	60.9	58.8	64.7
– wirken entspannend	22.0	16.2	16.7	21.9	20.8	76.4
– man fühlt sich stark	52.0	45.9	50.0	50.1	47.0	53.0
– machen taumelig	82.0	86.5	55.6	81.8	73.6	88.
– schränken das Wahrnehmungsvermögen ein	76.0	64.8	51.1	73.4	67.6	70.6
– machen gereizt	64.0	54.0	50.0	65.7	64.8	53.0
– Hemmungen werden abgebaut	60.0	72.9	88.9	64.0	53.0	76.5
N=	50	37	18	64	34	17

Alle drei Faktoren, die Cliquenzugehörigkeit, ein früher Kontakt mit Alkohol und auch Elternhäuser, in denen Alkohol immer präsent ist, nehmen Einfluß auf die Einschätzung der Wirkung von Alkohol. So sehen mehr Cliquenmitglieder als Nichtmitglieder die geselligkeitsfördernden Wirkungen wie 'regen die Stimmung an' (81 % : 68 %) und 'bauen die Hemmungen ab' (73 % : 60 %) von alkoholischen Getränken. Inwiefern Alkohol 'stark mache', darüber sind sich selbst die Cliquenmitglieder uneinig: 46 % stimmen zu und 44 % lehnen ab. Die Auswirkung auf das Wahrnehmungsvermögen alkoholischer Getränke wird immerhin von 16 % der Cliquenmitgliederverneint, dagegen nur von 4 % der Nichtmitglieder. Jugendliche, die bereits in frühen Jahren mit Alkohol in Berührung gekommen sind, schätzen die anregenden Wirkungen von Alkohol höher ein und bewerten die persönlichkeitseinschränkenden Folgen des Alkoholkonsums als weniger gravierend als Jugendliche, die einen späteren Erstkontakt mit Alkohol hatten. Auch von Jugendlichen, deren Eltern regelmäßig alkoholische Getränke im Haushalt haben, wird die stimmungsanregende und Hemmungen abbauende Wirkung höher bewertet. Inwieweit Alkohol entspannt oder gereizt macht, darüber sind sie sich jedoch deutlich unsicherer als Jugendliche aus Familien, in deren Haushalt Alkohol nicht ständig präsent ist. Insgesamt läßt sich wohl festhalten, daß ein ständiger Kontakt mit alkoholischen Getränken im sozialen Umfeld zu einer Reduzierung der kritischen Einschätzungen von Alkohol führt. Nach den gewonnenen Daten von Kenntnissen der Jugendlichen über Alkohol und nach einem Eindruck ihres eigenen Alkoholkonsums sind die Trinkmotive, die die Heranwachsenden angeben, von Interesse.

Abbildung 44: Trinkmotive (Mittelwertvergleich)

Item	Gesamt	Mädchen	Jungen
– weil sie mit ihren Freunden mithalten wollen	2.47	2.35	2.58
– weil sie wie die Erwachsenen sein möchten	2.75	2.95	2.58
– weil sie persönliche Schwierigkeiten haben	2.62	2.40	2.82
– weil sie Langeweile haben	3.29	3.37	3.22
– weil sie mit ihren Freunden großtun wollen	2.46	2.56	2.38
N =	96	46	50

In den Augen der Jugendlichen werden am häufigsten aus dem Motiv heraus, 'mit den Freunden mithalten' zu müssen, Alkoholika getrunken. Alkohol scheint somit eine Integrationsfunktion zu übernehmen. Eine denkbare Kompensationsfunktion kommt durch die Items 'weil sie mit Freunden großtun wollen' (64 %) und 'weil sie wie die Erwachsenen sein möchten' (53 %) zum Ausdruck. Das wohl häufigste Trinkmotiv, nämlich aufgrund persönlicher Schwierigkeiten, wird nur von der Hälfte der Jugendlichen bejaht, während sich die andere Hälfte darüber nicht im Klaren ist.

Ein einziger wichtiger Unterschied zwischen Mädchen und Jungen besteht hinsichtlich des Trinkmotivs 'Langeweile'; Mädchen nehmen seltener an und sind sich unsicherer darüber, ob aus Langeweile getrunken wird als Jungen. Die nachfolgende Häufigkeitstabelle soll die beschriebenen Ergebnisse nochmals verdeutlichen.

Abbildung 45: Trinkmotive (in %)

Item	richtig	falsch	weiß n.
– weil sie mit ihren Freunden mithalten wollen	67.8	25.0	4.2
– weil sie wie die Erwachsenen sein möchten	53.1	27.1	16.7
– weil sie persönliche Schwierigkeiten haben	50.0	14.6	32.3
– weil sie Langeweile haben	26.0	38.5	32.3
– weil sie mit ihren Freunden großtun wollen	63.6	19.8	13.5
N=	96	46	50

Abbildung 46: Trinkmotive, getrennt nach Cliquenzugehörigkeit, erster Kontakt mit Alkohol und Alkohol im elterlichen Haushalt (in %) *

1 = keine Zugehörigkeit zu einer Clique
2 = Zugehörigkeit zu einer Clique
3 = Erstkontakt mit Alkohol im Alter bis einschließlich 10 Jahre
4 = Erstkontakt mit Alkohol im Alter ab 10 Jahre
5 = Familien, die nie oder nur gelegentlich Alkohol im Haus haben
6 = Familien, die ständig Alkohol im Haus haben

Item	1	2	3	4	5	6
– mit Freunden mithalten	74.0	67.5	55.6	73.5	79.4	70.5
– Erwachsen sein wollen	68.0	40.5	33.4	57.8	67.6	35.3
– wegen persönlicher Schwierigkeiten	58.0	45.9	33.3	54.7	47.1	58.8
– wegen Langeweile	32.0	21.6	33.4	13.5	38.2	23.5
– weil sie großtun wollen	72.0	62.1	38.9	70.3	73.5	52.9
N =	50	37	18	64	34	17

* Es wurden die Antwortkategorien "richtig" und "überwiegend richtig" addiert.

Jugendliche, die weniger mit Alkohol zu tun haben, also, Jugendliche, die nicht in einer Clique sind, die erst einen späteren Kontakt mit Alkohol hatten und deren Familien nie oder nur selten Alkohol im Haus haben, sehen Trinkmotive, wie sie in diesem Fragebogen vorgegeben sind, offenbar negativer. Eine Ausnahme dagegen bildet 'mit Freunden mithalten'. Dieses Item wird von Cliquenmitgliedern häufiger als Trinkmotiv anerkannt, was auf die soziale Bedeutung sowohl der Clique als auch des gemeinsamen Trinkens hindeutet. Das Trinkmotiv 'weil man wie die Erwachsenen sein möchte', von dem man annehmen kann, daß es einen begehrten aber noch nicht erhaltenen Status vorspielen soll, wird von allen Heranwachsenden mit weniger Kontakt zu Alkohol (Nichtcliquenmitgliedern, Jugendlichen mit späterem Alkoholkontakt und Schülern, deren Elternhäuser seltener Alkohol im Haus haben) häufiger zugestimmt. Es scheint fast so, als würde hier eine Stigmatisierung von jugendlichen Subgruppen durch Jugendliche selbst vorgenommen.

Wenn auch die Kenntnisse über den normalen Umgang mit Alkohol relativ gut sind, zeigen sich doch bei der Einschätzung von Alkoholabhängigkeit viele Unsicherheiten. Hier wird als häufigste Antwort die Kategorie 'weiß nicht' gewählt und als zweithäufigste eine falsche. Wenn man die falschen Antworten und die weiß-nicht-Antworten zusammenzählt, so wissen 85 % der Jugendlichen nicht, wie sich Alkoholabhängigkeit äußert.

Abbildung 47: Anzeichen von Alkoholabhängigkeit
(absolute Zahlen und in %)

Item	
– wenn in der Umgebung alkoholische Getränke geetrunken werden, entsteht ein Verlangen, das nicht mehr beherrscht werden kann.	12 (12.5 %)
– nach dem Genuß des ersten Glases eines alkoholischen Getränks entsteht das Verlangen nach mehr und kann nicht mehr kontrolliert werden.	14 (14.6 %)
– Ständiges Verlangen nach Alkohol, das zu keiner Zeit beherrscht werden kann.	32 (33.3 %)
– weiß nicht	34 (35.4 %)
N=	96

Die Abbildung zeigt auf eindrucksvolle Art, daß hier dringend eine Aufklärung der Jugendlichen notwendig ist. Interessant ist bei diesem Aspekt auch, trennt man nach den zuvor vorgenommenen Untergruppen, daß gerade Jugendliche aus Elternhäuser mit ständiger Präsenz von Alkohol, öfter die Umgebung als Ursache für ein unbeherrschtes Verlangen nach Alkohol, verantwortlich machen. Dagegen sind die körperlichen Auswirkungen von Alkoholmißbrauch wiederum bekannt. Leber und Gehirn werden als die Organe angegeben, die durch den Alkohol besonders geschädigt werden, Leberzirrhose wird als häufigste alkoholbedingte Folgekrankheit erkannt. Aber immerhin wissen 20.2 % der Jugendlichen nicht, welche Folgekrankheiten übermäßiger Alkoholkonsum verursacht.

3.4.3. Kenntnisse der Jugendlichen über Alkoholmißbrauch

Wichtig ist das Differenzierungsvermögen der Jugendlichen zwischen einem gemäßigten und einem übermäßigen Alkoholgenuß. Es herrscht Konsens, und zwar bei

Jungen und Mädchen gleichermaßen, daß z.B. 'ein Wettsaufen an Silvester' und das sogenannte Problemtrinken als Alkoholmißbrauch zu bewerten ist. Die Einschätzung zu dieser Frage ist sicher. Beleuchtet man das Problemtrinken aber etwas genauer, so zeigt sich eine gewisse Unsicherheit bei der Einschätzung.

Abbildung 48: Problemlösung durch Alkohol (in %)

Item	richtig	falsch	weiß n.
– A. hilft Probleme lösen	18.7	54.2	24.0
– A. verdrängt Probleme nur kurz	67.7	12.5	15.6
– Probleme kann man nur lösen, wenn man sie selbst anpackt	92.7	2.1	2.1
– Probleme können einfacher werden, wenn man darüber spricht	92.7	1.0	3.1
N=96			

Restprozente = fehlende Angaben

Erschreckend an dieser Abbildung ist die hohe Zahl der weiß-nicht-Antworten beim ersten Item. Die Jungen sind in diesem Punkt noch unsicherer als Mädchen. Einigkeit herrscht darüber, daß Probleme langfristig nur durch eigene Aktivitäten und/ oder durch Hilfe von außen zu lösen sind. Im folgenden wurde wiederum eine Unterteilung nach Untergruppen vorgenommen.

Abbildung 49: Problemlösung durch Alkohol (in %) *

1 = keine Zugehörigkeit zu einer Clique
2 = Zugehörigkeit zu einer Clique
3 = Erstkontakt mit Alkohol im Alter bis einschließlich 10 Jahre
4 = Erstkontakt mit Alkohol im Alter ab 10 Jahre
5 = Familien, die nie oder nur gelegentlich Alkohol im Haus haben
6 = Familien, die ständig Alkohol im Haus haben

Item	1	2	3	4	5	6
– hilft Probleme lösen	20.0	21.6	16.7	23.5	20.6	35.3
– verdrängt P. nur kurz	68.0	75.6	72.2	71.9	70.6	70.6
– P. selbst anpacken	94.0	97.3	99.9	93.8	82.4	100.0
– mit anderen sprechen	96.0	94.6	94.5	95.3	97.5	100.0
N =	50	37	18	64	34	17

* Es wurden die Kategorien "richtig" und "überwiegend richtig" addiert.

Die Abbildung zeigt homogene Antworten in den Untergruppen. Einzige Ausnahme ist, daß Jugendliche, in deren Elternhaus ständig Alkohol vorhanden ist, diesen etwas häufiger als probates Mittel ansehen, Probleme lösen zu helfen. Als nächstes wurde nach einer Beurteilung eines Alkoholikers gefragt.

Abbildung 50: Beurteilung eines Alkoholikers (in %)

Item	richtig	falsch	weiß n.
– mit unlösbaren Problemen beladen	75.0	6.2	15.6
– ein guter Kumpel	6.3	65.6	25.0
– unzuverlässig	33.3	25.1	38.5
– faul und arbeitsscheu	28.1	19.8	47.9
– freundlich und ausgeglichen	5.2	46.8	42.7
– unberechenbar	62.5	9.4	24.0
– krank	63.5	9.4	22.9
– asozial	17.8	28.2	47.9
– gutmütig	12.5	16.7	29.2
– bedauernswert	51.0	16.7	29.2
– unfähig einer Arbeit nachzugehen	46.8	20.8	27.1
N=	96	46	50

Restprozente = fehlende Angaben

In dieser Frage werden zwei Problemebenen angesprochen, nämlich die der Persönlichkeit eines Alkoholikers und die Ebene des gesellschaftlichen Funktionierens. Übermäßiger Alkoholkonsum wird mit einer Überlastung durch persönliche Probleme in Zusammenhang gebracht. Assoziationen zu Alkoholismus sind Krankheit (64 %) und Arbeitsunfähigkeit (47 %). Items wie arbeitsscheu und asozial werden von den Jugendlichen mit rund 50 % der Kategorie 'weiß nicht' zugeordnet. Diese vorsichtigen Antworten könnten entweder auf eine versteckte Diskriminierung hindeuten, oder aber einfach auch Unkenntnis über das Wechselspiel von Ursache und Wirkung des übermäßigen Alkoholkonsums sein. Einem Alkoholabhängigen werden Persönlichkeitsmerkmale wie nicht freundlich und ausgeglichen, kein guter Kumpel und nicht gutmütig zugeschrieben und somit auch als eher bedauernswert und unzuverlässig charakterisiert. Das doch sehr verschwommene Bild eines Alkoholikers deutet darauf hin, daß die Jugendlichen wenig persönliche Erfahrungen mit diesem Problem haben. Der Vergleich zwischen Mädchen und Jungen ergab keine klaren geschlechtsspezifischen Unterschiede.

Abbildung 51: Beurteilung eines Alkoholikers getrennt nach Cliquenzugehörigkeit, erster Kontakt mit Alkohol und Alkohol im elterlichen Haushalt (in %) *

1 = keine Zugehörigkeit zu einer Clique
2 = Zugehörigkeit zu einer Clique
3 = Erstkontakt mit Alkohol im Alter bis einschließlich 10 Jahre
4 = Erstkontakt mit Alkohol im Alter ab 10 Jahre
5 = Familien, die nie oder nur gelegentlich Alkohol im Haus haben
6 = Familien, die ständig Alkohol im Haus haben

Item	1	2	3	4	5	6
– mit unlösbaren Problemen beladen	72.0	83.7	73.3	76.6	79.4	88.3
– ein guter Kumpel	6.0	2.7	33.3	4.7	8.8	34.3
– unzuverlässig	40.0	29.7	27.8	37.5	32.4	29.4
– faul und arbeitsscheu	34.0	24.3	27.8	26.6	23.5	29.4
– freundlich und ausgeglichen	2.0	10.8	16.7	3.1	2.9	11.8
– unberechenbar	64.0	64.8	77.7	64.0	55.9	94.1
– krank	68.0	59.4	44.4	70.4	67.6	70.6
– asozial	14.0	21.6	16.7	15.6	14.7	23.6
– gutmütig	8.0	16.2	16.7	12.5	5.8	17.7
– bedauernswert	52.0	51.3	50.0	63.2	52.9	47.0
– unfähig, einer Arbeit nachzugehen	48.0	48.6	45.5	46.9	50.0	41.2
N =	50	37	18	64	34	17

* Es wurden die Kategorien "richtig" und "überwiegend richtig" addiert.

Große Unterschiede zeigen sich nur hinsichtlich folgender Aussagen:
– Cliquenangehörige sehen mehr die Problemhaftigkeit des Alkoholikers und werten ihn weniger scharf ab, als Jugendliche, die nicht in einer Clique sind.
– Jugendliche, die späteren Erstkontakt mit Alkohol hatten, sehen den Alkoholiker eher von einer mitmenschlichen Seite, denn von einer abwertenden oder verharmlosenden Position.

– Jugendliche, in deren Elterhäusern ständig Alkohol vorhanden ist, sehen zwar einerseits, viel stärker als die anderen Gruppen, die Unberechenbarkeit des Alkoholikers, andererseits auch seine Kameradschaftlichkeit. Dies deutet darauf hin, daß diese Jugendlichen größere Erfahrungen haben und differenzieren können zwischen alltäglichem und übermäßigem Alkoholgenuß.

Wenn auch die Einschätzung eines Alkoholikers etwas unsicher ist, ist das antizipierte Verhalten einem alkoholgefährdeten Freund gegenüber eindeutig.

Abbildung 52: Verhalten einem alkoholgefährdeten Freund gegenüber (in %)

Item	richtig	falsch	weiß n.
– ihm gehörig die Meinung sagen	58.3	21.9	15.6
– mit ihm über die Gefahren sprechen	87.5	4.1	5.2
– ihn links liegen lassen	7.3	73.0	16.7
– mit ihm zur Beratungsstelle gehen	70.9	5.2	19.8
– ihn zum Arzt schicken	52.1	10.4	34.4
N=96			

Die Einschätzung des Alkoholismus als Krankheit und Gefahr wird offenkundig. Das Item 'ihm gehörig die Meinung zu sagen' weist darauf hin, daß nicht der Anspruch besteht, das Problem zu übergehen, sondern daß es auch aggressiv angegangen werden muß. Die aktive Hilfestellung steht im Vordergrund. Die Jugendlichen würden notwendigerweise auch die Hilfe von Professionellen (Beratungsstelle oder Arzt) in Anspruch nehmen. Signifikant mehr Mädchen als Jungen würden ihrem Freund gehörig die Meinung sagen, was auf eine größere Verachtung des Problems Alkohol schließen läßt. Und ebenfalls signifikant mehr Mädchen würden über die Gefahren sprechen.

Abbildung 53: Suchtvorbeugende Verhaltensweisen (Mittelwertvergleich)

Trinke keinen Alkohol...	Gesamt	Mädchen	Jungen
– um andere nachzuahmen	1.80	1.72	1.85
– weil Du sonst eine 'Fahne' bekommst	2.80	3.24	2.72
– um Probleme zu lösen	1.67	1.54	1.76
– weil er für Jugendliche verboten ist	2.97	3.27	2.94
– um vor Deinen Freunden anerkannt zu werden	1.83	1.91	1.76
– weil Du sonst den Führerschein verlieren könntest	1.69	1.74	1.69

So werden als suchtvorbeugende Hilfestellungen auch erkannt, daß durch Alkohol keine Probleme gelöst werden können und keine Anerkennung von Freunden erlangt werden kann. Jugendliche sehen ebenfalls ein, daß man nicht trinken sollte, nur weil andere dies tun. Das Alkoholverbot für Jugendliche wird interessanterweise nicht als suchtvorbeugende Maßnahme anerkannt. Zusammenfassend läßt sich sagen, daß zwar Grundkenntnisse über Alkoholmißbrauch durchaus vorhanden sind, daß aber in vielen Fällen die Unsicherheit doch groß ist. Pädagogische Interventionen unter dem Aspekt der Aufklärung und der Prophylaxe scheinen auch weiterhin notwendig zu sein.

3.5. Die Unterschiede jugendlicher Einschätzungen zum Thema Alkohol vor und nach der Unterrichtsmaßnahme

Grundsätzlich ist zunächst anzumerken, daß ein Vergleich vor und nach der Unterrichtsmaßnahme nur in einzelnen Punkten vorgenommen werden konnte, da der Fragebogen nicht nur der Evaluation des Unterrichtsmodells diente, sondern – wie in Abschnitt 3.1. ausgeführt – weiterführende Ziele verfolgte. Deshalb sollen im folgenden gezielt einige Items herausgenommen und beschrieben werden. Aus der Diskussion der bisherigen Daten zeigt sich, daß einige der behandelten Punkte bereits vor der Unterrichtseinheit bekannt waren. Dazu gehört vor allem die Definition einer Droge, der Krankheitswert der Alkoholabhängigkeit, weitgehend auch die Wirkungen von Alkohol.

Der Haupteffekt des Unterrichts besteht, wie die detaillierte Auswertung zeigt, vor allem in der Beseitigung von Unsicherheiten, was sich in der reduzierten Anzahl der "weiß nicht" Antworten ausdrückt. Ein interessantes Ergebnis, was vermutlich auf das Einbringen persönlicher Erfahrungen der Betroffenheit des Unterrichtenden zurückzuführen ist, besteht darin, daß Jugendliche mehr Sensibilität für die Probleme eines Alkoholikers entwickelt haben und dadurch weniger in Gefahr sind, ihn zu diskriminieren, ohne die Probleme allerdings zu verharmlosen oder zu verleugnen.

Abbildung 54: Beurteilung eines Alkoholikers vor und nach der Unterrichtsmaßnahme (in %)

Item	vorher			nachher		
Item						
– mit unlösbaren Problemen beladen	77.4	6.4	16.1	69.2	8.9	21.8
– ein guter Kumpel	6.5	67.7	25.8	7.7	61.2	32.1
– unzuverlässig	34.4	25.9	39.8	34.2	22.8	43.0
– faul und arbeitsscheu	29.3	20.6	50.0	25.3	33.0	41.8
– freundlich und ausgeglichen	5.5	49.5	45.1	7.6	35.5	57.0
– unberechenbar	65.2	9.8	25.0	49.4	11.7	39.0
– krank	66.3	9.8	29.9	67.9	9.0	23.1
– asozial	18.9	30.0	51.1	12.8	46.8	40.4
– gutmütig	13.2	39.6	47.3	9.0	35.9	55.1
– bedauernswert	52.7	17.2	30.1	53.2	20.3	26.6
– unfähig, einer Arbeit nachzugehen	49.5	22.0	28.6	40.5	21.7	27.8
N =	96					

Jugendliche können nach dem Unterricht die Krankheit Alkoholismus besser einschätzen. Das zeigt sich daran, daß nicht mehr die freundschaftlichen Interventionen in Form von "gehörig die Meinung sagen" Priorität haben, sondern der Vorschlag, mit dem Gefährdeten einen Arzt aufzusuchen, an Wichtigkeit gewinnt. Interessant ist auch, daß Jugendliche den Wert des Alkoholverbots für Heranwachsende nach dem Unterricht höher einschätzen als zuvor. Ein Unterschied läßt sich auch hinsichtlich der Frage, wie sich Alkoholabhängigkeit äußert aufzeigen.

Abbildung 55: Einschätzung der Anzeichen von Alkoholabhängigkeit vor und nach dem Unterricht (absolute Häufigkeiten)

Item	vor	nach
– wenn in der Umgebung alkoholische Getränke getrunken werden, entsteht ein Verlangen, das nicht mehr beherrscht werden kann.	13.0	9.2
– nach dem Genuß des ersten Glases eines alkoholischen Getränks entsteht das Verlangen nach mehr und kann nicht mehr kontrolliert werden.	15.2	35.5
– Ständiges Verlangen nach Alkohol, das zu keiner Zeit beherrscht werden kann.	34.8	34.2
– weiß nicht	37.0	21.1

Anhand dieser Abbildung läßt sich ein Unterrichtseffekt sehr deutlich herausarbeiten. Mehr als doppelt so viele Jugendliche wissen nach der Unterrichtsmaßnahme, wie sich Alkoholabhängigkeit äußert. Auch nimmt die Antwortkategorie 'weiß nicht' um fast 16% ab. Auch die Einschätzung Probleme durch Alkohol lösen zu können, wird von den Schülern nach dem Unterricht häufiger abgelehnt.

Abbildung 56: Einschätzung der Problemlösung durch Alkohol vor und nach der Unterrichtseinheit (absolute Häufigkeiten)

Item	vorher			nachher		
Item						
– A. hilft Probleme lösen	19.4	46.0	24.7	15.2	57.0	27.8
– A. verdrängt Probleme nur kurz	70.7	13.0	16.3	83.5	5.0	11.4
– Probleme kann man nur lösen, wenn man sie selbst anpackt	95.7	2.1	2.2	83.5	7.6	8.9
– Probleme können einfacher werden, wenn man darüber spricht	95.7	1.1	3.2	91.1	5.1	3.8

Zusammenfassend läßt sich sagen, daß die Jugendlichen durch die Unterrichtsmaßnahme meßbar neue Kenntnisse über die Wirkungen von Alkohol und die Anzeichen von Alkoholabhängigkeit gewonnen haben.

3.6. Allgemeines Wissen über Drogen

Es ist den Jugendlichen im Alter von 12 bis 17 Jahren bekannt, welche Drogen für Jugendliche und Jugendliche und Erwachsene gesetzlich verboten sind. Sie wissen, daß nur für Jugendliche Alkohol und Nikotin verboten sind. Unsicherheiten in dieser Frage sind so gut wie nicht vorhanden. Die nachfolgende Abbildung zeigt, daß die Schüler, vor allem die Mädchen, signifikant häufiger Drogen von anderen chemischen Verbindungen unterscheiden können.

Abbildung 57: Gesetzlich verbotene Drogen
(in %, Mehrfachantworten)

Item	Gesamt	Mädchen	Jungen
Trypsin	21.9	13.7	26.8
Nikotin	58.3	60.8	51.8
Iridium	17.7	5.9	25.0
Opium	72.9	64.7	83.9
Polonium	19.8	3.9	30.4
Haschisch	92.7	90.2	96.4
Alkohol	47.9	47.1	46.4
Lycopin	25.0	7.8	35.7
Pyridin	17.7	3.9	26.8
Kokain	91.8	90.2	94.6
N=	96	46	50

Alle Jugendlichen sind auch über die Wirkung von Drogen generell sehr gut informiert. Sie wissen, daß Drogen die Wahrnehmungen verändern und Abhängigkeiten erzeugen. Welches allerdings die häufigste Einstiegsdroge ist, darüber herrscht wieder Unsicherheit.

Abbildung 58: Häufigste Einstiegsdroge (in %)

Item	richtig	falsch	weiß n.
Kokain	49.0	15.7	25.0
Zigaretten	41.7	35.4	9.4
Haschisch	66.7	10.4	17.7
Medikamente	44.8	9.4	34.3
Alkohol	50.0	19.8	18.8
N=		96	

Zwar sagt die größte Gruppe der Jugendlichen durchaus zu Recht, daß Haschisch die häufigste Einstiegsdroge ist, dennoch lassen die falschen Antworten zwei Vermutungen zu:
- entweder kennen die Jugendlichen die richtige Antwort wirklich nicht,
- oder sie haben sich durch die Antwortvorgabe verwirren lassen.

Unsicherheiten, wenn auch in unterschiedlichem Ausmaß, zeigen sich bei den nächstfolgenden beiden Fragen.

In den Augen der Jugendlichen begünstigen Naivität und Unkenntnis (51%) und eine unbeherrschte Neugierde (56%) den Einstieg zu ungesetzlichen Drogen. Dennoch zeigt die Abbildung kein klares Bild, da alle angegebenen Items, außer 'niedrige soziale Schicht' und eine 'genaue Kenntnis' der Drogen als denkbare Voraussetzungen zustimmend beantwortet werden.

Abbildung 59: Drogeneinstieg (in %)

Item	richtig	falsch	weiß n.
– Naivität/Unkenntnis –	51.0	4.1	38.5
– genaue Kenntnis	21.9	33.3	39.6
– regelmäßiger Alkoholgenuß	44.8	22.9	26.0
– Zigarettenkonsum	43.8	17.7	32.3
– Medikamentenmißbrauch	47.9	10.4	35.4
– Neugierde	56.2	12.5	26.0
– niedrige soziale Schicht	28.1	11.4	55.2
N=		96	

Jugendliche kennen die Gefahren, zum Drogenkonsum verführt zu werden, wobei die Verführung zum Gebrauch von Haschisch als größte Gefahr erkannt wird.

3.7. Folgerungen aus der Befragung

Die Ergebnisse weisen darauf hin, daß die Altersgruppe der 12- 17 jährigen Schüler ein bereits sehr gutes Wissen über die Wirkungen von Alkohol und die Einschätzung von Alkoholikern mitbringt. Weniger bekannt sind dagegen die Auswirkungen der Alkoholabhängigkeit und die Probleme, die sich bei der Rehabilitation von Alkoholkranken ergeben. Die 90-minütige Unterrichtseinheit reicht nicht aus, um in adäquater Weise die anstehende Problematik zu verdeutlichen. Für die zukünftige Arbeit werden folgende Schlußfolgerungen gezogen:

1. In die Maßnahmen zur Alkoholprävention sollten im Schulbereich auch jüngere Altersgruppen einbezogen werden.
2. Wiederholte Unterrichtsangebote z.B. auf der Basis fächerübergreifenden Unterrichts, sind in Ergänzung zum Angebot schulfremder Personen als zwingend geboten anzusehen. Entsprechende Fortbildungsmaßnahmen für die Lehrerschaft sind dafür Voraussetzung.
3. Eine Verstärkung der Unterrichtswirkung durch begleitende Maßnahmen z.B. im Sinne von innerschulischer und außerschulischer Gruppenarbeit sollte angestrebt werden.
4. Die Elternschaft sollte stärker als bisher in die Maßnahmen zur Alkoholprävention einbezogen werden. Hierzu kann neben der Information auf Elternabenden – wie ich es modellhaft am Gymnasium Wiesloch unter Teilnahme der Lehrer verwirklichen konnte – auch eine Beteiligung der Eltern an schulischen Aktionen zum Thema 'Umgang mit Alkohol' erfolgen.

Zusammenfassende Bewertung

Ausgangspunkt meiner Arbeit war die gesellschaftliche Relevanz der Alkoholproblematik. Als persönliche Motivation für die Thematik wurden die beiden Komponenten 'subjektive Betroffenheit durch die Alkoholkrankheit' und 'berufliche Tätigkeit in der Suchtproblematik' aufgezeigt.

Im I. Kapitel fand die theoretische Grundlegung einer didaktischen Betrachtungsweise statt, an deren Ende das lerntheoretisch-didaktische Modell nach HEIMANN/SCHULZ als didaktisches Ausgangsmodell stand.

Im II. und III. Kapitel wurde dieses unter makrodidaktischem Aspekt auf die Entstehung und Behandlung von Alkoholabhängigkeit übertragen. Dabei erfolgte im II. Kapitel die makrodidaktische Analyse der Bedingungsfelder von Alkoholabhängigkeit, die unter dem Aspekt der anthropologischen und soziokulturellen Voraussetzungen erarbeitet und in einem Modell zur Interdependenz der Bedingungsfelder zusammengefaßt wurden.

Das III. Kapitel beinhaltete die makrodidaktische Erarbeitung der Entscheidungsfelder einer integrativen Behandlung von Alkoholabhängigkeit, dargestellt am Programm des Therapiezentrums Münzesheim. Als Ausgangsmodell wurde zunächst das Einstellungen/Selbstkonzept-Modell entwickelt, aus dessen Übertragung auf die Alkoholabhängigkeit das diagnostisch-prozessuale und das diagnostisch-statische Modell resultierten, aus denen die entsprechenden Modelle einer integrativen Behandlung von Alkoholabhängigkeit abgeleitet wurden. Im Modell zur Interdependenz der Entscheidungsfelder einer integrativen Behandlung von Alkoholabhängigkeit wurde das Richtziel 'Positive Selbstwertschätzung durch eigenverantwortliche Lebensbewältigung ohne Alkohol' formuliert, aus dem sich die Grobziele 'Körperliche Stabilisierung', 'Alternative Entspannung', 'Alternative Freizeitgestaltung', 'Soziale Reintegration' und 'Soziale Kompetenz' deduzierten. Diese wurden einzeln makrodidaktisch analysiert, unter Aufzeigen spezifischer Interdependenzen zwischen den Grobzielen.

Im IV. Kapitel erfolgte die mikrodidaktische Umsetzung der makrodidaktischen Konzeption am Beispiel der Gruppentherapie als sozialarbeiterischem Arbeitsfeld, indem zunächst eine Gruppenstunde exemplarisch dargestellt wurde. Nach der Skizzierung weiterer drei Gruppenstunden wurde über die Möglichkeiten und Grenzen didaktischer Planung in der Behandlung von Alkoholabhängigkeit reflektiert, wobei der 'Therapeutische Raster' als Kriterium flexibler Anpassung an die momentanen Bedürfnisse der Patienten postuliert wurde. Voraussetzung hierfür ist jedoch, daß der Therapeut die Therapieziele verinnerlicht hat, was die Existenz eines Curriculums einer integrativen Behandlung von Alkoholabhängigkeit zur Bedingung hat. Letzteres interdisziplinär zu konzipieren, um im Interesse von Patienten und Therapeuten eine effiziente, alle wissenschaftlichen Möglichkeiten ausschöpfende, integrative Behandlung von Alkoholabhängigkeit zu ermöglichen, sehe ich als Aufgabe für die Zukunft an. Als Grundlage hierfür stellt sich mir eine intensive Auseinandersetzung mit der Didaktik als der Wissenschaft vom Lehren und Lernen dar, die Inhalt einer jeden Ausbildung in 'helfenden Berufen' sein sollte, mit dem Ziel, im 'Helfer' ein Instrumentarium zu etablieren, mittels dem er sein Wissen, seine Fähigkeiten und Fertigkeiten auf rationaler und emotionaler Ebene dem "Klienten" transformiert, um ihn als "Patient mit Selbstverantwortung und Eigeninitiative" (BRENNER 1982, S. 153) zu deren Umsetzung und Aktualisierung für sich im Verhalten zu befähigen.

Im V. Kapitel wurde die Vorbeugung von Alkoholabhängigkeit unter didaktischer Perspektive aufgezeigt, wobei zunächst eine makrodidaktische Konzeption einer allgemeinen Drogenprävention als deren momentane Standortbestimmung mit den entsprechenden Richt- und Grobzielen dargestellt wurde. Es folgte die Vorstellung eines mikrodidaktischen Unterrichtsmodells zur Suchtprophylaxe in Schulen am Beispiel der Alkoholprävention, in dem unter dem Thema 'Entstehung, Vorbeugung und Behandlung von Alkoholabhängigkeit' – als didaktische Reduktion der vorhergehenden Kapitel – versucht wurde, eine Verbindung von Wissens- und persönlicher Erfahrungsvermittlung zu erreichen, mit dem Ziel, die Schüler nicht nur auf rationaler, sondern auch auf emotionaler Ebene anzusprechen, nachdem zuvor die Rahmenbedingungen des Unterrichtsmodells und der begleitenden empirischen Untersuchung aufgezeigt wurden. Schließlich erfolgte die Auswertung letzterer, die nicht nur der Evaluation der Unterrichtsmaßnahme diente, sondern auch der Analyse der anthropologischen und soziokulturellen Voraussetzungen bei den Schülern im Hinblick auf eine umfassendere Drogenprävention. Um die vier aus der Befragung resultierenden Schlußfolgerungen für die zukünftige Arbeit (siehe Seite 169) zu verwirklichen, wäre zunächst Grundvoraussetzung – so auch das Ergebnis am Fachkongreß 'Prävention und Gesundheitserziehung' an der Universität Bielefeld – eine Institutionalisierung der Drogenprävention – und nicht nur kurzfristige Arbeitsbeschaffungsnaßnahmen –, um so ein Fundament zu etablieren, auf dem – unter Einbeziehung der Lehrer und Eltern – Drogenprophylaxe zum Unterrichts- und Lebensprinzip ausgebaut werden könnte, das sich schließlich für die Schule wissenschaftlich objektiviert in einem Drogencurriculum im Sinne einer "Darstellung des Unterrichts über einen bestimmten Zeitraum als konsistentes System mit mehreren Bereichen zum Zwecke der Planung, der optimalen Realisierung und Erfolgskontrolle des Unterrichts." (MÖLLER 1973, S. 27)

Da sich jedoch das Oberschulamt Karlsruhe weigerte, sogar nur eine Arbeitsbeschaffungsmaßnahme betreff Suchtprophylaxe zu beantragen – geschweige denn eine Dauerarbeitsstelle zu installieren –, sehe ich im Augenblick wenig Möglichkeiten in der Alkoholprävention kontinuierlich weiterarbeiten zu können. Aus diesem Grund nahm ich kurzfristig das Angebot an, ab 1. Juni 1988 als Gruppentherapeut in der Behandlung von Alkohol- und Medikamentenabhängigkeit in der Fachklinik Wilhelmsheim-Oppenweiler mitzuwirken, um dort meine in dieser Arbeit dargestellte Behandlungskonzeption zu realisieren und elaborieren.

Abbildungsverzeichnis

Literaturverzeichnis

AERNOUT, J.R.: Arbeitstherapie – Eine praxisorientierte Einführung. Beltz Verlag, Weinheim und Basel, 1981.

ANTONS, K.: Verhaltenstherapie bei Alkoholkranken – Eine Literaturübersicht. Nicol-Verlag, Kassel, 1975.

ANTONS, K.: Therapie des Alkoholismus – Methoden und Probleme. Nicol-Verlag, Kassel, 1976

BECKENBACH, W.: Rückfallprophylaxe bei Alkoholkranken durch Rollenspiele. In: Suchtgefahren. Deutsche Hauptstelle gegen die Suchtgefahren, Sonderdruck, Heft 2, Juni 1980

BENAD, A.: Rauschmittelkonsum bei Jugendlichen: Verbreitung und Ursachen. In: Internationales Journal für Gesundheitserziehung 16, 1973. In: SOER v., J.: Jugendalkoholismus – Empirische Bestandsaufnahme, Erklärungsansätze, Therapie. Beltz Verlag, Weinheim und Basel, 1980

BIENER, K.: Bauernjugend und Alkoholkonsum. In: Suchtgefahr 22, 1976, 3. In: SOER v., J.: Jugendalkoholismus – Empirische Bestandsaufnahme, Erklärungsansätze, Therapie. Beltz Verlag, Weinheim und Basel, 1980.

BLÖSCHL, L.: Grundlagen und Methoden der Verhaltenstherapie. Verlag Hans Huber, Bern, 1969.

BRENK-SCHULTE, E.: Ambulante Gruppenpsychotherapie mit Alkoholkranken: Ein integratives Programm. In: KUYPERS, U. (Hrsg.): Sucht und Therapie. Lambertus-Verlag, Freiburg/Breisgau, 1982.

BRENNER, H.: Entspannungstraining für alle. Humbold Verlag, München, 1982.

BRUNNHUBER, P.: Prinzipien effektiver Unterrichtsgestaltung. Verlag Ludwig Auer, Donauwörth, 1971.

COHN, R.C.: Von der Psychoanalyse zur themenzentrierten Interaktion. Ernst Klett Verlag, Stuttgart, 1975.

DEUTSCHE HAUPTSTELLE GEGEN DIE SUCHTGEFAHREN: Drogenprävention – eine Standortbestimmung. Hoheneck-Verlag, Hamm, 1983.

DÖRNER, K./PLOG, U.: Irren ist menschlich oder Lehrbuch der Psychiatrie/Psychotherapie. Psychiatrie-Verlag, Rehburg-Loccum, 1982.

DOLLHAUSEN, S.: Arbeits- und Beschäftigungstherapie. In: FICHTNER, O. (Hrsg.): Fachlexikon der sozialen Arbeit. Verlag W. Kohlhammer, Stuttgart/Berlin/Köln/Mainz, 1980.

EPSTEIN, S.: Entwurf einer Integrativen Persönlichkeitstheorie. In: FILIPP, S.-H. (Hrsg.): Selbstkonzeptforschung. Klett/Cotta, Stuttgart, 1979.

FAHRENKRUG, H.: Ergebnisse und Erfahrungen am Projekt „Der Alkoholkonsum Jugendlicher in Schleswig-Holstein". Kiel, 1976. In: SOER v., J.: Jugendalkoholismus – Empirirische Bestandsaufnahme, Erklärungsansätze, Therapie. Beltz Verlag, Weinheim und Basel, 1980.

FAHRENKRUG, H./HUBER, M./LEHR, M.: Der Alkoholkonsum Jugendlicher in Schleswig-Holstein – eine soziologische Lotstudie. Kiel, 1976. In: SOER v., J.: Jugendalkoholismus – Empirische Bestandsaufnahme, Erklärungsansätze, Therapie. Beltz Verlag, Weinheim und Basel, 1980.

FAHRENKRUG, H./HUBER, M./LEHR, M.: Zum Trinkverhalten von Jugendlichen – Bericht über eine Lotstudie in drei ausgewählten Orten Schleswig-Holsteins. Kiel, 1977. In: SOER v., J.: Jugendalkoholismus – Empirische Bestandsaufnahme, Erklärungsansätze, Therapie. Beltz Verlag, Weinheim und Basel, 1980.

FEUERLEIN, W.: Alkoholismus – Mißbrauch und Abhängigkeit. Georg Thieme Verlag, Stuttgart, 1975.

FICHTNER, O. (Hrsg.): Fachlexikon der sozialen Arbeit. Verlag W. Kohlhammer, Stuttgart/Berlin/Köln/Mainz, 1980.

FILIPP, S.-H.: Selbstkonzeptforschung. Klett/Cotta, Stuttgart, 1979.

FITTKAU, B./ MÜLLER-WOLF, H.-M./ SCHULZ VON THUN, F.: Kommunizieren lernen (und umlernen). Georg Westermann Verlag, Braunschweig, 1977.

GEISLER, W.: ... damit allein ein bißchen leichter wird - Alkohol und Alkoholismus. Beltz Verlag, Weinheim und Basel, 1981.

GRAESSNER, D.: Verhaltenstherapie. In: HEINERTH, K. (Hrsg.): Einstellungs- und Verhaltensänderung. Ernst Reinhardt Verlag München, 1979.

HEINERTH, K. (Hrsg.): Einstellungs- und Verhaltensänderung. Ernst Reinhardt Verlag, München, 1979.

HORMUTH, S. E. (Hrsg.): Sozialpsychologie der Einstellungsänderung. Athenäum/Hain/Scriptor/Hanstein, Königstein/Ts., 1979.

HUBER, A.: Alkohol- und Drogenmißbrauch und Kriminalität von Kindern und Jugendlichen. In: Drucksache 8/751, Bundesregierung, Bonn, 21. Sept. 1977.

JANZ, H.-W.: Beschäftigungstherapie – Grundlagen und Praxis in 2 Bänden. Band 2, Georg Thieme Verlag, Stuttgart, 1979.

JASINSKY, M.: Rauschmittelkonsum Hamburger Schüler - Berichte und Dokumente aus der Freien Hansestadt Hamburg Nr. 387. Hamburg, 1973. In: SOER v., J.: Jugendalkoholismus – Empirische Bestandsaufnahme, Erklärungsansätze, Therapie. Beltz Verlag, Weinheim und Basel, 1980.

JASINSKY, M.: Alkoholkonsum Hamburger Schüler. Hamburg, 1974. In: SOER v., J.: Jugendalkoholismus – Empirische Bestandsaufnahme, Erklärungsansätze, Therapie. Beltz Verlag, Weinheim und Basel, 1980.

KICHERER, F.: Alkoholkonsum und Alkoholismus als didaktisches Problem. S. Karger, Basel, 1980.

KÖCK, P.: Didaktik der Medien. Verlag Ludwig Auer, Donauwörth, 1974.

KRASNEY, O.E.: Sozialrechtliche Vorschriften bei der Betreuung Suchtkranker. Nicol-Verlag, Kassel, 1980.

KUYPERS, U. (Hrsg.): Sucht und Therapie. Lambertus-Verlag, Freiburg/Breisgau, 1982.

LAASER, U./SASSEN, G./MURZA, G./SABO, P. (Hrsg.): Prävention und Gesundheitserziehung. Springer Verlag, Berlin/Heidelberg, 1987.

LANDESWOHLFAHRTSVERBAND WÜRTTEMBERG HOHENZOLLERN: Rundschreiben Nr. 222/78. Landessozialamt, Stuttgart.

LAZARUS, A.: Innenbilder – Imagination in der Therapie und als Selbsthilfe. Verlag J. Pfeiffer, München, 1980.

MALHOTRA, M.K.: Alkohol bei Schülern im Kreis Mettmann. In: Das öffentliche Gesundheitswesen 38, 1976. In: SOER v., J.: Jugendalkoholismus – Empirische Bestandsaufnahme, Erklärungsansätze, Therapie. Beltz Verlag, Weinheim und Basel, 1980.

MIDDENDORF, J.: Atem – und seine Bedeutung für die Entwicklung und das Heilsein des Menschen. In: PETZOLD, H. (Hrsg.): Die neuen Körpertherapien. Junfermann-Verlag, Paderborn, 1977.

MÜLLER, C.: Technik der Lernplanung. Beltz Verlag, Weinheim und Basel, 1973.

MUCCHIELLI, R.: Einstellungen und Manipulation. Müller, Salzburg, 1975.

NELLESSEN, L.: Training sozialer Kompetenz. In: HEINERTH, K. (Hrsg.): Einstellungs- und Verhaltensänderung. Ernst Reinhardt Verlag, München, 1979.

NEUBAUER, W. F.: Selbstkonzept und Identität im Kindes- und Jugendalter. Ernst Reinhardt Verlag, München, 1976.

OERTER, R. (Hrsg.): Lebensbewältigung im Jugendalter. VCH Verlagsgesellschaft, Weinheim, 1985.

PETZOLD, H. (Hrsg.): Die neuen Körpertherapien. Junfermann-Verlag, Paderborn, 1977.

PETZOLD, H./BERGER, A.: Integrative Bewegungstherapie und Bewegungspädagogik als Behandlungsverfahren für psychiatrische Patienten. In: PETZOLD, H. (Hrsg.): Die neuen Körpertherapien. Junfermann-Verlag, Paderborn, 1977.

RIETH, E.: Alkoholkrank? Blaukreuz-Verlag, Bern, 1970.

SCHMADERER, F. O. (Hrsg.): Lernplanung und Unterrichtsgestaltung auf der Grundlage pädagogischer und lernpsychologischer Erkenntnisse. Ehrenwirt Verlag, München, 1977.

SCHMIDT, H. D./BRUNNER, E. J./SCHMIDT-MUMMENDEY, A.: Soziale Einstellungen. Juventa, München, 1975.

SCHNEIDER, R. (Hrsg.): Stationäre Behandlung von Alkoholabhängigen. Gerhard Röttger Verlag, München, 1982.

SCHULZ VON THUN, F.: Psychologische Vorgänge in der zwischenmenschlichen Kommunikation. In: FITTKAU, B./MÜLLER-WOLF, H.-M./SCHULZ VON THUN, F.: Kommunizieren lernen (und umlernen). Georg Westermann Verlag, Braunschweig, 1977.

SCHWARZ, J.: Aufgaben des Gruppentherapeuten. Nicht veröffentlicht.

SCHWARZ, J.: Erläuterung des Autogenen Trainings. Nicht veröffentlicht.

SCHWARZ, J.: Kurzgefaßte Therapieübersicht aus dem Therapiezentrum Münzesheim. Nicht veröffentlicht.

SCHWARZ, J.: Musiktherapie durch nicht ausgebildete Gruppentherapeuten. Nicht veröffentlicht.

SCHWARZKOPF, M./KLETT, M./HAUSEN, G.: Alkoholprävention in der Schule. In: LAASER, U./SASSEN, G./MURZA, G./SABO, P. (Hrsg.): Prävention und Gesundheitserziehung. Springer-Verlag Berlin/Heidelberg, 1987.

SILBEREISEN, R./KASINER, M.: Jugend und Drogen: Entwicklung von Drogengebrauch – Drogengebrauch als Entwicklung? In: OERTER, R. (Hrsg.): Lebensbewältigung im Jugendalter. VCH Verlagsgesellschaft, Weinheim, 1985.

SOER v., J.: Jugendalkoholismus – Empirische Bestandsaufnahme, Erklärungsansätze, Therapie. Beltz Verlag, Weinheim und Basel, 1980.

TRIANDIS, H. C.: Einstellungen und Einstellungsänderungen. Beltz Verlag, Weinheim und Basel, 1975.

UNDEUTSCH, U.: Rubrik Medizin, In: HÖR ZU, Heft 10 vom 5.3.1982, S. 105.

UNTERSUCHUNGSSTELLE FÜR VERKEHRSTAUGLICHKEIT: In: AUTO BILD, Nr. 47 vom 16.11.1987, S. 3.

WATZLAWICK, P./BEAVIN, J. H./JACKSON, D. D.: Menschliche Kommunikation – Formen, Störungen, Paradoxien. Verlag Hans Huber, Bern, 1969.

WEGENER-SPÖHRING, G.: Didaktik. In: FICHTNER, O. (Hrsg.): Fachlexikon der sozialen Arbeit. Verlag W. Kohlhammer, Stuttgart/Berlin/Köln/Mainz, 1980.

WEINSCHENK, R.: Didaktik und Methodik für Sozialpädagogen. Verlag Julius Klinkhardt, Bad Heilbrunn/Obb., 1976.

WESTPHALEN, K.: Das Curriculum als Planungsinstrument. In: SCHMADERER, F. O. (Hrsg.): Lernplanung und Unterrichtsgestaltung auf der Grundlage pädagogischer und lernpsychologischer Erkenntnisse. Ehrenwirth Verlag, München, 1977.

WIESER, S.: Über das Trinkverhalten der allgemeinen Bevölkerung und Stereotype des Abstinenten und Trinkers. In: Fortschr. Neuro. Psychiat 36, 1968. In: SOER v., J.: Jugendalkoholismus – Empirische Bestandsaufnahme, Erklärungsansätze, Therapie. Beltz Verlag, Weinheim und Basel, 1980.

WÖBCKE, M.: Rauschmittelmißbrauch – Prävention und Therapie. Kösel-Verlag, München, 1977.

WOLPE, J.: Praxis der Verhaltenstherapie. Verlag Hans Huber, Bern/Stuttgart/Wien, 1972.

WORMSER, R. G.: Drogenkonsum und soziales Verhalten bei Schülern. München, 1973. In: SOER v., J.: Jugendalkoholismus – Empirische Bestandsaufnahme, Erklärungsansätze, Therapie. Beltz Verlag, Weinheim und Basel, 1980.

WURZBACHER, G.: Die Alkoholfrage in soziologischer Sicht. Neuland-Verlagsgesellschaft, Hamburg, 1965.

XOCHELLIS, P.: Pädagogische Grundbegriffe – Eine Einführung in die Pädagogik. Franz Ehrenwirth Verlag, München, 1973.

Anhangsverzeichnis

Anhang 1

Schriftliches Angebot des Unterrichtsmodells an die Schulen

Evang. Stadtmission Heidelberg e. V.

Evang. Stadtmission - Landfriedstraße 16 - 6900 Heidelberg 1

6900 Heidelberg 1, den 04.12.85/SchW
Landfriedstraße 16
Telefon (0 62 21) [redacted]
Neue Tel. 06221/12082-85

Betr.: Suchtprophylaxe in Schulen am Beispiel der Alkoholprävention

Sehr geehrte Damen und Herren,

da ich selbst Betroffener der Alkoholkrankheit bin (deshalb Entlassung aus dem Schuldienst), wurde mir nach einem Studium der Sozialarbeit im Rahmen einer Arbeitsbeschaffungsmaßnahme bei der Evang. Stadtmission Heidelberg die Aufgabe der Suchtprophylaxe in Schulen übertragen. Hierzu ergeht folgendes Unterrichtsangebot (90 Minuten):

Entstehung, Vorbeugung und Behandlung von Alkoholabhängigkeit:

- Tonbildschau: „Die Story des Harry X" (Ministerium für Arbeit, Gesundheit und Sozialordnung Baden-Württemberg), Krankheitsgeschichte eines jungen Alkoholikers.
- Begriffsbestimmungen: Droge, Sucht, Abhängigkeit als Krankheit, Kontrollverlust.
- Modell zur Entstehung von Alkoholabhängigkeit (Tageslichtprojektor), veranschaulicht durch meine eigenen Erfahrungen.
- Erarbeitung suchtvorbeugender Verhaltenstips (Merkblatt für jeden Schüler).
- Modell zur Behandlung von Alkoholabhängigkeit (Tageslichtprojektor) mit Therapiestunden.

Überdies stehe ich Lehrern, Eltern und Schülern aller Klassen und Schuler zur individuellen Unterrichtsgestaltung und Beratung kostenlos zur Verfügung.

Bitte rufen Sie mich zwecks Terminvereinbarung an:

Telefon-Nr.: 06221/ 1 20 82 - 85

Mit freundlichen Grüßen

Michael Schwarzkopf

Lehrer(GHS)/Dipl.-Sozialarbeiter (FH)

Anhang 2

Presseberichte

Rhein-Neckar-Zeitung, 12.2.86

Suchtprophylaxe in Schulen

Programm im Rhein-Neckar-Kreis erfolgreich gestartet

Im November letzten Jahres wurde im Rhein-Neckar-Kreis ein zunächst auf ein Jahr befristetes Programm zur Suchtprophylaxe in Schulen gestartet. Finanziert wird die Maßnahme vom Arbeitsamt Heidelberg, Träger ist die Evang. Stadtmission Heidelberg e.V., deren Geschäftsführer Pfarrer R. Jassoy den Lehrer und Sozialarbeiter Michael Schwarzkopf beauftragte, ein entsprechendes Unterrichtsmodell zu entwickeln.

Michael Schwarzkopf erarbeitete - exemplarisch orientiert an der legalen Droge Alkohol - unter dem Thema "Entstehung, Vorbeugung und Behandlung von Alkoholabhängigkeit" ein neunzigminütiges Unterrichtsangebot, das er anläßlich einer Veranstaltung des Arbeitskreises Schule im Staatlichen Gesundheitsamt Heidelberg am 11.12.85 vorstellte. Von verantwortlicher Seite - Schulamtsdirektor Hüttner vom Staatlichen Schulamt Heidelberg und dem für Gesundheitserziehung zuständigen Arzt Dr. Klett vom Staatlichen Gesundheitsamt Heidelberg - gutgeheißen, wurde das Unterrichtsangebot über das Schulamt an die Schulen weitergeleitet.

Diese machten davon bisher regen Gebrauch, so daß Michael Schwarzkopf sein Unterrichtsmodell schon in Haupt- und Realschulen in Gaiberg, Ilvesheim, Heidelberg, Sinsheim und Edingen-Neckarhausen erfolgreich durchführen konnte. Bis zu den Osterferien stehen Einsatztermine in Neulußheim, Hemsbach, Ketsch, Eppelheim und Neckarelz (Bauernschule) fest. Ferner wird M. Schwarzkopf sein Unterrichtsangebot im Rahmen mehrerer Lehrer-Fortbildungsveranstaltungen des Staatlichen Schulamts vorstellen.

Zwecks Terminabsprachen - auch bezüglich individueller, kostenfreier Beratung von Schülern, Eltern und Lehrern aller Schularten - für die Zeit nach den Osterferien ist Michael Schwarzkopf in seinem Büro, das der Psychosozialen Beratungsstelle der Evangelischen Stadtmission Heidelberg in der Landfriedstraße 16 angeschlossen ist, unter der Telefon-Nummer (06221) 1 20 82-85 zu erreichen.

Mannheimer Morgen, 13.2.86

Harry X. bleibt der Stärkere

Gute Noten nicht durch Tabletten und Drogen / Programm gestartet

Rhein-Neckar. Die Eltern überfordern ihren Sohn total. Er ist einfach nicht in der Lage, die von ihm erwarteten Noten zu bringen. Nach dem Motto des Vaters, hast du Probleme trink Schnaps, greift auch der 13jährige zur Flasche, der verhängnisvolle Kreislauf beginnt. Eine junge Schülerin trinkt auf dem Wandertag der Schule Alkohol, weil die anderen es auch tun und sie nicht verspottet im Abseits stehen möchte. Der Zwang der Gruppe, unlösbar erscheinende Probleme oder das einfache Nachahmen des Elternhauses, oft ein Gemisch aus allen drei Faktoren, kann zur Sucht führen, aus der oft allein nicht mehr herauszukommen ist."Vor allem wenn Lehrstellen und der Numerus Clausus den Leistungsdruck in den Schulen erhöht", erklärt Michael Schwarzkopf, Lehrer und Sozialarbeiter, mit dem Unterrichtsmodell "Suchtprophylaxe" in Haupt- und Realschulen des Rhein-Neckar-Kreises unterwegs. In einer Zeit, in der Eltern ihre Kinder schon mit Beruhigungstabletten wie Valium in die Grundschule schicken, ist nach Auffassung von Michael Schwarzkopf Aufklärung und Hilfe notwendiger denn je.

Finanziert wird das Ganze vom Arbeitsamt Heidelberg. Träger ist die Evangelische Stadtmission Heidelberg. Gutgeheißen von Schulamtsdirektor Hüttner vom Staatlichen Schulamt Heidelberg und dem für Gesundheitserziehung zuständigen Arzt Dr. Klett vom Staatlichen Gesundheitsamt Heidelberg lief das Modell bereits erfolgreich in Gaiberg, Ilvesheim, Heidelberg, Sinsheim und Edingen-Nekkarhausen. Bis zu den Osterferien stehen Termine in Neulußheim, Hemsbach, Ketsch, Eppelheim und Neckarelz (Bauernschule) an. Auch auf mehreren Lehrer-Fortbildungsveranstaltungen des Staatlichen Schulamtes soll das 90-Minuten Programm gezeigt werden.

Am Beispiel von Harry X. sollen die Schüler lernen, mit der Droge Alkohol umzugehen, sich vor ihr zu schützen. Das gelte ebenso wie für die illegalen Drogen wie LSD oder Marihuana. Wichtig ist, so Michael Schwarzkopf, das gemeinsame Gespräch. Zwecks Terminabsprachen - auch individuelle, kostenfreie Beratung von Schülern, Eltern und Lehrern aller Schularten - ist Michael Schwarzkopf nach den Osterferien in seinem Büro, das der Psychosozialen Beratungsstelle der Evangelischen Stadtmission Heidelberg in der Landfriedstraße 16 angeschlossen ist, unter der Telefon-Nummer (06221) 1 20 82-85 zu erreichen.

Michael Schwarzkopf
Evang. Stadtmission
Landfriedstraße 16
6900 Heidelberg 1

30.5.1988

Abschlußaufstellung der Institutionen, in denen ich mein Projekt „Alkoholprävention“ durchgeführt bzw. vorgestellt habe

1. Schulen:

a) Grund- und Hauptschulen (7.–9. Klassen)

Gaiberg, Waibstadt, Dielheim, Sinsheim-Hoffenheim, Sinsheim-Steinsfurt, Plankstadt
Neurottschule Ketsch
Graf-von-Oberndorff-Schule Neckarhausen
Lußhardt-Schule Neulußheim
Friedrich-Ebert-Schule Eppelheim
Friedirch-Ebert-Schule Ilvesheim
Gerbersruh-Hauptschule Wiesloch
Martin-Stöhr-Schule Hirschberg
Friedrich-Schiller-Hauptschule Hembsbach
Johannes-Kepler-Hauptschule Heddesheim
Steinbachschule Ziegelhausen

b) Realschulen (7.–10. Klassen)

Neckargemünd
Kraichgau-Realschule Sinsheim
Theodor-Heuß-Realschule Heidelberg
Karl-Friedrich-Schimper-Realschule Schwetzingen

c) Sonderschulen für Lernbehinderte (7.–9. Klassen)

Carl-Orff-Schule Sinsheim
Käthe-Kollwitz-Schule Heidelberg

Sandhausen
Englisches Institut Heidelberg
Carl-Friedrich-Gauß-Gymnasium Hockenheim
St. Raphaelgymnasium Heidelberg

2. Jugendgruppen

Landjugendgruppe Reichartshausen, Rathaus
CVJM Reilingen, Martin-Luther-Haus, Evang. Pfarramt
Landjugend Elsenztal, Bauernschule Neckarelz
Jugendkreis der Lukasgemeinde Sinsheim, Evang. Pfarramt
Arbeitsgemeinschaft zur Förderung sozial benachteiligter Kinder und Jugendlicher e.V., Stiftung Rehabilitation Heidelberg
Evang. Kirchengemeinde Sinsheim
Evang. Kirchengemeinde Heidelberg-Ziegelhausen
Evang. Gemeinde Providenz Heidelberg
Evang. Gemeindehaus Nußloch
Evang. Pfarramt Christusgemeinde Wiesloch

3. Erwachsenenbildung

Lehrerfortbildungen des Staatlichen Schulamtes Heidelberg für Haupt- und Realschullehrer: Wiesloch, Brühl, Dossenheim, Sinsheim
Vor Studenten der Fachhochschulen Heidelberg und Nürnberg, Fachhochschule für Sozialarbeit der Stiftung Rehabilitation Heidelberg
Vor Real- und Gymnasiallehrern, Staatliches Seminar für Schulpädagogik Heidelberg
Arbeitskreis Schule, Gesundheitsamt Heidelberg
Kongreß Prävention und Gesundheitserziehung, Universität Bielefeld
Arbeitskreis Sucht, Fachklinik Eiterbach
Team Suchtprophylaxe, Jugendzentrum Sinsheim
Arbeitskreis Sozialarbeit, Jugendstift Sinsheim
Innungskrankenkasse Heilbronn
Arbeitskreis Gesundheitserziehung in der Schule, Gesundheitsamt Heidelberg
Frauengruppe Evang. Pfarramt der Blumhardtgemeinde, Heidelberg-Kirchheim
Schulungsveranstaltung der Hauptfürsorgestelle des Landeswohlfahrtsverbandes Baden, Arbeitsamt Heidelberg
Evang. Pfarramt Sinsheim-Hoffenheim, Unterrichtsinformation
Fachschule für Altenpflege und Schulungszentrum der Dechow-Stiftung, Waldbrunn-Waldkatzenbach, Haus Katzenbuckel
Psychiatrisch-psychotherapeutisches Team des Rehabilitationszentrums Neckargemünd

Team der Wohnheimbetreuer des Rehabilitationszentrums Neckargemünd
Evang. Pfarramt Plankstadt, Unterrichtsinformation
Evang. Sozialstation Schriesheim-Hirschberg, Schwesternweiterbildung
Evang. Pfarramt Schwetzingen, Unterrichtsinformation
Evang. Pfarramt Leimen, Unterrichtsinformation
Gesamtlehrerkonferenz, Lußhardtschule Neulußheim
Elternabend mit Lehrern, Gymnasium Wiesloch

Anhang 4:

Liebe Schülerin, lieber Schüler!

Dieser Fragebogen dient der Vorbereitung einer Unterrichtsstunde zum Thema "ALKOHOL". Die Antworten werden anonym ausgewertet, deshalb anstelle Deines Namens unter Punkt 1 Dein persönliches Kennzeichen, das aus einem Wort und einer Ziffer Deiner Wahl bestehen soll. Merke Dir Dein Kennzeichen gut - Du brauchst es in ein paar Wochen noch einmal.

Vielen Dank fürs Mitmachen.

1) Mein persönliches Kennzeichen: __________ + __________
Wort Ziffer

2) Alter: __________ Jahre Mädchen 0 Junge 0

3.) Welche alkoholischen Getränke sind im Haushalt Deiner Familie vorhanden?

	immer vorhanden	gelegentlich vorhanden	nie vorhanden
Bier	0	0	0
Wein	0	0	0
Schnaps	0	0	0

4) Wie häufig werden in Deiner Familie alkoholische Getränke getrunken?

	täglich	gelegentlich	nie
Bier	0	0	0
Wein	0	0	0
Schnaps	0	0	0

5) Bei welchen Gelegenheiten werden in Deiner Familie alkoholische Getränke getrunken?

	täglich	gelegentlich	nie
Mittagessen	0	0	0
Abendessen	0	0	0
Fernsehen	0	0	0
festliche Anlässe	0	0	0

6) Gehörst Du zu einer festen Clique:

ja 0 nein 0

- 2 -

7) Wer trinkt in Deiner Familie (wie häufig?) alkoholische Getränke?

	täglich	gelegentlich	nie
Vater	0	0	0
Mutter	0	0	0
Geschwister	0	0	0
Ich selbst	0	0	0
Gäste	0	0	0

8) Wann, wo und warum, hast Du zum erstenmal ein alkoholisches Getränk zu Dir genommen?

- Im Alter von ________ Jahren.
- Bei welcher Gelegenheit?

in der Familie	0
in der Clique	0
in der Schule	0
für mich allein	0

9) Falls Du Dich einer Clique zugehörig fühlst: Bei welchen Gelegenheiten werden alkoholische Getränke getrunken?

	regelmäßig	gelegentlich	nie
bei jedem Treffen	0	0	0
bei besonderen Anlässen	0	0	0
an bestimmten Tagen	0	0	0

10) Wo und bei welchen Gelegenheiten trinkst Du alkoholische Getränke?

	täglich	gelegentlich	nie
in meiner Familie	0	0	0
in meiner Clique	0	0	0
bei meinen (Schul-) Hausarbeiten	0	0	0
in meiner Freizeit	0	0	0
allein	0	0	0

- 3 -

Liebe Schülerin, lieber Schüler!

Dieser Fragebogen dient der Vorbereitung einer Unterrichtsstunde zum Thema "ALKOHOL". Die Antworten werden anonym ausgewertet, deshalb anstelle Deines Namens unter Punkt 1 Dein persönliches Kennzeichen, das aus einem Wort und einer Ziffer Deiner Wahl bestehen soll. Merke Dir Dein Kennzeichen gut - Du brauchst es in ein paar Wochen noch einmal.

Vielen Dank fürs Mitmachen.

1) Mein persönliches Kennzeichen: __________ + __________
Wort Ziffer

2) Alter: __________ Jahre Mädchen O Junge O

3) Welche alkoholischen Getränke sind im Haushalt Deiner Familie vorhanden? (Nenne nur Dir zugängliche Getränke)

	immer vorhanden	gelegentlich vorhanden	nie vorhand
Bier	0	0	0
Wein	0	0	0
Schnaps	0	0	0

4+5) Wann, wo und warum, hast Du zum erstenmal ein alkoholisches Getränk zu Dir genommen?

- Im Alter von ________ Jahren.
- Bei welcher Gelegenheit?

in der Familie	0
in der Clique	0
in der Schule	0
für mich allein	0

6+7) Falls Du Dich einer Clique zugehörig fühlst: Bei welchen Gelegenheiten werden alkoholische Getränke getrunken?

	regelmäßig	gelegentlich	nie
bei jedem Treffen	0	0	0
bei besonderen Anlässen	0	0	0
an bestimmten Tagen	0	0	0

8+9) Wo und bei welchen Gelegenheiten trinkst Du alkoholische Getränk

	täglich	gelegentlich	nie
in meiner Familie	0	0	0
in meiner Clique	0	0	0
bei meinen (Schul-) Hausarbeiten	0	0	0
in meiner Freizeit	0	0	0
allein	0	0	0

10) Gehörst Du zu einer festen Clique:

ja 0 nein 0

Bei den folgenden Fragen sollt Ihr angeben, wie sehr Ihr den jeweiligen Aussagen zustimmt. Die Zahlen haben folgende Bedeutung:

1 - ganz richtig
2 - überwiegend richtig
3 - weiß nicht
4 - überwiegend falsch
5 - ganz falsch

Macht also Euer Kennzeichen jeweils unter die Zahl, deren Bedeutung Eure Meinung am ehesten wiedergibt!

11) Welche Wirkungen haben nach Deiner Meinung alkoholische Getränke? Wie sehr stimmst Du den folgenden Aussagen zu?

	1	2	3	4	5
regen die Stimmung an	0	0	0	0	0
hemmen das kritische Einschätzungsvermögen	0	0	0	0	0
wirken entspannend	0	0	0	0	0
man fühlt sich stark	0	0	0	0	0
machen taumelig	0	0	0	0	0
schränken das Wahrnehmungsvermögen ein	0	0	0	0	0
machen gereizt	0	0	0	0	0
Hemmungen werden abgebaut	0	0	0	0	0

- 4 -

12) Wie beurteilst Du einen Menschen, der sich täglich (oft heimlich) große Mengen alkoholischer Getränke zuführt?

Wer übermäßig Alkohol trinkt ist:

	1	2	3	4	5
mit unlösbaren Pro blemen beladen	o	o	o	o	o
ein guter Kumpel	o	o	o	o	o
unzuverlässig	o	o	o	o	o
faul und arbeits-scheu	o	o	o	o	o
freundlich und aus-geglichen	o	o	o	o	o
unberechenbar	o	o	o	o	o
krank	o	o	o	o	o
asozial	o	o	o	o	o
gutmütig	o	o	o	o	o
bedauernswert	o	o	o	o	o
unfähig einer Arbeit nachzugehen	o	o	o	o	o

- 5 -

13) Wie würdest Du Dich gegenüber einem Freund verhalten, der übermäßig alkoholische Getränke zu sich nimmt?

	1	2	3	4	5
ihm gehörig die Meinung sagen	0	0	0	0	0
mit ihm über die Gefahren übermäßigen Trinkens sprechen	0	0	0	0	0
ihn links liegen lassen, ihn meiden, sich von ihm trennen	0	0	0	0	0
mit ihm zu einer Beratungsstelle gehen, wo er von ausgebildeten Leuten Hilfe erhält	0	0	0	0	0
ihn zu einem Arzt schicken	0	0	0	0	0

14) Manche Leute meinen, sie können ihre Probleme mit alkoholischen Getränken "runterspülen". Wie ist Deine Meinung dazu?

	1	2	3	4	5
manchmal hilft Alkohol schon Probleme zu lösen	0	0	0	0	0
Alkohol verdrängt die Probleme nur kurz	0	0	0	0	0
Probleme kann man nur lösen, wenn man sie selbst anpackt	0	0	0	0	0
Probleme können einfacher werden, wenn man mit jemandem darüber redet	0	0	0	0	0

- 6 -

15) Wie äußert sich Alkoholabhängigkeit? (Nur eine Aussage ankreuzen)

O wenn in der Umgebung alkoholische Getränke getrunken werden entsteht ein Verlangen, das nicht mehr beherrscht werden kann

O nach dem Genuß des ersten Glases eines alkoholischen Getränks, entsteht das Verlangen nach mehr und kann nicht mehr kontrolliert werden

O ständiges Verlangen nach Alkohol, das zu keiner Zeit beherrscht werden kann

O weiß nicht

16) Wir nennen hier 5 Trinkmotive, die Jugendliche am ehesten veranlassen alkoholische Getränke zu sich zu nehmen.
Wie sehr stimmst Du den folgenden Aussagen zu?

	1	2	3	4	5
weil sie mit ihren Freunden mithalten wollen	O	O	O	O	O
weil sie wie die Erwachsenen sein möchten	O	O	O	O	O
weil sie persönliche Schwierigkeiten (schulisch, beruflich) haben	O	O	O	O	O
weil sie Langeweile haben	O	O	O	O	O
weil sie mit ihren Freunden großtun wollen	O	O	O	O	O

17) Wie kann ein regelmäßiger Bier- oder Weintrinker feststellen ob er etwa alkoholabhängig geworden ist?

....

....

....

- 7 -

18) Wie würdest Du die folgenden Verhaltenstips im Hinblick auf ihre suchtvorbeugende-Wirkung einstufen:

	1	2	3	4	5
Trinke keinen Alkohol um andere nachzuahmen	0	0	0	0	0
Trinke keinen Alkohol, weil Du sonst eine "Fahne" bekommst	0	0	0	0	0
Trinke keinen Alkohol, um Probleme zu lösen	0	0	0	0	0
Trinke keinen Alkohol, weil er für Jugendliche verboten ist	0	0	0	0	0
Trinke keinen Alkohol, um von Deinen Freunden anerkannt zu werden	0	0	0	0	0
Trinke keinen Alkohol, weil Du sonst den Führerschein verlieren könntest	0	0	0	0	0

19) Was ist eine Droge? (Nur eine Aussage ankreuzen)

0 Ein Stoff, den man ohne weiteres genießen kann, da er ungefährlich ist

0 Ein Stoff, der in die natürlichen Abläufe des Körpers eingreift und die Gefühle und Wahrnehmungen verändert und Abhängigkeit erzeugt

0 Ein Stoff, der in geringer Menge völlig harmlos und unwirksam ist

0 weiß nicht

20) Hat der Genuß von Alkohol eine andere Wirkung wenn gleichzeitig Medikamente eingenommen werden?

0 die Wirkung von Alkohol wird abgeschwächt

0 die Wirkung von Alkohol wird verstärkt

0 die Wirkung von Alkohol wird aufgehoben

0 weiß nicht

- 8 -

21) Welche Drogen (Rauschmittel) sind gesetzlich verboten?
Bitte a, b oder c ankreuzen:

a) für Jugendliche verboten
b) für Jugendliche und Erwachsene verboten
c) weiß nicht

a	b	c	Alkohol
a	b	c	Nikotin
a	b	c	Haschisch/Marihuana
a	b	c	Kokain
a	b	c	LSD
a	b	c	Heroin
a	b	c	Opium

22) Welche der genannten Voraussetzungen begünstigen den Übergang zum Gebrauch gesetzlich verbotener Drogen?

	1	2	3	4	5
Naivität und Unkenntnis	0	0	0	0	0
genaue Kenntnis der Drogenwirkung	0	0	0	0	0
regelmäßiger Alkoholgenuß	0	0	0	0	0
regelmäßiger Zigarettenkonsum	0	0	0	0	0
regelmäßiger Medikamentenmißbrauch	0	0	0	0	0
unbeherrschte Neugierde	0	0	0	0	0
niedrige soziale Schicht	0	0	0	0	0

- 9 -

23) Auf welchem Weg werden Jugendliche am häufigsten zum Drogenkonsum verführt?

	1	2	3	4	5
man macht sie betrunken	0	0	0	0	0
man mischt heimlich Drogen in Getränke	0	0	0	0	0
man verführt sie zum Rauchen von Haschisch (Marihuana) in selbs--gedrehten Zigaretten	0	0	0	0	0
indem man sie animiert in bestimmte Lokale (z.B. Discos) mitzugehen, in denen Drogen gehandelt werden	0	0	0	0	0
mit falschen Versprechungen über eine angebliche Bewußtseinserweiterung	0	0	0	0	0

24) Welches ist die häufigste gesetzlich verbotene Einstiegsdroge für Rauschmittel?

	1	2	3	4	5
Kokain	0	0	0	0	0
Zigaretten	0	0	0	0	0
Haschisch	0	0	0	0	0
Medikamente	0	0	0	0	0
Alkohol	0	0	0	0	0

- 10 -

25) Welche der folgenden Verbindungen sind Deiner Meinung nach gesetzlich verbotene Drogen? (Kreuze alles an, was Deiner Meinung nach eine Droge ist!)

0 Trypsin	0 Haschisch
0 Nikotin	0 Alkohol
0 Iridium	0 Lycopin
0 Opium	0 Pyridin
0 Polonium	0 Kokain

25a) Warum sind bestimmte Drogen (Rauschmittel) gesetzlich verboten?

....

....

....

26) Welche der folgenden Aussagen ist richtig? (Nur eine Aussage ankreuzen!)

0 Alkohol wird genau wie Fette und Kohlenhydrate verdaut
0 Alkohol wird langsamer verdaut als andere Getränke
0 Alkohol gelangt unmittelbar nach der Aufnahme in den Blutkreislauf
0 weiß nicht

27) Auf welche Organe übt Alkohol eine schädigende Wirkung aus? (2 Aussagen können als richtig angekreuzt werden)

0 Blinddarm	0 Augen
0 Herz	0 Gehirn
0 Leber	0 Milz
0 weiß nicht	0 Schilddrüse

- 11 -

28) Welche Folgekrankheit wird durch häufigen übermäßigen Alkoholgenuß verursacht werden? (1 Aussage ankreuzen)

O Nierenschrumpfung
O Fettleber/Leberzirrhose
O Magengeschwüre
O Speiseröhrenkrebs
O Schilddrüsenüberfunktion
O Weiß nicht

29) Bei welchen der nachfolgend beschriebenen Situationen kann man von "Alkoholmißbrauch" sprechen! (2 Aussagen können als richtig angekreuzt werden)

O Wenn an Silvester eine Gruppe von Jugendlichen ein "Wettsaufen" veranstaltet
O Wenn bei einer Familienfeier wegen des besonderen Anlasses eine Flasche Wein geöffnet wird
O Wenn ein Mann zum Essen gewöhnlich eine Flasche Bier trinkt
O Wenn eine Fußballmannschaft nach gewonnenem Spiel zusammen ein Bier trinkt
O Wenn ein Mädchen Alkohol trinkt, weil sie Probleme mit ihrem Freund hat
O Weiß nicht

Anhang: 5

Merkblatt für jeden Schüler

Michael Schwarzkopf
Evang. Stadtmission Heidelberg e.V.
Landfriedstr. 16
6900 Heidelberg 1
Tel. 06221/12082

Suchtvorbeugende Verhaltenstips

(1) Trinke keinen Alkohol,
um jemanden zu imitieren (nachzuahmen).

(2) Trinke keinen Alkohol
aus Konformität (Gruppendruck).

(3) Trinke keinen Alkohol,
um Probleme (Ängste, Konflikte, Spannungen)
zu verdrängen.